BASTEI
LÜBBE

CHARITY von Wolfgang Hohlbein
im BASTEI-LÜBBE-Programm:

23 096 Die beste Frau der Space Force
23 098 Dunkel ist die Zukunft
23 100 Die Königin der Rebellen
23 102 In den Ruinen von Paris
23 104 Die schlafende Armee
23 106 Hölle aus Feuer und Eis
23 110 Die schwarze Festung
23 115 Der Spinnen-Knieg
23 117 Das Sternen-Inferno

WOLFGANG HOHLBEIN

CHARITY

Die schlafende Armee

Science Fiction Roman

BASTEI LÜBBE

BASTEI-LÜBBE-TASCHENBUCH
Science Fiction Abenteuer
Band 23 104

Erste Auflage: Juli 1990
Zweite Auflage: Juli 1991
Dritte Auflage: Juli 1994

Lektorat: Reinhard Rohn
Titelillustration: Luis Royo/Norma Agency, Barcelona
Umschlaggestaltung: Quadro Grafik, Bensberg
Satz: KCS GmbH, 2110 Buchholz/Hamburg
Druck und Verarbeitung: Brodard & Taupin,
La Flèche, Frankreich
Printed in France
ISBN 3-404-23104-X

Der Preis dieses Bandes versteht sich
einschließlich der gesetzlichen Mehrwertsteuer.

1

Der Gleiter schoß wie ein silberner Raubvogel aus der Sonne herab und eröffnete das Feuer. Es ging so schnell, daß selbst Kyles übermenschliche Reaktionen beinahe zu spät gekommen wären; es gelang ihm nicht, das Fahrzeug in einer halsbrecherischen Kurve herumzureißen und aus der Schußbahn zu bringen, aber die Energieabsorber heulten schrill auf. Charity spürte, wie die Wand hinter ihrem Rücken heiß wurde. Nicht zum ersten Mal, seit diese wahnwitzige Verfolgungsjagd begonnen hatte. Der Gleiter stöhnte wie ein großes, lebendes Wesen, das Schmerzen litt.

»Festhalten!« brüllte Kyle, als der Gleiter zum zweiten Mal heranschoß.

Diesmal eröffneten die Moroni aus größerer Entfernung das Feuer; zu weit entfernt, um ihr Ziel wirklich zu vernichten, wenn sie es trafen – aber nahe genug, um es zu beschädigen oder seine Ortungsgeräte für Augenblicke zu blenden.

Charity fand gerade noch Zeit, sich an dem nächstbesten

Halt festzuklammern, als Kyle den Gleiter herumwarf und ihn so dicht über dem Boden dahinjagen ließ, daß er eine turmhohe Staubwolke hinter sich herzog und in seinem Sog Grasbüschel, Büsche und sogar kleinere Bäume entwurzelte. Die verwüstete Landschaft vor dem Fenster verwandelte sich in ein irrsinniges Durcheinander aus Farben und Formen, und die Maschinen unter ihren Füßen heulten so schrill, als würden sie jeden Moment explodieren.

Dieses tödliche Katz- und Mausspiel ging nun schon seit einer halben Stunde, und Kyle holte das Letzte aus den Maschinen heraus. Aber sie hatten gar keine andere Wahl. Das Jagdgeschwader, das die Moroni auf sie angesetzt hatten, hatte ganz eindeutig *nicht* den Befehl, sie lebend einzufangen. Das scheibenförmige Kampfschiff dort draußen war das dritte, auf das sie während der letzten halben Stunde gestoßen waren – und es hatte wie seine beiden Vorgänger das Feuer eröffnet, kaum daß es auf Schußweite herangekommen war. Daß sie überhaupt noch am Leben waren, verdankten sie einzig und allein Kyles übermenschlich schnellen Reaktionen. Aber irgendwann würden auch seine scheinbar unerschöpflichen Kraftreserven verbraucht sein, irgendwann würde er einen winzigen Fehler begehen, oder sie würden einfach in eine Situation geraten, die tatsächlich ausweglos war.

Das Schiff dort draußen war nicht nur wesentlich größer als die beiden Gleiter, auf die sie zuvor gestoßen waren; auch seine Bewaffnung war der ihres eigenen Schiffes so hoffnungslos überlegen, daß Kyles Versuch, es wie seine beiden Vorgänger schlichtweg anzugreifen und zu zerstören, fast in einem Fiasko geendet hätte. Charity wußte nicht, wie schwer ihr Gleiter beschädigt war, aber sie hatte das dumpfe Krachen gehört, mit dem die Lasersalve in den Rumpf des Fahrzeugs einschlug. Und seither hatte sich das Flackern roter, hektischer Warnleuchten auf dem asymmetrisch geformten Pult vor Kyle verstärkt, aber nach wie vor jagte Kyle den Gleiter im Tiefflug über das verheerte Land.

»Achtung!« brüllte Kyle. *»Er kommt zurück!«*

Wieder kippte die verschwommene Landschaft vor der Kanzel zur Seite, als Kyle das Schiff in einer Folge irrsinnig schneller Saltos aus der Schußbahn der grellen Lasersalven zu bringen versuchte. Die Maschinen unter ihren Füßen kreischten, und Charity glaubte abermals, das furchtbare Geräusch zerreißenden Metalls zu hören. Dann erschien plötzlich die gewaltige Silberscheibe des Verfolgers direkt vor dem Fenster, nah, entsetzlich nah, und Charity begriff voller Entsetzen, daß Kyle das Fahrzeug auf einen direkten Kollisionskurs gebracht hatte!

»Um Himmels willen!« schrie sie. »Was hast du vor?«

Wenn Kyle ihre Worte überhaupt hörte, so ignorierte er sie. Seine Finger schoben einen sonderbar geformten Schalter auf dem Pult bis zum Anschlag nach vorn, und sie spürte, wie der Gleiter noch einmal beschleunigte und mit einem Ruck seine Geschwindigkeit annähernd verdoppelte. Die riesige Scheibe des Kampfschiffes schien sie anzuspringen wie ein stählerner Mond, der jäh vom Himmel stürzte, dann schloß sie geblendet die Augen, als Kyle sämtliche Laserkanonen des Gleiters auf einmal abfeuerte und das Fahrzeug gleichzeitig in einer schier unmöglichen Bewegung zur Seite riß.

Der Rumpf des anderen Schiffes huschte so dicht vor dem Fenster vorbei, daß Charity glaubte, nur noch den Arm ausstrecken zu müssen, um ihn zu berühren. Und fast im gleichen Bruchteil einer Sekunde flutete eine Woge unerträglich grellen, weißen Lichtes in die Kanzel.

Sie schrie auf, schlug geblendet die Hand vor die Augen und drehte den Kopf zur Seite, und auch Net, die sich in den Sitz neben ihr gekauert hatte, stöhnte unterdrückt. Ein gewaltiges Krachen und Dröhnen ließ das Schiff erbeben, und wieder löschte eine grellweiße Lichtflut das Grau der heraufziehenden Dämmerung aus.

Charity spürte, wie der Gleiter wie ein Stein in die Tiefe zu fallen begann und im allerletzten Moment mit brutaler Wucht abbremste. Instinktiv spannte sie alle Muskeln in Erwartung des kommenden Aufpralles an, aber das Wunder geschah – der Gleiter kam, schaukelnd wie ein Schiff auf stürmischer See einige Meter über dem Boden, zum Halten und begann auf der Stelle zu kreisen; offensichtlich, ohne daß Kyle irgend etwas dagegen unternehmen konnte oder wollte.

Charity warf dem jungen Megamann im Pilotensitz einen besorgten Blick zu. Der Gleiter drehte sich weiter, und nach einem Augenblick kam der Verfolger wieder in Sicht: Er schwebte ein gutes Stück über ihnen. Charity konnte die rotglühenden Löcher in seinem Rumpf erkennen, wo ihn die Lasersalve getroffen hatte. Sein Pilot schien Schwierigkeiten zu haben, das Fahrzeug in der Luft zu halten, aber es bewegte sich bereits wieder auf sie zu; langsam, aber unaufhaltsam. Ein Feuerwerk dünner, blauer Blitze umspielte seinen Rumpf, doch Charity wußte von Kyle, daß dieses blaue Elmsfeuer nichts als die sichtbaren Auswirkungen des Energiefeldes waren, das den Gleiter einhüllte. Sie brauchten eine Atombombe, um dieses Ding zu knacken, dachte Charity zornig. Der Gleiter, den Kyle in Paris gestohlen hatte, war ein kleines Patrouillenfahrzeug und kein *Kriegsschiff* wie das Fahrzeug vor ihnen.

»Schieß ihn ab!« stöhnte Skudder. Er war zu Boden geschleudert worden und versuchte jetzt, sich in die Höhe zu ziehen, während er mit der freien Hand heftig auf die Flugscheibe deutete. »Warum feuerst du nicht?«

»Das wäre völlig sinnlos«, antwortete Kyle. »Die Energiebänke sind fast leer. Ich habe ihn getroffen, aber ihr seht ja, was passiert ist.«

Er streckte die Hand aus und berührte eine Taste auf dem Pult. Der Gleiter hörte auf, sich zu drehen, und setzte sich mit quälender Langsamkeit wieder in Bewegung. Kyles Blick huschte über das Durcheinander von Zahlen und Symbolen, das auf dem Dutzend kleiner Monitore vor ihm zu sehen war. Ein nachdenklicher Ausdruck trat auf seine Züge.

»Vielleicht haben wir doch noch eine Chance«, sagte er plötzlich. »Haltet euch fest.«

Der Gleiter begann wieder Fahrt aufzunehmen, und aus der zerstörten Trümmer- und Dschungellandschaft unter ihnen wurde wieder ein Teppich aus Grün- und Brauntönen, gleichzeitig stieg das Fahrzeug höher.

Charity beugte sich im Sitz vor und warf einen Blick auf den Bildschirm, auf dem der Verfolger zu sehen war. Auch er nahm Fahrt auf, und sie war nicht sicher – aber es schien ihr, als käme er ganz langsam wieder näher.

»Übernimm die Laser«, bat Kyle. Gleichzeitig hob er die linke Hand und schob ihr einen kleinen, an einem schwenkbaren, vielgliedrigen Metallarm befestigten Kasten zu. Charity blickte einen Moment lang hilflos auf die fremdartig beschrifteten

Kontrollen, aber dann begriff sie das einfache System, das dahintersteckte; langsam, aber sehr sicher legte sie das rote Spinnennetz des Fadenkreuzes über das Abbild des Gleiters auf dem Schirm und sah Kyle fragend an.

»Ziele genau auf die Kuppel!« sagte Kyle, ohne den Blick von dem Fenster zu nehmen. Seine Stimme klang gepreßt. »Wir können ihn nicht zerstören, aber vielleicht können wir seine Sensoren blenden. Du hast nur einen einzigen Schuß. Ich gebe dir volle Energie, aber dann sind die Bänke leer. Warte, bis ich es dir sage!«

Der Gleiter wurde immer schneller. Das Kreischen der Motoren erreichte eine Tonlage, die in den Ohren schmerzte, und Charity spürte, wie die Temperatur in der Kabine immer mehr und mehr anstieg. Auf dem Pult vor Kyle blinkten mittlerweile fast alle Lichter rot auf.

»Wie schnell sind wir?« fragte sie.

Ein flüchtiges Lächeln huschte über Kyles Gesicht. »Willst du das wirklich wissen?«

Charity zog es vor, nicht darauf zu antworten.

»Dort vorn ist eine Stadt«, sagte Kyle plötzlich.

Charity sah auf. Im ersten Moment erkannte sie nichts als sonderbare Farbflecken, dann gewahrte sie die gezackte, harte Schattenlinie der Ruinenstadt, die Kyle entdeckt hatte.

»Achtung, Charity!« sagte Kyle.

Charity nickte nervös. Ihre Finger begannen zu zittern, aber das rote Fadenkreuz auf dem Monitor rührte sich nicht, sondern blieb unverrückbar auf der flachen Kuppel auf der Oberseite des Gleiters haften.

Kyle trieb den Beschleunigungshebel mit einem Ruck bis zum Anschlag vor, und der Gleiter machte einen regelrechten Satz nach vorne. Charity schrie erschrocken auf, als Kyle das Fahrzeug fast senkrecht in die Höhe rasen ließ, plötzlich zur Seite abdrehte und in einer langgezogenen, taumelnden Spirale wieder auf den Boden zuraste. Der Verfolger folgte ihnen in derselben Flugbahn – und Charity sah nun, daß er tatsächlich näher kam. Der Pilot dieses Schiffes mußte ein Megakrieger wie Kyle sein – oder ein Computer. Kein anderes lebendes Wesen hätte dieses Flugmanöver nachvollziehen können.

Der Gleiter raste mit irrsinniger Geschwindigkeit dem Boden entgegen. »Achtung jetzt!« sagte Kyle gepreßt. *»Feuer!«*

Ein einzelner, grellweißer Laserstrahl traf den verfolgenden Gleiter und prallte scheinbar wirkungslos von seiner gepanzerten Kuppel ab. Charity versuchte, einen zweiten Schuß abzugeben, aber diesmal blieb die erwartete gleißende Lichtflut aus: Die Energie der Strahlenkanonen war verbraucht.

Sie bekam keine Gelegenheit zu einem dritten Versuch, denn plötzlich schrie Net neben ihr gellend auf, und auch Skudder und Helen gaben ein überraschtes Keuchen von sich. Der Boden schien dem Gleiter regelrecht entgegenzuspringen. Für eine einzige, entsetzliche Sekunde konnte Charity sehen, wie aus den verschwommenen Farbschattierungen unter ihnen plötzlich die Umrisse zerstörter Häuser wurden, dann riß Kyle das Fahrzeug in einer engen Schleife herum; die Ruinenstadt kippte unter ihnen weg, und fast im gleichen Moment konnte Charity spüren, wie irgend etwas mit fürchterlicher Wucht gegen die Unterseite des Gleiters krachte und sie aufriß. Grelle Flammen und ein riesiger Schatten erfüllten plötzlich das Fenster.

Charity riß instinktiv die Hände vor das Gesicht, aber Kyle fand die Kontrolle über den Gleiter noch einmal wieder; im allerletzten Moment riß er das Fahrzeug herum und jagte es an dem Hindernis vorbei. Der Pilot des anderen Schiffes hatte weniger Glück. Die riesige Flugscheibe versuchte nicht einmal, den rasenden Sturzflug abzufangen, sondern bohrte sich mit unverminderter Geschwindigkeit zwei Meilen hinter ihnen in den Boden und explodierte in einem weißblauen, nuklearen Feuerball.

Charity erfuhr niemals, was ihr Fahrzeug wirklich zerstört hatte: Kyles irrsinniges Flugmanöver, die Kollision mit dem Boden oder die Druckwelle der Atomexplosion, in der ihr Verfolger auseinanderbarst. Das nächste, woran sie sich erinnerte, war das Prasseln von Flammen, ein Gefühl unerträglicher Hitze auf der Haut und beißender, heißer Rauch, der sie ersticken wollte. Sie hustete, rang mit einem qualvollen Keuchen nach Luft und versuchte, sich aus dem Gewirr von Metall und Kunststoff zu befreien, in das sich ihr Sitz verwandelt hatte. Im ersten Moment gelang es ihr nicht einmal, auf die Füße zu kommen.

Der Gleiter stand schräg wie ein gestrandetes Schiff; der Boden hatte sich in eine jäh abfallende, gefährliche Rampe aus spiegelglatten Metall verwandelt. Neben ihr erklang ein gedämpftes Wimmern. Charity richtete sich vorsichtig auf, hielt sich mit der linken Hand an einer gebogenen Metallstrebe fest und fuhr erschrocken zusammen, als sie erkannte, daß es Gurk war, dessen Stöhnen sie hörte. Der Zwerg hing über den zermalmten Überresten des Kontrollpultes; ein langer, rasiermesserscharfer Stahlsplitter hatte seinen Mantel durchbohrt. Im allerersten Moment sah es so aus, als wäre Gurk daran aufgespießt worden wie ein Schmetterling auf der Nadel eines Insektensammlers. Dann sah sie, daß das Trümmerstück nur das Cape des Zwerges durchbohrt hatte. Gurk war verletzt; aber nicht so schwer, wie sie im allerersten Moment befürchtet hatte.

Hastig half sie ihm, sich aus den Trümmern zu befreien, stellte ihn wie ein Kind auf die Füße und sah sich nach den anderen um.

Die Kabine war mit Flammen und beißendem Rauch gefüllt, so daß sie nur Schatten erkennen konnte, aber zumindest auf den ersten Blick schien es, als hätten sie alle noch einmal Glück gehabt: Kyle und Skudder machten sich gerade mit vereinten Kräften an der verzogenen Tür zu schaffen, während Net versuchte, Barlers Tochter unter einem zertrümmerten Instrumentenpult hervorzuziehen, unter das sie der Aufprall geschleudert hatte.

Skudder und Kyle gaben ihre Bemühungen auf, die Tür aufbrechen zu wollen, und arbeiteten sich mühsam zu ihnen herauf.

»Raus hier!« schrie Kyle Charity und dem Zwerg zu. »Der Gleiter kann jeden Moment explodieren!«

Charity wollte sich zu Gurk umwenden, um ihm zu helfen, aber Kyle packte den Zwerg kurzerhand an den Armen und schleifte ihn einfach hinter sich her, während Skudder noch einmal zurückschlitterte und Net dabei half, Helen auf die Füße zu zerren.

Dicht hinter Kyle erreichte Charity das zerborstene Fenster und zwängte sich hindurch. Der Gleiter hatte sich in die Fassade eines Hauses hineingebohrt, das daraufhin in Flammen aufgegangen war. Das Metall war so heiß, daß sie erschrocken aufschrie, als sie nach dem Fensterrahmen griff. Mit zusammengebissenen Zähnen zog sie sich ins Freie, suchte vergeblich auf dem spiegelglatten Stahl des Rumpfes Halt und schlitterte hilflos in die Tiefe.

Der Weg war länger, als sie geglaubt hatte. Die spiegelblanke Oberfläche des Gleiters bildete eine abschüssige, fünfzehn Meter lange Rutschbahn. Wahrscheinlich hätte sie sich beim Aufprall verletzt, wäre Kyle nicht dagewesen, um sie aufzufangen. Einen Moment lang blieb sie benommen liegen, während Kyle zurückeilte, um auch Skudder und den beiden Mädchen zu helfen. Alles drehte sich um sie, und all die zahllosen kleinen Kratzer und Schrammen auf ihrer Haut brannten plötzlich wie Feuer.

Der Gleiter war mitten in der zerstörten Stadt abgestürzt. Die Straße hinter ihnen stand in Flammen, und der Horizont dahinter glühte in einem dunklen, unheilvollen Rot. Scharfer Ozongeruch erfüllte die Luft, und der Wind war so heiß, daß er auf der Haut schmerzte. Ganz instinktiv hob Charity den Arm und blickte auf die Anzeige des kleinen Geigerzählers, der in das Multiinstrument an ihrem linken Handgelenk eingebaut war. Die Anzeige stand noch nicht im unmittelbaren Gefahrenbereich, aber sie war nicht mehr sehr weit davon entfernt. Wenn der Gleiter, mit dem sie abgestürzt waren, auf die gleiche Weise explodieren würde wie das andere Fahrzeug, dann waren sie so gut wie tot, wenn sie sich nicht mindestens drei oder vier Meilen von ihm entfernt befanden.

Der Gedanke gab ihr noch einmal neue Kraft. Mit einem Satz sprang sie in die Höhe, lief die wenigen Schritte zu Kyle hinüber und half ihm dabei, Net und Helen aufzufangen, die ungeschickt über die Oberfläche der Flugscheibe heruntergeschlittert kamen.

»Wieviel Zeit haben wir noch, bis das Ding hochgeht?« fragte sie gehetzt.

»Nicht mehr lange«, antwortete Kyle. »Ein paar Minuten vielleicht.« Er stockte plötzlich und blickte aus zusammengepreßten Augen nach Westen. »Aber das ist nicht einmal unser größtes Problem«, sagte er plötzlich.

Auch Charity sah angestrengt auf. Inmitten des tobenden Flammenscheines war ein silbernes Funkeln erschienen, das rasend schnell heranwuchs.

Der Gleiter war so schnell heran, daß Charity nicht einmal Zeit fand, einen Schreckensruf auszustoßen. Instinktiv duckte sie sich, als die Flugscheibe mit einem heulenden Laut über sie hinwegschoß. Das Fahrzeug war viel zu schnell, um auf sie zu feuern, aber Charity gab sich keine Sekunde lang der Illusion hin, der Pilot hätte sie *nicht* entdeckt. Er würde zurückkommen. In ein paar Sekunden.

Charity sah sich verzweifelt um. Ihr Blick irrte über die verbrannten Ruinen, tastete die Straße entlang und blieb an einem schräg auf die Seite gestürzten, zerschrammten Kunststoffschild hängen, das ein weißes ›U‹ auf einem dunkelblauen Untergrund zeigte.

»Dorthin!« befahl sie. »Schnell!«

Weder Kyle noch Skudder verschwendeten auch nur eine einzige Sekunde mit einer Frage. Während sich Skudder den immer noch wimmernden Gurk schnappte und ihn einfach auf die Arme nahm, hob Kyle Helen in die Höhe, die ernsthafter verletzt zu sein schien. So schnell sie konnten, überquerten sie die mit Trümmern und Unrat übersäte Straße und rannten auf den U-Bahn-Schacht zu. Charity sah immer wieder zurück, als könnte sie dem durchgehenden Atomreaktor des Flugschiffes auf diese Weise noch einige weitere Sekunden abtrotzen. Ein Teil des Schiffes glühte in einem hellen, stechenden Rot. Das Haus, in das sich die Flugscheibe hineingerammt hatte, stand in hellen Flammen, und aus seiner aufgeschlitzten Unterseite quollen kleine Ströme flüssigen, rot- und weißglühenden Metalls. Und aus der entgegengesetzten Richtung raste der zweite Gleiter heran!

Wie von Furien gehetzt rannten sie die Treppe hinunter. An ihrem unteren Ende befand sich ein massives Metallgitter aus daumendicken Stäben, das mit einer gewaltigen Kette gesichert war. Charity wollte ihre Waffe heben, aber Kyle streckte fast beiläufig die Hand aus und brach das Schloß auf. Ein großes stachliges Wesen mit falsch angeordneten Beinen und zu vielen Augen huschte mit einem erschrockenen Quieken vor ihnen davon, als sie die Treppe hinunterstürmten.

Skudder blieb am unteren Ende der Treppe stehen, setzte den Zwerg ab und sah sich um. Eine Sekunde wirkte er unschlüssig, dann deutete er nach rechts und rannte ohne ein weiteres Wort los. Charity und die anderen folgten ihm. Das wenige Licht, das vom oberen Ende der Treppe herabfiel, reichte kaum aus, um von ihrer Umgebung mehr als Schatten wahrzunehmen. Überall huschte und wisperte es; große, aufgedunsene Körper mit glänzender, ledriger Haut bewegten sich unruhig hin und her, und vor einem der halbrunden Stollen spannte sich ein riesiges Spinnennetz.

Sie hatten keine zwei Schritte gemacht, als ein ungeheurer Schlag die U-Bahn-Station bis in ihre Grundfesten erschütterte. Ein unerträglich grelles, weißblaues Licht tauchte die Halle für Sekunden in schattenlose Helligkeit. Charitys Trommelfelle schienen zu zerplatzen, und die Luft in ihren Lungen brannte wie Feuer.

Benommen richtete sie sich auf und sah zu Kyle hinüber. Der Megamann sagte etwas, aber Charity sah nur, wie sich seine Lippen bewegten. In ihren Ohren dröhnte und rauschte es.

»Bomben!« verstand sie schließlich. Obwohl Kyle brüllte, hörte sie seine Stimme nur wie ein weit entferntes Flüstern. »Das war nicht der Gleiter! Sie werfen Bomben!«

Skudder deutete auf den rechten Gang und sprang mit einem Satz vom Bahnsteig auf den Schienenstrang hinunter. Während Charity und Net ihm etwas langsamer folgten, um Helen zu helfen, liefen Kyle und er ein Stück voraus. Eine zweite Explosion riß sie erneut von den Füßen, kurz bevor sie den Stollen erreichten, und diesmal brach ein ganzer Teil der Hallendecke hinter ihnen zusammen.

Kurz vor dem Eingang des Tunnels blieb Skudder stehen und hob seine Waffe, während Kyle weiterrannte und nach wenigen Schritten von der absoluten Dunkelheit des Stollens verschluckt wurde. Wenig später sah Charity das grelle Aufblitzen eines Lasers und hörte einen hohen, pfeifenden Schrei; dann kehrte Kyle zurück und winkte ihnen hastig.

»Alles in Ordnung«, rief er. »Schnell!« Das dumpfe Grollen einer dritten Detonation unterstrich seine Worte. Offensichtlich waren die Moroni wild entschlossen, das Kapitel Charity Laird diesmal wirklich zum Abschluß zu bringen, selbst wenn sie dazu die gesamte Stadt über ihnen in eine radioaktive Wüste verwandeln mußten.

Dann explodierte der Gleiter.

Sie waren vielleicht fünfzig Schritte weit in den U-Bahn-Stollen eingedrungen, als hinter ihnen ein abermals gleißendes, unerträglich helles Licht aufflammte und die Welt rings um sie herum in ein bizarres Schreckensgemälde mit harten Konturen verwandelte.

Charity schrie gellend auf. Ein fürchterlicher Stoß traf den Boden unter ihr. Charity hatte plötzlich das Gefühl, wie ein schwereloses Spielzeug durch die Luft gewirbelt zu werden. Das Licht war so grell, daß es selbst durch ihre geschlossenen Lider drang und sie vor Schmerz stöhnen ließ. Dann prallte sie mit fürchterlicher Wucht gegen ein Hindernis, das plötzlich vor ihr auftauchte. Als sie schützend die Arme über das Gesicht riß, sah sie gerade noch das von unerträglich hellem, weißem Licht erfüllte Ende des Schachtes hinter ihnen, das scheinbar lautlos zusammenzubrechen begann.

2

»Verdammt! Was war das?!« Hartmann drehte mit einem Fluch den Kopf zur Seite, verzerrte schmerzerfüllt das Gesicht und rieb sich mit Daumen und Zeigefinger der Rechten über die Augen, ehe er wieder zu der Reihe kleiner flimmernder Monitore hinüberblinzelte. Zwei von ihnen waren ausgefallen und zeigten nichts als weißes Rauschen. Wahrscheinlich waren die Bildröhren durchgebrannt, dachte Hartmann ärgerlich. Die Geräte waren auch mehr als sechzig Jahre alt.

Aber wahrscheinlich hätte *dieser* Blitz jeden Filter überfordert. Vor Hartmanns Augen bewegten sich noch immer grelle Lichtblitze. Er war ziemlich sicher, daß er jetzt blind wäre, hätten die Filter nicht blitzschnell reagiert und neunundneunzig Prozent der grausamen Lichtflut gedämpft, die über die Monitore in den kleinen Überwachungsraum gedrungen war.

Mißmutig drehte er sich herum und starrte die beiden Techniker an, die hinter den zerschrammten Pulten saßen. Breuer blinzelte und rieb sich unentwegt über die Augen, während Stern offensichtlich nicht hingesehen hatte. Aber sein Gesicht wurde zusehends blasser, während sein Blick über die Kontrollen auf dem Pult vor sich huschte.

»Ich habe gefragt, was da passiert ist«, herrschte Hartmann den dunkelhaarigen Techniker an.

»Ich . . . bin nicht ganz sicher«, antwortete Stern nervös. Seine Finger glitten über das Pult, betätigten ein paar Schalter und hämmerten nervös auf die Tastatur eines Computers ein. »Aber es sieht aus wie . . .«

»Wie was?« fragte Hartmann scharf, als Stern zögerte, zu antworten.

Der Techniker sah auf, und der Ausdruck von Betroffenheit in seinen Augen veränderte sich zu blankem Schrecken. »Das war eine Atomexplosion, Herr Leutnant«, sagte er leise.

Hartmann war im Grunde nicht wirklich überrascht; er fragte sich nur, wer um alles in der Welt ein Interesse daran haben sollte, eine Stadt zu bombardieren, in der schon seit einem halben Jahrhundert nichts mehr lebte.

»Sind Sie sicher?« fragte er.

Stern nickte abgehackt. »Völlig. Die Daten lassen keinen anderen Schluß zu. Irgend jemand bombardiert die Stadt.«

Hartmann schwieg einen Moment. Was um alles in der Welt ging dort oben vor? Zuerst diese beiden Raumschiffe, die sich gegenseitig abschossen, und jetzt das . . .

Aber er war nicht hier, um *Vermutungen* anzustellen. Er war hier, um zu *handeln*.

»Welches Kaliber?« fragte er. »Und wo genau ist sie eingeschlagen?«

Stern blickte wieder für einen Moment auf seine Instrumente, dann antwortete er nervös und ohne zu Hartmann aufzusehen: »Nicht besonders groß. Ich schätze fünfzig – maximal sechzig Kilotonnen. Eher eine Granate statt einer Bombe. Aber es waren mehrere Treffer.«

»Mehrere?« vergewisserte sich Hartmann alarmiert.

Stern schluckte trocken und sah ihn nun doch an. »Mindestens drei oder vier«, sagte er, »vielleicht sogar mehr. Genau kann ich das nicht sagen. Die meisten Instrumente sind gestört.«

»Und wo haben sie eingeschlagen?« schnappte Hartmann.

Stern fuhr wie unter einem Hieb zusammen und versuchte, in den Kunststoffbezug seines Sitzes hineinzukriechen, während der neben ihm sitzende Breuer endlich die Hand von den Augen nahm und ihn und Hartmann abwechselnd ansah. Seinem Gesichtsausdruck nach zu schließen, dachte Hartmann ärgerlich, hat er noch gar nicht mitbekommen, was überhaupt geschehen war. Was hatte er nur verbrochen, daß man ihm zwei solche Flaschen zugeteilt hatte?

»Ungefähr . . . zehn Kilometer von hier, Herr Leutnant«, antwortete Stern nach einem weiteren, langen Blick auf seine Instrumententafel. »Deutz. Nicht weit von der Brücke entfernt. Wahrscheinlich ist sie zerstört worden.«

»Verdammt!« Hartmann wandte sich wieder um und blickte vorwurfsvoll die beiden ausgebrannten Bildschirme an, als gäbe er ihnen die Schuld daran, daß er nicht genau wußte, was dort vor sich ging.

»Gibt es sonst noch ein paar schlechte Neuigkeiten?« erkundigte er sich übellaunig.

»Es wimmelt von Schiffen«, sagte Stern leise. Seine Stimme klang fast ängstlich.

»Und was heißt das genau?« erkundigte sich Hartmann gepreßt, in jenem täuschend ruhigen, lauernden Tonfall, den alle, die das zweifelhafte Vergnügen hatten, mit ihm zu arbeiten, kannten und fürchteten.

»Das kann ich nicht genau sagen«, antwortete Stern unsicher. »Die meisten Geräte sind ausgefallen. Es wird ein paar Stunden dauern, bis sie wieder funktionieren. Aber es waren mindestens fünf oder sechs, als ich das letzte Mal auf den Schirm gesehen habe.«

»Fünf oder sechs . . .« wiederholte Hartmann halblaut. Ein besorgter Ausdruck huschte über sein Gesicht. In den mehr als fünf Jahrzehnten, die er jetzt hier Dienst tat, hatte er niemals mehr als drei der riesigen silbernen Flugscheiben gleichzeitig über der Stadt gesehen – und erst recht keine, die Atomgranaten auf leere Häuser warfen.

»Bombardieren sie noch?« fragte er.

»Im Moment nicht«, antwortete Stern eifrig. »Aber sie scheinen sich noch nicht entfernt zu haben, sonst hätte das Fernradar sie erfaßt.«

»Scharfsinnig geschlossen«, sagte Hartmann spöttisch und wandte sich zu den beiden Technikern um. Breuer senkte hastig den Blick und tat so, als wäre er gar nicht da, während Stern sich nervös mit der Zungenspitze über die Lippen zu fahren begann.

»Sie sind ja doch zu etwas zu gebrauchen, Stern«, fuhr Hartmann fröhlich fort. Dann wurde er übergangslos wieder ernst.

»Die Sache gefällt mir nicht«, sagte er. »Wecken Sie Lehmann und Felss, diese beiden Trottel. Sie sollen sich dort draußen ein bißchen umsehen.«

»Die Strahlung . . .« begann Stern, wurde aber sofort wieder von Hartmann unterbrochen.

»Ich habe sie nicht nach Ihrer Meinung gefragt, Stern«, brüllte Hartmann. »Leiten Sie den Weckvorgang ein!«

Das Bombardement von Steintrümmern auf dem Dach war dem beständigen Rieseln von Staub gewichen. Doch noch immer konnten sie Explosionen vernehmen. Es hörte sich an, als bräche die gesamte Stadt über ihren Köpfen zusammen.

Beiläufig fragte Charity sich, warum sich die Moroni die Mühe machten, die Ruinenstadt mit einem Teppich aus kleineren Sprengkörpern zu belegen, statt einfach eine Wasserstoffbombe zu werfen und die selbsternannten Retter der Welt damit bis ans andere Ende des Sonnensystems zu pusten. Sie hatten trotz allem noch Glück gehabt; Kyle, der offensichtlich im Dunkel sehen konnte wie eine Katze, hatte sie zu diesem uralten, rostigen U-Bahn-Waggon geführt, der seit einem halben Jahrhundert verlassen auf den Schienen stand. Sie hatten ihn kaum betreten, als der halbe Tunnel über ihren Köpfen zusammenzubrechen begann. Vielleicht war die letzte Explosion nicht einmal die schwerste gewesen, sondern nur der letzte Schlag, der die ohnehin erschütterten Fundamente des unterirdischen Stollens zum Einsturz brachte. Charity hatte minutenlang nicht damit gerechnet, die nächsten Augenblicke zu überleben: Das vordere Teil des Wagens war unter Tonnen von Beton und herabstürzender Erde regelrecht plattgedrückt worden. Doch dann war Ruhe eingetreten.

»Was zum Teufel tun die da oben?«

Gurks Stimme klang gepreßt aus der völligen Dunkelheit. Niemand antwortete, aber Charity schob zum wiederholten Mal den linken Ärmel hoch und blickte auf den Geigerzähler. Die kleine, rote Anzeige stellte im Moment ihre einzige Lichtquelle dar. Die Strahlenwerte befanden sich zwar noch nicht im akuten Gefahrenbereich, aber allmählich wurde die Sache mulmig.

Obwohl sie so blind wie die anderen war, spürte sie plötzlich, daß Kyle sie ansah. »Ihre Freunde scheinen ziemlich großen Wert darauf zu legen, uns zu erwischen«, sagte sie.

Kyle antwortete nicht darauf, aber Skudder fügte vom anderen Ende des Waggons aus hinzu: »Ja. Ich frage mich nur, hinter wem sie eigentlich her sind.«

»Hinter mir«, sagte Kyle.

»Und deshalb verseuchen Sie eine halbe Stadt mit radioaktiver Strahlung?« fragte Charity zweifelnd.

»Die Strahlung ist sehr kurzlebig«, sagte der Megamann. »In ein paar Tagen ist die Gefahr vorbei.«

»Ein paar Tage?!« Skudder lachte humorlos. »Na, wenn es weiter nichts ist. Dann schlage ich doch vor, daß wir es uns hier unten gemütlich machen.«

»Hör auf, Skudder«, sagte Charity matt. Dann drehte sie sich wieder in die Richtung, aus der Kyles Stimme in der Dunkelheit erklungen war. »Was haben Sie getan, daß sie sich solche Mühe machen, Sie umzubringen?«

»Nichts«, antwortete Kyle. Sie hörte, wie er aufstand und in der Dunkelheit an irgend etwas zu hantieren begann. »Ich vermute, sie sind nicht besonders glücklich darüber, daß ich mich nicht umbringen lassen wollte.«

»Vielleicht sollten wir ihnen den Gefallen tun und das nachholen«, sagte Gurk giftig.

Kyle machte sich nicht einmal die Mühe, etwas darauf zu erwidern. Plötzlich glomm ein trübes, gelbes Licht unter der Wagendecke auf. Charity blinzelte überrascht, als sie sah, daß Kyle eine der alten Lampen zum Brennen gebracht hatte. Im trüben Schein der fünfzig Jahre alten Leuchtstoffröhre war das ganze Ausmaß der Zerstörung zu erkennen. Der Stollen war fast völlig zusammengebrochen, und noch immer rutschten Steine und Erdreich nach. Sie steckten gehörig in der Klemme.

Vielleicht blieben ihnen nicht einmal mehr Minuten, um sich zu befreien.

Kyle stand auf und machte sich an einer zweiten Lampe zu schaffen, um auch sie wieder zum Leben zu erwecken. Skudder hockte mit angezogenen Knien auf einer der zerschlissenen Kunststoffbänke und sah ihm mit finsterem Gesichtsausdruck dabei zu, während sich Net um Barlers Tochter bemühte, die mit steinernem Gesichtsausdruck an der Wand lehnte und ihren verletzten rechten Fuß massierte.

Der sonderbar leere Ausdruck in den Augen des Mädchens gefiel Charity nicht. Sie stand auf, ging gebückt zu Net und Helen hinüber und beugte sich besorgt über das dunkelhaarige Mädchen. »Alles in Ordnung?«

Helen reagierte nicht, aber Net sah auf und deutete ein Kopfschütteln an. Nein – mit Helen war ganz und gar nicht alles in Ordnung. Nicht zum ersten Mal, seit sie aus Paris geflohen waren, gestand sich Charity ein, daß es ein Fehler gewesen war, das Mädchen mitzunehmen.

Aber im Moment konnten sie nichts für Helen tun. Sie stand wieder auf, ging zum hinteren Ende des Wagens und versuchte, durch den Staub irgend etwas von ihrer Umgebung zu erkennen. Dann glomm eine zweite Leuchtstoffröhre auf, erfüllte den Wagen für Augenblicke mit fast unangenehm hellem Licht und erlosch mit einem kleinen blauen Blitz sofort wieder. Kyle wandte sich um, zuckte enttäuscht mit den Achseln und versuchte nicht, auch noch eine dritte Lampe zum Brennen zu bringen.

Ein Beben erklang plötzlich, und ein wenig später wehte von weit, weit her ein dumpfes Grollen zu ihnen heran. Charity sah erschrocken auf, aber noch hielt der Tunnel.

»Sie werfen immer noch Bomben«, sagte Skudder.

»Ja«, erwiderte Kyle, »aber sie werden bald aufhören.«

»Und dann?«

Kyle machte eine Handbewegung zur Decke. »Dann werden sie kommen und nach uns suchen«, sagte er. »Sie werden nicht aufgeben, bis sie mich gefangen oder sich mit eigenen Augen von meinem Tod überzeugt haben. Ich würde mich ihnen stellen, wenn es etwas nutzte. Aber sie würden weiter nach euch suchen.«

»Wie edel Ihr seid«, bemerkte Gurk spöttisch.

Charity warf dem Zwerg einen ärgerlichen Blick zu. »Halt den Mund!« rief sie. »Ohne ihn wäre keiner von uns noch am Leben.«

»Ohne ihn«, erwiderte Gurk, wobei er versuchte, den Klang ihrer Stimme höhnisch nachzuäffen, »wären wir gar nicht *hier*.«

Kyle musterte den Zwerg mit einem sonderbaren, nicht einmal unfreundlichen Blick, lächelte flüchtig und ging zu Net und Helen hinüber. Die junge Wasteländerin tauschte einen fragenden Blick mit Charity und rutschte ein Stück zur Seite, als sie wortlos nickte.

Kyle blickte Helen eine Sekunde lang stumm an, dann streckte er den Arm aus und berührte sie fast zärtlich an der Wange. Die Leere in Helens Blick blieb, aber sie zuckte unter der Berührung sichtbar zusammen. Wieder zögerte Kyle, dann begannen seine Finger, sanft, aber mit sehr geschickten, kundigen Bewegungen über ihren Körper zu tasten. Charity konnte nicht erkennen, was er tat, aber nach wenigen Augenblicken wandte er den Kopf und sah sie an.

»Ihr Fuß ist verrenkt«, sagte er. »Ich kann das in Ordnung bringen, aber jemand sollte Sie festhalten. Es wird sehr schmerzhaft sein.«

Skudder wollte aufstehen, aber Helen hatte Kyles Worte offensichtlich doch gehört, denn sie schüttelte plötzlich den Kopf und murmelte: »Es ist nicht nötig.«

Kyle zögerte noch einen winzigen Moment, dann griff er mit beiden Händen nach Helens Fußgelenk – und machte eine blitzartige Bewegung. Helen sog hörbar die Luft ein, gab aber sonst nicht den mindesten Laut von sich, obwohl ihr Gesicht auch noch den letzten Rest Farbe verlor.

»Das war's schon«, sagte Kyle lächelnd. »Ich kann sonst keine Verletzungen feststellen – aber trotzdem, sei ein bißchen vorsichtig mit dem Fuß.«

Helen nickte. »Du ... du bist es wirklich«, murmelte sie. »Aber wie ist das möglich? Du ... du hast dich ... fast gar nicht verändert!«

Kyle schien einen Moment lang nicht genau zu wissen, was er mit diesen Worten anfangen sollte. Dann fuhr auch er überrascht zusammen und blickte Helen mit einem neuen, verwirrten Ausdruck ins Gesicht. »Du bist das Mädchen aus dem Dschungel«, murmelte er.

»Und du der Jäger, der ... meine Eltern getötet hat«, murmelte Helen. »Ich ... erinnere mich genau! Du hast sie getötet! Erst meinen Vater und dann ... dann meine Mutter.«

Kyle schwieg, aber aus dem Ausdruck von Betroffenheit in seinem Blick wurde Schmerz.

»Und dann ... bist du zu mir gekommen«, murmelte Helen. »Ich dachte, du ... würdest mich auch töten. Aber statt dessen hast du mich angelächelt und ... und dann die *Ameise* umgebracht, die meinen Tod verlangte.«

Kyle schwieg weiter, aber Charity sah, wie nicht nur Net überrascht den Blick hob und ihn ansah.

»Ich habe nie verstanden, warum du das getan hast«, murmelte Helen.

»Ich konnte es nicht«, antwortete Kyle. »Ich wollte es, aber ... aber dann opferte deine Mutter ihr Leben, um dich zu schützen.« Er lachte bitter. »Ich habe einfach nicht begriffen, warum sie das tat. Sie war schon in Sicherheit. Sie hatte eine gute Chance zu entkommen, aber dann machte sie plötzlich kehrt und griff mich an, obwohl sie genau wußte, daß das ihren sicheren Tod bedeutete. Ich habe es einfach nicht begriffen. Aber danach ... konnte ich dir nichts mehr tun. Es hätte ihren Tod sinnlos gemacht, verstehst du?«

»Hatte er denn so einen Sinn? fragte Helen tonlos.

»Nein«, gestand Kyle. »Es tut mir so leid. Ich hoffe, du kannst mir verzeihen. Aber ich verlange es nicht.«

Sekundenlang blickte Helen ihn wortlos an, dann hob sie die Hand, berührte mit den Fingerspitzen fast zärtlich seine Wange und sagte: »Seltsam ... ich ... müßte dich hassen. Aber ich kann es nicht. Es ist so lange her.«

Ein Ausdruck tiefen Schmerzes machte sich auf Kyles Gesicht breit. Aber er sagte nichts mehr, sondern stand mit einem Ruck auf und deutete zum Fenster.

»Ich werde nachsehen, wie weit der Tunnel verschüttet ist«, sagte er. »Wartet hier!«

Skudder wollte widersprechen, aber Charity hielt ihn mit einer raschen Handbewegung davon ab und nickte Kyle auffordernd zu. Der junge Megamann schwang sich mit einer eleganten Bewegung aus dem Fenster und verschwand fast lautlos in der Dunkelheit.

»Hältst du das für eine gute Idee, ihn allein gehen zu lassen?« fragte Skudder.

»Und warum nicht?«

»Wer sagt uns, daß er zurückkommt?«

»Und wer will ihn daran hindern, es nicht zu tun, falls er es wirklich will?« gab Charity zurück. »Du vielleicht?« Skudders Antwort bestand nur aus Schweigen und einem zornigen Blick, und Charity begriff fast sofort, daß sie ihre Worte nicht besonders geschickt gewählt hatte. Zum ersten Mal, seit sie Kyle kennengelernt hatten, fragte sie sich, ob Skudders Feindseligkeit vielleicht nicht nur auf dem Umstand beruhte, daß Kyle eigentlich ihr Feind war. »Ich begreife das nicht«, flüsterte sie. »Was zum Teufel ist so wichtig an Kyle oder uns, daß sie sich solche Mühe geben, uns zu kriegen?«

»Vielleicht haben sie es nicht so gern, wenn man ihnen ihre Schiffe stiehlt?« fragte Gurk.

Charity schüttelte entschieden den Kopf. »Das kann nicht der einzige Grund sein«, sagte sie. »Ich verstehe, daß sie uns verfolgt und abgeschossen haben.« Sie deutete mit einer Handbewegung zur Decke. »Aber sie werfen *Atombomben*, Gurk. Niemand pulverisiert eine halbe Stadt, um ein paar Autodiebe zu bestrafen.«

Skudder lächelte flüchtig, wurde aber sofort wieder ernst. »Vielleicht ist es wirklich Kyle«, sagte er. »Nach allem, was wir wissen, ist er der erste von diesen Megamännern, der abtrünnig geworden ist. Vielleicht besitzt er Informationen, die auf keinen Fall in die falschen Hände geraten dürfen. Immerhin sind sie so etwas wie ihre Elite-Einheit, wenn ich das richtig sehe.«

Das war *eine* Möglichkeit, dachte Charity. Aber das konnte nicht der ganze Grund sein. »Es muß . . . irgend etwas mit dem Bunker zu tun haben«, murmelte sie. »Der NATO-Zentrale, die wir in Paris gefunden haben.«

»Wieso?« fragte Skudder.

Charity zuckte mit den Achseln. »Es ist nur ein Gefühl«, sagte sie. Sie sah Helen an, ehe sie weitersprach. Das Mädchen war jetzt wieder bei Verstand und blickte mit einer Mischung aus Neugier und Erschrecken zu ihr auf.

»Irgend etwas war in der Zentrale, das ungeheuer wertvoll für sie war«, fuhr sie fort. »Mit Ausnahme Barlers war ich die einzige, die dort unten war. Und ich habe mich eine ganze Weile an den Computern zu schaffen gemacht.«

»Sie meinen ...« Helen sog erschrocken die Luft ein und starrte sie aus entsetzt geweiteten Augen an. »Sie glauben doch nicht, daß mein *Vater* diese Bomber hinter uns hergeschickt hat?!« sagte sie empört.

»Nein«, antwortete Charity; eine Spur zu hastig, um wirklich überzeugt zu klingen. »Er selbst sicher nicht. Wahrscheinlich weiß er nicht einmal etwas davon. Aber jemand, der glaubt, wir hätten irgend etwas erfahren.«

»Aber das ist doch Unsinn!« protestierte Helen. »Mein Vater würde nie ...«

»Er ist nicht dein Vater, Kleines«, unterbrach sie Gurk hart. Er machte eine zornige Geste in die Richtung, in der Kyle verschwunden war. »Er ist auch einer wie er.«

In Helens Augen blitzte es kampflustig auf. Aber bevor es zwischen ihr und dem Zwerg wirklich zum Streit kommen konnte, kehrte Kyle zurück und winkte ihnen zu, den Wagen zu verlassen.

Skudder und Charity kletterten rasch durch das zerborstene Fenster ins Freie, während Net Helen dabei half, vorsichtig aufzustehen. Sie konnte jetzt wieder aus eigener Kraft gehen, aber ihr Gesicht verzerrte sich vor Schmerz, als sie den Fuß belastete, und nach kurzem Zögern griff Skudder kurzerhand zu und hob sie wie ein Kind aus dem Wagen.

»Nun?« fragte Charity.

»Der Stollen ist eingestürzt«, sagte Kyle. »Keine Chance, durchzukommen.«

»Und in der anderen Richtung?«

Abermals schüttelte Kyle den Kopf. »Selbst, wenn es einen Weg gäbe, wäre die Strahlung tödlich. Zumindest für euch.«

»Wunderbar!« sagte Gurk. »Dann sitzen wir ja richtig schön in der Falle. Deine Freunde brauchen nur noch zu kommen und uns einzusammeln.«

»Vielleicht gibt es doch einen Weg«, sagte Kyle unberührt. »Ich habe eine Tür entdeckt. Dahinter liegt eine Treppe, die in die Tiefe führt. Ich weiß nicht wohin.«

»Dann finden wir es heraus«, schlug Charity vor.

3

Hartmann drückte seine Zigarette in den Aschenbecher und hustete, während er Breuer dabei zusah, wie er den ausgebrannten Monitor aus der Höhlung in der Wand wuchtete und dabei eine Reihe kleiner zischender Kurzschlüsse verursachte, weil er vergessen hatte, einige Drähte abzuklemmen.

Hartmann seufzte wortlos. Er fragte sich, wen Breuer in seinem früheren Leben bestochen oder erpreßt hatte, um diesen Job zu bekommen. Er war zwar ein Genie an seinen Computern, aber ihn einen Stecker in die Steckdose schieben zu lassen, grenzte schon an Selbstmord.

Er schüttelte wortlos und sehr mißbilligend den Kopf, zündete sich eine neue Zigarette an und blies eine graue Rauchwolke in Sterns Gesicht, der demonstrativ hustete und mit den Händen in der Luft herumzufuchteln begann. »Irgend etwas Neues?«

Stern schüttelte den Kopf und tat so, als blicke er konzentriert auf seine Monitore. »Nein. Sie sind immer noch da. Und es kommen immer neue. Bis jetzt sind es . . .« Sein Blick wanderte über drei, vier der kleinen Bildschirme und streifte mißbilligend das glühende Ende der Zigarette in Hartmanns Mundwinkel. »Fünfundzwanzig.«

»Bombardieren sie noch?«

»Nein. Aber sie kreisen über dem Gebiet, das sie beschossen haben. Das gefällt mir nicht.«

Hartmann warf einen flüchtigen Blick zu Breuer hinüber, der gerade versuchte, einen Kabelschuh zu lösen. Hartmann hoffte inständig, daß es ihm gelang. Ersatzteile wurden allmählich knapp. »Glauben Sie, daß sie landen?«

Diesmal schüttelte Stern sofort und sehr entschieden den Kopf. »Unmöglich!« sagte er. »Ich weiß nicht, was für ein Teufelszeug sie da geworfen haben, aber es sind verdammt dreckige Bomben.«

Hartmann legte den Kopf schräg und sah ihn fragend an.

»Kurze Halbwertzeiten«, erklärte Stern. »Vielleicht drei oder vier Tage; maximal. Aber im Moment ist es dort verflucht heiß.«

Hartmann sog so heftig an seiner Zigarette, daß ihr Ende weiß aufglühte und Stern ihm einen weiteren, mißbilligenden Blick zuwarf. Danach fragte er: »Haben Sie schon irgend etwas von diesen beiden Flaschen gehört?«

»Lehmann und Felss?« Stern schüttelte den Kopf. »Nein. Aber sie sind auch erst vor ein paar Minuten los. Ich . . .«

Er brach mitten im Satz ab, und für einen Moment erschien ein erschrockener Ausdruck auf seinem Gesicht. »Da stimmt irgend etwas nicht«, murmelte er.

»*Was* stimmt nicht?« fragte Hartmann. Aber Stern antwortete nicht. Plötzlich glitten seine Finger in rasendem Tempo über die Tasten auf dem Pult vor sich, und ein halbes Dutzend der kleinen Bildschirme begann wie wild zu flackern. Eine Alarmsirene begann zu wimmern und verstummte mit einem Mißton, als Stern mit der Hand auf einen Schalter schlug.

Hartmann sah ihm einen Moment mit einer Mischung aus Interesse und Ärger zu, dann drehte er sich demonstrativ herum und betrachtete weiter Breuers tapfere Versuche, den zerstörten Monitor auszutauschen, ohne dabei sein Leben einzubüßen. Nachdenklich sog er an seiner Zigarette, hustete wieder und drückte sie mit einer ärgerlichen Bewegung in den Aschenbecher.

»Leutnant Hartmann?«

Irgend etwas am Klang von Sterns Stimme gefiel Hartmann nicht. Er drehte sich herum und sah den Techniker fragend an. »Was gibt's?« rief er.

Stern schob seinen Stuhl zurück und stand auf. Er deutete auf das Instrumentenpult vor sich. »Sie sollten sich das selbst ansehen, Herr Leutnant«, sagte er.

Hartmann warf ihm einen unwilligen Blick zu und trat um das Pult herum, aber anders als sonst reagierte Stern nicht darauf, sondern wiederholte nur seine auffordernde Geste. Seine Augen waren dunkel vor Furcht, und auf seiner Stirn erschien plötzlich ein Netz feiner, glitzernder Schweißtropfen, obwohl es in der kleinen Überwachungszentrale eher zu kalt als zu warm war.

»Ich fürchte«, sagte er leise, »wir bekommen Ärger.«

Die Treppe führte in engen Windungen in die Tiefe, wie ein Schneckenhaus aus Beton, und Charity hatte schon nach wenigen Dutzend Stufen aufgehört, sie zu zählen. Es gab Licht hier unten; ein rotes, blasses Licht, das alle Bewegungen ruckhaft und abgehackt erscheinen ließ und das aus einer Anzahl winziger, von rostigen Drahtkörben geschützter Lampen unter der Decke stammte.

Sie hatten eine kleine, völlig zerstörte Schleusenkammer durchquert, in der irgend etwas explodiert sein mußte. Die Wände waren geschwärzt, und alles, was nicht aus Beton gewesen war, war bis zur Unkenntlichkeit verschmort oder verkohlt gewesen. Aber ihr war trotzdem aufgefallen, daß die Tür am Ende dieser kleinen Schleusenkammer ungewöhnlich dick und massiv gewesen war: eine Platte aus fast zollstarkem Spezialstahl, die selbst einem Schuß aus ihren Lasern standgehalten hätte. Und doch hatte irgend etwas die Tür aus den Angeln gerissen. Die tiefen, schimmernden Kratzer in dem gehärteten Stahl erinnerten Charity auf unangenehme Weise an die Spuren gewaltiger Krallen oder Zähne. Und wem immer diese Krallen oder Zähne auch gehörten – keiner von ihnen verspürte große Lust, diesem Wesen zu begegnen.

Aber so wie es aussah, lebte hier unten nichts und niemand mehr. Auf dem gesprungenen Beton der Stufen lag eine fast fünf Zentimeter dicke Staubschicht, die unter ihren Schritten aufwirbelte. Charity schätzte, daß sie sich mittlerweile fünfzig Meter tief in die Erde hinab bewegt hatten. Manchmal tasteten sie sich durch Bereiche vollkommener Finsternis, denn nicht alle Lampen waren noch intakt. Und einmal hatten sie über etwas hinwegklettern müssen, das bis zur Unkenntlichkeit verschrumpelt und mumifiziert gewesen war. Kein Mensch, aber auch kein Lebewesen, wie es ihnen bekannt war.

Nach weiteren fünfzig Metern erreichten sie endlich das Ende der Treppe. Auch hier war eine Tür zertrümmert worden. Charity blieb unwillkürlich stehen, aber Kyle deutete mit einer knappen Handbewegung auf die Staubschicht auf dem Boden und schüttelte beruhigend den Kopf. Der graue Staubteppich war unberührt.

Das rote Licht begleitete sie auch auf die andere Seite der Tür. Sie betraten einen breiten, halbrunden Stollen, dessen Wände aus nacktem Beton bestanden. Unter der Decke liefen dicke, isolierte Rohre und straff gespannte Kabel entlang, und in einiger Entfernung konnte Charity eine halbrunde Metalltür erkennen, die ebenfalls mit brutaler Gewalt aus den Angeln gerissen worden war.

»Was ist das hier?« flüsterte Skudder. Seine Stimme hallte als unheimlich verzerrtes, dunkles Echo aus dem leeren Gang zurück, und Charity machte instinktiv eine Handbewegung, leiser zu sprechen.

»Keine Ahnung«, antwortete sie. »Aber zur U-Bahn gehört dieser Gang bestimmt nicht mehr.«

Sie nahm ihre Waffe von der Schulter und entsicherte sie. Ihre Schritte wirbelten den Staub auf und erzeugten unheimliche Echos an den unsichtbaren Wänden vor ihnen. Und wieder gaukelten Charitys überreizte Nerven ihr Bewegungen vor, die nicht da waren. Sie versuchte vergeblich, sich einzureden, daß Kyle sie frühzeitig vor jeder Gefahr warnen würde. Sie wußte, wie ungeheuer scharf die Sinne des Megamannes waren. Aber je weiter sie in diese unheimliche, unterirdische Welt vordrangen, desto intensiver wurde das Gefühl in Charity, aus unsichtbaren, gierigen Augen angestarrt, belauert zu werden. Und ein

Blick in die Gesichter Nets und Skudders bewies ihr, daß sie mit diesem Gefühl nicht allein war.

Nach einer Weile erreichten sie eine Gabelung. Charity wollte sich nach links wenden. Kyle hob die Hand, lauschte einen Moment mit geschlossenen Augen und schüttelte dann den Kopf.

»Dort entlang!« sagte er, während er in die andere Richtung deutete. Er machte keine Anstalten, seine Worte zu erklären, und die anderen folgten ihm schweigend.

Dieser Gang war niedriger; unter seiner Decke zog sich eine endlos lange Doppelreihe großer Leuchtstoffröhren entlang, von denen einige noch brannten und kleine, ovale Inseln weißer Helligkeit in dem düsterroten Dunkelkammerlicht erschufen, das hier unten herrschte. Zudem gab es hier zahlreiche Türen, die an beiden Seiten abzweigten. Charity blieb ein paarmal stehen und versuchte, eine davon zu öffnen, aber sie waren entweder verschlossen oder die Räume dahinter waren leer oder vollkommen verwüstet.

Aber trotz der unübersehbaren Spuren von Zerstörung, auf die sie auf Schritt und Tritt stießen, fiel Charity auf, daß hier unten anscheinend keine Kämpfe stattgefunden hatten. Die Verwüstungen, die sie sahen, waren entweder von Tieren angerichtet worden oder einfach der langen Zeit zuzuschreiben, die vergangen war. Wer immer diese Anlage erschaffen hatte, hatte den Invasoren entweder keinen Widerstand geleistet oder Zeit genug gehabt, sich in aller Ruhe zurückzuziehen.

Sie schätzte, daß sie sich ungefähr eine Meile weit in den Tunnel hineinbewegt hatten, als Kyle plötzlich erneut stehenblieb und warnend die Hand hob.

»Was ist los?« fragte Charity alarmiert. Sie trat neben den Megamann und richtete den Lauf ihrer Waffe in die rötliche Dämmerung vor ihnen. Aus eng zusammengepreßten Augen versuchte sie, irgend etwas zu erkennen. Aber alles, was sie sah, waren rote Schatten.

»Ich . . . weiß es nicht«, sagte Kyle zögernd. Plötzlich wirkte er sonderbar angespannt. »Aber irgend etwas ist dort.«

Auch Skudder trat neben ihn und richtete seine Waffe auf den Gang, während Net einen Schritt zurückwich und sich schützend vor Helen und den Zwerg stellte. Eine Zeitlang lauschten Charity und Skudder gebannt, ohne irgend etwas anderes als das Geräusch ihrer eigenen Atemzüge und das schnelle Hämmern ihrer Herzen zu hören, und schließlich war es wieder Kyle, der mit einem erschrockenen Laut zusammenfuhr und einen Schritt zurückprallte.

Und noch bevor Charity ihn erneut fragen konnte, was er gehört hatte, sah sie es selbst: Inmitten des roten Lichtes vor ihnen bewegte sich etwas. Es war zu klein und bewegte sich zu schnell, als daß sie es genau identifizieren konnte, aber das rasende Huschen wiederholte sich, kam näher, verschwand wieder – und dann unterdrückte sie nur mit Mühe einen erschrockenen Aufschrei.

Vor ihnen bewegte sich ein graubraunes, massiges Fellbündel über den Gang. Dunkle, von einer beunruhigenden Intelligenz erfüllte Augen starrten Charity und die anderen über einer spitzen Schnauze hinweg voller Gier an, und der fast meterlange, nackte Schwanz der Bestie peitschte nervös wie der einer angreifenden Katze.

»Ratten!« rief Helen entsetzt. »Großer Gott! Das sind ... Ratten!«

Charity fuhr sich nervös mit der Zungenspitze über die Lippen, die plötzlich trocken und spröde zu sein schienen, hob aber trotzdem das Lasergewehr und visierte den riesigen Nager durch die Zieloptik an.

Das Tier war eindeutig eine Ratte – aber es war fünfmal so groß, fünfmal so stark und mindestens fünfzigmal so häßlich wie jede Ratte, die Charity früher zu Gesicht bekommen hatte. Sie hatte solche Tiere erst einmal gesehen; in der leeren Pipeline, die die Bewohner der Freien Zone von Paris kurzerhand zu einer Autobahn umfunktioniert hatten.

Die Ratte war stehengeblieben und starrte sie an, und für eine endlose Sekunde hatte Charity das entsetzliche Gefühl, daß die Ratte genau spürte, daß sie durch das Zielfernrohr hindurch beobachtet wurde, und diesen Blick voller Zorn erwiderte.

Vorsichtig, sehr langsam, um das Tier nicht durch eine unbedachte Bewegung zum Angriff zu reizen, senkte sie das Gewehr und blickte es mit bloßen Augen an. Hinter der ersten Ratte tauchten weitere Nager aus der Dunkelheit auf: eine ganze Rattenarmee.

»Zurück!« flüsterte sie. »Und bewegt euch ganz langsam.«

Skudder nickte nervös; er senkte zwar sein Gewehr, hielt aber den Finger am Abzug. Auch Kyle widersprach nicht, sondern wich mit kleinen, sehr vorsichtigen Schritten zurück.

Die Ratten folgten ihnen. Charity schätzte allein die Zahl derer, die sie sehen konnten, auf mindestens fünfzig oder sechzig – und in der roten Dunkelheit mochten sich noch Hunderte verbergen. Die Stille war längst dem unaufhörlichen Kratzen harter Pfoten auf Beton und den leisen, hohen Pfiffen gewichen, mit denen sich die Tiere verständigten. Charity fragte sich, ob sie wirklich miteinander sprachen.

»Helen!« sagte sie. »Sie kennen diese Tiere. Werden sie uns angreifen?«

»Ich weiß es nicht«, flüsterte Helen stockend. Ihre Stimme zitterte vor Furcht. »Wenn sie sehr hungrig sind oder sich angegriffen fühlen ...«

Charity sah aus den Augenwinkeln, wie Kyle ganz langsam die Hand zum Gürtel hob und eine kleine, sonderbar plump aussehende Waffe zog. »Um Gottes willen – nein!« flüsterte sie erschrocken. »Sie zerreißen uns, wenn Sie auch nur einen Schuß abgeben!«

Kyle erstarrte. Vielleicht hatte er den entsetzten Unterton in Charitys Stimme richtig gedeutet und begriffen, wie gefährlich diese Tiere waren. Vielleicht hatte er auch nur eingesehen, daß er sie nicht alle zugleich erschießen oder aufhalten konnte – und daß es ihm wenig nutzte, wenn er der einzige war, der hier lebend herauskam.

Schritt für Schritt wichen sie von der gewaltigen Armee graubrauner, pelziger Körper vor ihnen zurück, und die Ratten folgten ihnen im gleichen Abstand; nicht schneller, aber auch nicht langsamer.

Ihre Bewegungen hatten nichts von einem Angriff, dachte Charity verstört. Eher etwas von einer ... *Warnung.*

Und als hätte es ihre Gedanken gelesen, löste sich plötzlich eines der Tiere aus der Front der Ratten und eilte ein paar Schritte auf sie zu, ehe Skudder drohend seine Waffe hob und es wieder stehenblieb. Charity war völlig sicher, daß es kein Zufall war. Das Tier hatte die Bedeutung der Geste erkannt und reagierte darauf.

Die Ratte starrte abwechselnd Skudder, Kyle und Charity aus ihren dunklen, stechenden Augen an, dann zog sie die Lefzen zurück und gewährte ihnen einen Blick auf ein Gebiß, dessen bloßer Anblick Charity einen Schauer über den Rücken laufen ließ.

»Nehmt die Waffen herunter«, sagte sie leise.

Kyle gehorchte sofort, aber Skudder warf ihr einen überraschten, ja fast entsetzten Blick zu, und Charity wiederholte: »Nimm das Gewehr herunter, Skudder. Sie tun uns nichts. Sie wollen uns nur vertreiben. Das ist alles.«

Sie wandte sich wieder der Ratte zu und hob die linke, leere Hand. Ihr Vertrauen in den plötzlichen Evolutionssprung dieser Nager reichte nicht so weit, im Ernst anzunehmen, daß sie ihre Sprache verstanden – aber das Benehmen des Tieres zeigte ganz deutlich, daß es zumindest imstande war, die Bedeutung von *Gesten* zu begreifen.

Die Ratte folgte ihrer Bewegung aus mißtrauisch glitzernden Augen und stieß ein drohendes Zischen aus, rührte sich aber nicht mehr, und auch die Armee graubrauner Körper hinter ihr kam nicht mehr näher.

Langsam und unendlich vorsichtig hob Charity das Gewehr wieder und hängte sich die Waffe über die Schulter. Kyle steckte seine Pistole wieder unter den Gürtel, und nach einer weiteren Sekunde folgte endlich auch Skudder ihrem Beispiel.

»Vorsichtig jetzt!« flüsterte Charity. »Macht bloß keine hastige Bewegung!«

Langsam drehte sie sich herum, wobei sie die Ratte aufmerksam im Auge behielt, wartete, bis auch Skudder und Kyle sich umgewandt hatten, und deutete dann in die Richtung, aus der sie gekommen waren. Ohne ein Wort ging sie los.

Zuerst langsam, dann immer schneller gingen sie den Weg zurück, bis sie wieder an die Abzweigung kamen, an der sie abgebogen waren. Erst dann wagte es Charity, stehenzubleiben und wieder zurückzublicken.

Von den Ratten war nichts mehr zu sehen.

4

Mehr als drei Jahre waren vergangen, seit Stone dieses Zimmer das erste Mal betreten hatte, aber der Anblick hatte in all dieser Zeit nichts von seiner Faszination verloren. Stone war immer noch nicht sicher, ob ihn das Bild, das die Stadt unter den Fenstern bot, mehr faszinierte oder erschreckte, oder ob es eine Mischung aus beidem war, die ihn immer wieder hierherkommen und Stunde um Stunde aus dem Fenster blicken ließ. Was einmal Manhattan gewesen war, das war jetzt ...

Er wußte nicht, was es war. Er war der Herr dieser Stadt, ihr unumschränkter Befehlshaber, zumindest die meiste Zeit, und trotzdem wußte er nicht, was sie mit dieser Stadt taten. Es war noch immer eine Stadt voller brodelndem Leben, aber es war auch ein Dschungel, ein verwirrendes Gebilde aus unverständlicher Hypertechnik und sonderbar organischen Formen, und manchmal kam es ihm vor wie eine gigantische, lebende Einheit, die aus zahllosen einzelnen Individuen bestand und viele Millionen Zellen zusammensetzte; Zellen, von denen vielleicht auch er schon eine war, ohne es zu wissen.

Sein Blick wanderte nach Osten, wo das Wasser der Hudson-Bay in grauen Nebelschwaden verschwand. Manchmal kam Wind auf, der diese flimmernde graue Wand zerriß, und dann konnte er die Eisbarriere erkennen: eine zweihundert Meter hohe, massive Wand aus Eis, die innere Grenze des Kälteschirmes, der New York umgab.

Das aufdringliche Summen des Intercom-Gerätes riß ihn in die Wirklichkeit zurück.

Zum ersten Mal seit Jahren wieder verspürte Stone Angst, die Hand auszustrecken und das Gerät einzuschalten, auf dessen Bildschirm jetzt das ziselierte Flammen-M Morons flackerte. Er selbst hatte dieses Symbol entworfen, und damals war es ihm passend erschienen. Etwas, das die Macht und Unbesiegbarkeit Morons deutlicher symbolisierte als alles andere. Und das seine eigene, kleine Rache an den Invasoren darstellte, denn für ihn bedeutete dieses ›M‹ nicht nur Moron, es stand auch für Monster, für die Ungeheuer von den Sternen, die sein Volk vernichtet und ihm seine Welt gestohlen hatten.

Jetzt begann er es zu fürchten. Was er in Paris erlebt hatte, hatte ihm gezeigt, wie hilflos er in Wahrheit war. Er war ein mächtiger Mann, vielleicht der mächtigste Mann dieses Planeten – und trotzdem war er ein Nichts. Seine Macht währte, solange *sie* es wollten. Keine Sekunde länger.

Und vielleicht war die Gnadenfrist, die sie ihm gewährt hatten, schon abgelaufen.

Innerlich angespannt, schaltete Stone das Gerät ein. Das flackernde, rote ›M‹ auf dem Bildschirm erlosch und machte der ausdruckslosen Chitin-Maske Luzifers Platz, seines persönlichen Adjutanten. Vor drei Jahren, als man ihm dieses riesige, ameisenähnliche Geschöpf zugeteilt hatte, hatte Stone diesen Namen witzig gefunden; mittlerweile war er nicht mehr sicher, ob er sich nicht wirklich auf einen Pakt mit dem Teufel eingelassen hatte.

»Ja?« begann er. »Irgend etwas Neues aus Paris?«

»Das Bombardement wurde eingestellt«, antwortete Luzifer.

»Warum?«

»Die Flüchtlinge sind mit an Sicherheit grenzender Wahrscheinlichkeit tot«, antwortete Luzifer.

»Was heißt ›mit an Sicherheit grenzender Wahrscheinlichkeit?‹« brüllte Stone. »Sind sie tot oder nicht?«

»Das wissen wir nicht, Herr«, antwortete Luzifer. »Der abgestürzte Gleiter wurde aufgespürt und vernichtet. Eine Fortsetzung der Bombardierungen würde die Strahlenwerte unzulässig erhöhen. Es gibt eine Königin im Gebiet dieser Stadt.«

»Das weiß ich«, antwortete Stone gereizt. »Aber ich dachte, ihr seid resistent gegen radioaktive Strahlung?«

»Das trifft zu, soweit es die Arbeiter und Soldaten angeht«, bestätigte Luzifer. »Aber die unausgeschlüpften Eier könnten geschädigt werden. Die Sicherheit der Brut hat Vorrang gegenüber der Vernichtung der Entflohenen.«

Obwohl seine Stimme so kalt und ausdruckslos wie gewöhnlich klang, spürte Stone, wie wenig Sinn es hatte, Luzifer in diesem Punkt zu widersprechen. Das Insektengeschöpf war sein persönlicher Adjutant; sein Diener und Sklave, über den er nach Belieben befehlen konnte. Er zweifelte nicht daran, daß Luzifer ohne eine Sekunde zu zögern sein Leben geopfert hätte, hätte er es von ihm verlangt. Und doch würde er ihm in diesem Punkt nicht gehorchen. Manchmal fragte sich Stone, ob er vielleicht in Luzifers Augen ein ebenso minderwertiges Geschöpf war wie umgekehrt die *Ameise* in seinen. Es war eine verwirrende Situation – sie waren beide Sklaven, und bis zum heutigen Tag hatte Stone niemals geklärt, wer nun wessen Sklave war.

»Also gut«, sagte er nach kurzem Überlegen. »Dann laß ein Schiff und eine Begleitmannschaft startbereit machen. Ich will mich mit eigenen Augen davon überzeugen, daß Captain Laird und ihre Begleiter tot sind.« Und vor allem dieser Megamann, fügte er in Gedanken hinzu. Wenn Kyle noch lebte, und wenn er aus irgendeinem Grund gefangengenommen und verhört wurde, dann war es um ihn geschehen. Es hatte Stone ohnehin überrascht, daß er mit der Behauptung, der flüchtende Megakrieger hätte die beiden Inspektoren getötet, so ohne weiteres durchgekommen war.

Doch so mißtrauisch und unbarmherzig die Insektengeschöpfe von Moron waren, so leicht war es, sie zu belügen. Vielleicht lag es daran, überlegte er, daß es Insekten waren. Ein Volk, zu dessen Wortschatz Begriffe wie Mitleid, Gnade oder

Gewissen nicht gehörten, ließ sich schwer mit der Vorstellung absoluter Ehrlichkeit assoziieren. Aber nach allem, was Stone in den vergangenen drei Jahren erlebt hatte, wußten die Moroni wirklich nicht, was der Begriff Lüge bedeutete.

Luzifer antwortete nicht auf seinen Befehl, aber er unterbrach auch die Bildverbindung nicht, sondern starrte ihn über den Monitor hinweg aus seinen kalten, glitzernden Facettenaugen heraus an, und nach einer Weile fragte Stone in leicht gereiztem Tonfall: »Was gibt es denn noch?«

»Es erscheint mir nicht sehr ratsam, daß Sie sich selbst dorthin begeben, Herr«, antwortete Luzifer. »Die Strahlenwerte sind im Moment sehr hoch. Und das Gebiet wird von primitiven Eingeborenen bewohnt. Sie könnten in Gefahr geraten.«

»Dann besorg mir einen vernünftigen Schutzanzug!« sagte Stone zornig. »Und eine gut bewaffnete Begleitmannschaft. Und verbinde mich mit dem Kommandanten der dortigen Garnison.«

Luzifer widersprach nicht mehr. Sein ausdrucksloses Insektengesicht senkte sich in einer Geste des Gehorsams, dann wurde der Monitor dunkel, und Stone wandte sich mit einem lautlosen Aufatmen von dem Gerät ab. Langsam trat er wieder ans Fenster und blickte auf die Stadt hinab. Sein Herz schlug schnell und sehr hart, und er fühlte, wie seine Handflächen feucht wurden. Er hatte das Gefühl, langsam, ganz allmählich, aber auch unaufhaltsam den Boden unter den Füßen zu verlieren. Vielleicht war es Einbildung, dachte er. Gleichzeitig spürte er, daß dieser Gedanke nichts als ein weiterer, unzulänglicher Versuch war, sich selbst zu beruhigen. Nein – es war keine Einbildung. Irgend etwas ... geschah.

Ein Pakt mit dem Teufel ...

Vielleicht war es das, dachte er. Vielleicht war jetzt der Moment gekommen, in dem er die Rechnung präsentiert bekam.

Der Angriff kam völlig überraschend: Nicht einmal Kyles überscharfe Sinne nahmen ein Geräusch wahr oder eine verdächtige Bewegung; aber plötzlich waren sie da – Hunderte gewaltiger, spinnenbeiniger, zottiger Körper, die sich mit irrsinniger

Geschwindigkeit und nahezu lautlos an der Decke und den Wänden entlangbewegten.

Charity fand nicht einmal Zeit, einen warnenden Ruf auszustoßen. Ein riesiger schwarzer Schatten glitt mit grotesken Bewegungen an der Decke über ihr heran und ließ sich auf sie herabfallen. Sie hörte Net hinter sich aufschreien und sah einen grell weißen Blitz aus den Augenwinkeln, als Skudder instinktiv seine Waffe abfeuerte, ohne mehr zu treffen als den jahrzehntealten Staub auf dem Boden, und im selben Moment fühlte sie sich zu Boden gerissen. Kleine, spitze Zähne gruben sich mit erbarmungsloser Kraft in die Schulter ihrer Uniformjacke und versuchten vergeblich, den zähen Stoff zu durchdringen. Charity warf sich instinktiv herum und versuchte, den Angreifer über die Schulter zu schleudern, aber die Spinnenkreatur hatte einfach zu viele Gliedmaßen – sie schüttelte vier, fünf der dürren, biegsamen Beine ab, aber mindestens ebenso viele klammerten sich an ihren Nacken und ihre Arme, und die Zähne, die den Stoff ihrer Uniformjacke nicht durchdringen konnten, aber mit grausamer Kraft zubissen, tasteten nach einer verwundbaren Stelle und näherten sich ihrem Hals.

Sie wäre wahrscheinlich nicht einmal mit diesem ersten Angreifer fertig geworden, wäre nicht plötzlich Kyle aufgetaucht, der das Monster einfach von ihr herunterriß. Das Wesen stieß einen zischelnden, zornigen Laut aus, als Kyle es kurzerhand gegen die Wand warf.

Aber damit hatte er ihnen nicht einmal eine Atempause verschafft. Charity plagte sich auf und versuchte, ihre Waffe von der Schulter zu bekommen. Sie sah, daß die gesamte Decke des Stollens zum Leben erwacht war! Es mußten Dutzende der riesigen, bizarren Kreaturen sein. Nicht eine von ihnen berührte den Boden, aber sie flitzten geschickt an der Decke und den Wänden entlang – und sie waren gefährlich.

Charity sprang vollends auf die Füße und riß ihr Gewehr von der Schulter, als Net hinter ihr abermals aufschrie. Mit einem Satz war sie bei der Wasteländerin, schleuderte das Spinnentier, das auf ihrer Brust hockte, mit einem Kolbenhieb beiseite und wollte die Hand ausstrecken, um Net auf die Füße zu helfen. Doch im selben Moment wurde sie schon wieder angegriffen;

diesmal von drei schwarzen Spinnen, die wie pelzige Bälle von der Decke fielen.

Sie wehrte das erste der Ungeheuer mit dem Gewehrlauf ab, duckte sich unter dem zweiten Angreifer hindurch und zerquetschte den dritten mit ihrem bloßen Körpergewicht, als er sie zu Boden riß und sie sich noch im Sturz drehte, so daß sie ihn unter sich begrub. Hinter ihr blitzte wieder Skudders Lasergewehr auf, und sie hörte jetzt auch Helen und Gurk schreien. Mit einer schnellen Bewegung rollte sie herum, brannte eine Feuerspur in die lebende Masse unter der Decke über sich und riß die Arme über das Gesicht, als geschmolzener Stein und brennendes Chitin wie tödlicher Regen auf sie herabfielen.

Mit verzweifelter Kraft stemmte sie sich auf die Füße, feuerte erneut und wich langsam vor der brodelnden Flut zuckender Gliedmaßen zurück, die sich immer weiter über die Decke und die Wände ausbreitete.

Einen Augenblick später glühte neben ihr ein flimmerndes, düsterrotes Licht auf, und als Charity überrascht herumfuhr, sah sie, daß Kyle wieder seine kleine Waffe gezogen hatte. So harmlos die winzige Pistole aussah, so verheerend war ihre Wirkung. Der fächerförmige Lichtstrahl verwandelte einen großen Teil der Decke samt der Spinnen darauf in pulverfeinen, grauen Staub, der in trägen Wolken zu Boden fiel. Kyle schwenkte den Strahl zur Seite, vernichtete auch die zweite Hälfte der Spinnenarmee auf der linken Seite der Gangdecke und schaltete von Dauer- auf Einzelfeuer um, um auch die wenigen überlebenden Angreifer zu erledigen, die sich mit wirbelnden Beinen die Wände herabgeflüchtet hatten.

»Vorsicht! Hinter dir!«

Es dauerte eine halbe Sekunde, bis Charity begriff, daß Skudders Schrei nicht ihr galt. Erschrocken fuhr sie herum und sah, daß sich drei oder vier der haarigen schwarzen Beinbälle Kyle von hinten näherten. Sie hob ihre Waffe, zielte kurz und tötete zwei von ihnen mit einem grellen Lichtblitz. Den dritten erlegte Skudder mit einem kurzen, genau gezielten Laserschuß, aber das vierte und letzte Ungeheuer war bereits zu nahe heran, als daß sie es wagten, darauf zu schießen. Mit einer wirbelnden Bewegung erreichte es die Decke über Kyle und ließ sich lautlos auf ihn herabfallen. Ein halbes Dutzend seiner langen, gelenkigen Beine krallten sich in Kyles Schulter, während seine Zähne begannen, lange, blutige Kratzer in seinen Nacken und seine Wange zu reißen. Kyle schien den Angriff nicht einmal zu spüren; zumindest beachtete er ihn nicht. Beinahe ungerührt stand er mit leicht gespreizten Beinen da, hielt seine Waffe mit ausgestreckten Armen und zielte sorgfältig auf die wenigen, vereinzelten Monster, die dem roten Licht bisher entkommen waren.

Mit einem Fluch war Skudder bei ihm, packte das Ungeheuer mit bloßen Händen und schleuderte es gegen die Wand. Hilflos glitt es daran herunter, blieb eine Sekunde lang reglos liegen – und sprang dann hoch, um auf wirbelnden Beinen davonzurasen. Skudder setzte ihm mit einem Fluch nach und zertrat es.

Die Tunneldecke bot ein Bild der Verwüstung. Die Laserspuren glühten noch immer dunkelrot, und hier und da waren gewaltige, gezackte Löcher in der Decke entstanden; an einigen Stellen züngelten Flammen, und die meisten der roten Lichter waren erloschen. Ein paar brennende Kadaver waren alles, was von der lautlosen Armee übriggeblieben war.

Charity drehte sich zu Kyle herum und musterte ihn einen Moment lang besorgt. Gesicht, Nacken und Schultern des jungen Megamannes bluteten, auch seine Jacke hing in Fetzen. Aber seine Wunden schlossen sich bereits wieder. Charity wußte, daß er in wenigen Minuten seine Verwundung vollkommen geheilt hatte.

Kyle blickte mit großer Konzentration in die Richtung, aus der die lautlose Armee aufgetaucht war. »Wir müssen weg hier. Das war nur die Vorhut der Beutejäger.«

»Wir können nicht zurück«, sagte Charity. »Dort lauern die Ratten auf uns.«

»Vielleicht finden wir eine Abzweigung«, antwortete Kyle. »Oder wir schaffen es bis zur Treppe. Sie werden wiederkommen. Und nicht nur sie, glaub mir.«

Der Ernst, mit dem er diese Worte aussprach, beseitigte Charitys letzte Zweifel. Ohne ein weiteres Wort ergriff sie Helens Arm, legte ihn sich über die Schulter und lief los.

Sie schafften es nicht.

Sie hatten nicht einmal die halbe Strecke bis zur kleinen Schleusenkammer zurückgelegt, als Kyle plötzlich einen warnenden Ruf ausstieß und stehenblieb. Charity sah sich im Laufen um. Kyle hatte seine Waffe wieder gezogen und gestikulierte ihr mit der anderen Hand zu, weiterzurennen. »Nicht stehenbleiben!« schrie er. »Ich versuche, sie aufzuhalten.«

Charity versuchte, in der dunkelroten Dämmerung hinter dem Megamann irgend etwas zu erkennen, sah aber nichts.

Dann schien auf einmal der gesamte Gang hinter Kyle zu brodelndem schwarzem Leben zu erwachen.

Im ersten Moment dachte Charity, es wäre eine neue Armee der Spinnenwesen, die herangerast kam, aber es waren nur sehr wenige Kreaturen, die sich näherten. Offensichtlich hatte Kyle die meisten vernichtet. Nein, eine riesige schemenhafte Gestalt schob sich heran, eine einzige, gewaltige Masse, die wabernd näher kam, wie eine Lawine aus schwarzem, nassen Fleisch, die ihre Gestalt in jeder Sekunde veränderte und immer wieder auseinanderzufließen schien.

Charity hob ihre Waffe, gab einen einzelnen Schuß ab und registrierte verblüfft, daß der grelle Lichtblitz wie von einem gewaltigen Schwamm aufgesogen wurde. Nur eine winzige, rauchende Stelle blieb zurück; und auch sie verschwand fast sofort, als sich jetzt das Fleisch an dieser Stelle bewegte und eine neue, unversehrte Schicht über dem verbrannten heranwachsen ließ.

»*Lauft!*« brüllte Kyle. »Das hat keinen Sinn! Es ist immun gegen Strahlen!«

Trotz dieser Worte hob er seine eigene Waffe und gab einen Schuß auf den wandelnden Fleischberg ab. Das rote Licht ließ einen fast mannsgroßen Bereich der widerwärtigen Masse in grauem Staub explodieren, aber sein Vormarsch wurde dadurch nicht aufgehalten.

»Lauft!« schrie Kyle noch einmal. »Ich versuche, es aufzuhalten!«

Charity begriff, daß es Kyles sicherer Tod war, wenn er versuchte, sich dem Ungeheuer in den Weg zu stellen. Und doch blieb ihnen keine andere Wahl. Mit einer entschlossenen Bewegung drehte sie sich herum – und erstarrte erneut mitten im Schritt.

Keine zehn Schritte von ihr entfernt, funkelten sie im trüben Licht eine Unzahl gieriger, roter Augen an.

Die Ratten!

Neben ihr schrie Helen gellend auf. Charity preßte das Mädchen instinktiv fester gegen sich und hob ihre Waffe, entschlossen, ihrer beider Leben so teuer wie möglich zu verkaufen, als die Armee gewaltiger Ratten wie auf ein gemeinsames Kommando hin loszustürmen begannen. Sie wußte, daß sie keine Chance hatten. Es mußten Tausende der gierigen Bestien sein, die aus der Tiefe des unterirdischen Ganges kamen!

Eine halbe Sekunde, bevor die Rattenarmee sie erreichen und von den Füßen reißen konnte, teilte sich die braungraue Flut. Eine schmale Gasse entstand, als die Tiere zur Seite wichen, und Charity sah fassungslos zu, wie sich die Front der Ungeheuer auch vor Skudder, Net und dem Gnom teilte, die sich wenige Schritte neben ihr schützend aneinandergepreßt hatten!

»*Um Gottes willen – nicht schießen!*« schrie sie. »Schießt nicht!«

Mit einer Mischung aus Entsetzen und Staunen beobachtete sie, wie die pfeifende, quiekende Flut sich Kyle näherte, sich vor ihm abermals teilte – und sich mit verbissener Wut auf das schwarze Monster stürzte, das aus der anderen Richtung herangestürmt kam!

Im ersten Moment schien es, als könnten nicht einmal die Ratten es aufhalten. Die ersten fünf, sechs Reihen der angreifenden Nager verschwanden unter dem formlosen Körper des Monstrums, ohne daß es ins Straucheln geriet. Doch immer mehr Ratten drängten nach – und stürzten sich mit einer Wut auf das Ungeheuer, die Charity schaudern ließ. Fingerlange Zähne rissen und zerrten an dem schwarzen Fleisch; immer mehr Tiere sprangen mit schrillen Pfiffen das sich windende Monster an, ehe sie selbst verschlungen wurden.

Doch schließlich wurden die Bewegungen des Kolosses langsamer. Er kroch und waberte noch immer auf sie zu, aber nicht mehr so schnell und fließend, sondern mit ruckhaften, zuckenden Bewegungen, kein lautloses, rasches Gleiten mehr, sondern eher ein Aufbäumen – das schließlich zu einem Rückzug wurde!

Selbst seinen schier unerschöpflichen Regenerationskräfte waren Grenzen gesetzt. Die Ratten rissen immer größere Stücke aus seinem formlosen Leib heraus, die sie auf der Stelle aufzufressen begannen, Wunden schlossen sich jetzt nicht mehr, sondern blieben große, zuckende Löcher mit pulsierenden Rändern. Das Unwesen tötete die teuflischen Nager noch immer, aber für jede Ratte, die es verschlang, schienen zehn neue aufzutauchen, die sich mit einer bestialischen Wut auf ihren Gegner stürzten.

Langsam begann sich das gewaltige, formlose Ungeheuer zurückzuziehen. Sein Gleiten wurde wieder schneller, und obwohl Charity inmitten der wimmelnden, braungrauen Masse aus riesigen Körpern kaum noch etwas von ihm erkennen konnte, hatte sie doch das Gefühl, daß sich seine Haut veränderte – es schien den Ratten jetzt sehr viel schwerer zu fallen, sie mit den Zähnen zu verletzen.

Vorsichtig wandte Charity den Kopf und sah den Gang hinab. Der Strom gigantischer Ratten ließ allmählich nach. Sie hob vorsichtig die Hand und gab den anderen ein Zeichen. Skudder erhob sich behutsam und begann, sich Schritt für Schritt zurückzuziehen, wobei er versuchte, Net und den Gnom hinter sich zu halten. Auch Charity und Kyle bewegten sich vorsichtig.

Ihr Fuß streifte eine Ratte. Das Tier fuhr mit einem ärgerlichen Zischen herum, bleckte ein ehrfurchtgebietendes Haifischgebiß und starrte sie aus seinen dunklen Augen haßerfüllt an.

Sie erstarrte.

Für einen Moment trafen sich ihre Blicke, wieder glaubte Charity eine beunruhigende, fast menschliche Intelligenz in den nachtschwarzen Augen der Ratte zu erkennen.

»Geht weiter!« flüsterte sie. Ihre Stimme zitterte. Obwohl sie sich bemühte, leise zu sprechen, schienen die Worte überlaut durch den Korridor zu hallen und als verzerrte Echos wiederzukehren, vermischt mit den schrillen Pfeif- und Zischlauten der Rattenarmee, die noch immer gegen das gewaltige Amöbenwesen kämpfte. Aber nicht alle Ratten hatten sich an der ungleichen Schlacht beteiligt. Hier und da hockten kleine Gruppen der struppigen Bestien beisammen, in einer sonderbar verwirrten, hilflosen Art, die in Charity das absurde Gefühl auslöste, sie würden sich beraten.

Net stieß einen spitzen Schrei aus, als sich eine der Ratten ihr näherte und ihr Bein beschnüffelte; wie ein großer, mißgestalteter Hund. Ihre empfindlichen Barthaare zuckten nervös, und in ihren Augen stand der gleiche, vielleicht noch unentschlossene, aber vorhandene Zorn, den Charity auch in denen der anderen Tiere gelesen hatte. Sie sah, wie Skudder seine Waffe senkte, und hob erschrocken die Hand. »Nicht!« sagte sie. »Nicht schießen!«

Skudder begriff. Statt zu schießen, richtete er den Lauf des Lasers nur demonstrativ auf das schäferhundgroße Nagetier – und es konnte kein Zufall mehr sein, daß die Ratte in diesem Moment den Blick hob, ihn einen Moment lang anstarrte, und sich dann langsam und rückwärts kriechend davonmachte.

»Bewegt euch ganz vorsichtig!« befahl Charity im Flüsterton. »Und behaltet die Nerven. Ein einziger Schuß – und wir sind alle tot!«

Charity schickte ein Stoßgebet zum Himmel, auf daß sie sich nicht täuschte. Aus einem Grund, den sie nicht einmal zu ahnen vermochte, schienen diese mutierten Ratten Menschen nicht als ihre Feinde zu betrachten. Aber was, dachte sie schaudernd, wenn der Kampf gegen die Riesenamöbe ihren Blutdurst einmal geweckt hatte und sie vielleicht das Erbe ihrer primitiveren, räuberischen Vorfahren spürten? Oder wenn sie einfach *hungrig* waren?

Langsam, Schritt für Schritt, zogen sie sich zurück. Charitys Nerven waren bis zum Zerreißen angespannt, und die Gesichter Skudders und der drei anderen glänzten vor Schweiß. Früher oder später, dachte sie, würde einer von ihnen einen Fehler machen. Eine unbedachte Bewegung, ein Stolpern, vielleicht auch nur ein erschrockener Laut – und die Ratten würden sich auf sie stürzen und sie zerreißen, wie sie es mit dem riesigen Monstrum getan hatten.

Das mühsame Knirschen uralter Scharniere ließ sie überrascht aufblicken. Plötzlich standen sie vor einer rechteckigen Tür, die von gelbem Licht und zwei gewaltigen, monströsen Gestalten erfüllt war. Sie waren mehr als zwei Meter groß mit silber glänzender Haut, eckigen Köpfen und einem einzigen, goldenen Auge.

Charity hatte nicht einmal mehr Zeit, einen erschrockenen Ruf auszustoßen. Einer der Riesen hob den Arm, und das letzte, was Charity bewußt wahrnahm, war ein hellgrüner Blitz und ein unerträglicher Schmerz, der ihr Bewußtsein auslöschte.

5

Das Erwachen war eine Qual. Jede einzelne Zelle in ihrem Körper schien in Flammen zu stehen, und das dumpfe, mühsame Schlagen ihres Herzens schickte vibrierende Schmerzwellen bis in ihre Finger- und Zehenspitzen. Sie wollte die Augen öffnen und konnte es nicht.

Aber sie wußte, was sie getroffen hatte.

Ein Teil ihres Bewußtseins hatte es noch begriffen, ehe es von der grünen Lichtflut der Schockwaffe aus ihrem Körper herausgeprügelt worden war. Und der erste klare Gedanke, zu dem sie nach einer Weile fähig war, war die Frage, welches Gefühl nun stärker in ihr war: die Überraschung, diese beiden Gestalten hier unten zu erblicken, oder die Verwirrung, daß sie von ihnen angegriffen worden waren.

Sie fand keine Antwort auf diese Frage. Immerhin gelang es ihr nach einigen Minuten, die Augen zu öffnen. Sie lag lang ausgestreckt auf einer niedrigen Metallpritsche, die sich in einer winzigen, fast völlig kahlen Kammer aus Beton befand. Unter der Decke gab es eine einfache Lampe, deren nackte Glühbirne von einem rostigen Metallkorb geschützt wurde. Auf der linken Seite der Pritsche entdeckte sie eine ebenfalls rostige Tür. Die Kammer war so klein, daß der verbliebene Platz zwischen der Pritsche und ihr kaum ausreichen konnte, sie völlig zu öffnen. Einer der silbernen Riesen hing am Fußende der Pritsche an der Wand, aber er hatte seine Form verändert und sah jetzt schlaff und faltig aus, wie ein Ballon, aus dem die Luft entwichen war.

Die silberne Haut war das Metallgewebe eines uralten ABC-Anzuges, und das einzelne große Auge die Sichtscheibe eines Helmes. Auf der linken Schulter des ABC-Anzuges befand sich ein kleiner, dunkelblauer Aufnäher, der eine Flagge in Schwarz und Rot und Gold und die Worte Lt. *Felss* zeigte. Charity kramte eine Minute lang in ihrer Erinnerung, ehe ihr einfiel, daß dies die Farben der vereinigten Deutschen Republik waren. Offensichtlich hatte sie ihre Flucht aus Paris weiter weggebracht, als sie bisher angenommen hatte.

Durch das Metall der Tür drangen Schritte. Ein Schlüssel klirrte im Schloß, dann wurde ein offensichtlich sehr schwergängiger Riegel zurückgeschoben, und die Tür schwang ein Stück auf, ehe sie unsanft gegen die Metallkante ihrer Pritsche stieß. Charity verzog das Gesicht, als die Erschütterung einen scharfen Schmerz durch ihren Nacken schießen ließ, und versuchte, sich aufzusetzen.

Vom Gang drang grelles Neonlicht herein, so daß die Gestalt, die in der Tür aufgetaucht war, im ersten Moment nur als flacher, riesiger Schatten zu erkennen war. Dann gewöhnten sich ihre Augen an die plötzliche Helligkeit, und sie sah, daß ein riesiger, noch recht junger Mann vor ihr stand. Er hatte kurzgeschnittenes, braunes Haar und ein offenes Gesicht, das ihr sympathisch gewesen wäre, hätte sie seinen Anblick nicht unwillkürlich mit dem grausamen Schmerz assoziiert, den ihr die Schockwaffe zugefügt hatte. Bekleidet war er mit einer engsitzenden, schlichten Uniform in dunklem NATO-Oliv, auf deren rechten Schulter sich das Abzeichen auf seinem Schutzanzug wiederholte; allerdings ohne seinen Namenszug.

Der Soldat schien überrascht, sie bei vollem Bewußtsein vorzufinden, denn er blinzelte einen Moment lang verwirrt zu ihr herab, ehe er seinen hünenhaften Körper ungeschickt durch die nur halb geöffnete Tür zwängte und sie hinter sich wieder schloß.

»Sie sind wach?« fragte er. Er sprach englisch mit einem sonderbar harten Akzent, der Charity endgültig klarmachte, wo sie gelandet war.

»Wie Sie sehen.« Sie hatte verärgert klingen wollen oder wenigstens herablassend, aber ihre Stimme war flach und müde und klang in ihren eigenen Ohren wie die einer fremden, uralten Frau.

Einen Moment lang blickte der junge Soldat auf sie herab, dann zuckte er mit den Schultern, griff in die Innentasche seiner Jacke und zog ein schmales Lederetui hervor, das er aufklappte, während er sich auf die Kante ihrer Pritsche sinken ließ. »Ich weiß, es ist eine dumme Frage«, sagte er, »aber wie fühlen Sie sich?«

»Ausgezeichnet«, antwortete Charity, während sie sich weiter aufrichtete. Diesmal gelang es ihr, wenigstens eine Spur von bissigem Spott in ihre Stimme zu zwingen. Der Soldat sah flüchtig auf, und in seinen Augen erschien ein Lächeln.

Charity sah, daß das Etui eine gefüllte Wegwerfspritze enthielt, die er jetzt herausnahm.

»Was haben Sie vor?« fragte sie mißtrauisch. Hastig setzte sie sich ganz auf und zog die Knie an den Körper.

»Das wird Ihnen guttun«, antwortete der Soldat, während er die Spritze gegen das Licht hob, das linke Auge zukniff und den Kolben hochdrückte, so daß ein einzelner schimmernder Tropfen aus der Nadel quoll. »Kein Grund, sich Sorgen zu machen«, sagte er. »Aber Sie müssen wahnsinnige Kopfschmerzen haben.«

»Vielleicht habe ich gern Kopfschmerzen?« sagte Charity scharf.

Der junge Soldat ließ die Spritze sinken und sah sie stirnrunzelnd an, und Charity fügte hinzu: »Tun Sie das Ding weg!«

Einen Moment lang reagierte er nicht. Es hätte Charity nicht gewundert, wenn er versucht hätte, ihr die Injektion mit Gewalt zu verabreichen. Aber dann zuckte er nur mit den Achseln, legte die Spritze in das Etui zurück und klappte es zu.

»Wie Sie wollen«, sagte er. »Jeder hat seine Vorlieben, nicht wahr?«

Charity blickte ihn ärgerlich an. »Wo bin ich hier?« fragte sie. »Wieso haben Sie auf uns geschossen?«

»Das mußte sein«, antwortete der Soldat. Das Bedauern in seiner Stimme klang echt. »Alles andere wird Ihnen Leutnant Hartmann erklären, sobald er mit Ihnen reden kann, Captain Laird.«

Charity hatte Mühe, sich ihre Überraschung, daß er offensichtlich wußte, wer sie war, nicht zu deutlich anmerken zu lassen. »Wer ist dieser Hartmann?« fragte sie.

Eine Sekunde lang sah der Soldat sie überrascht an, dann wandte er den Kopf und blickte den ABC-Anzug an, der am Fußende ihrer Pritsche an der Wand hing. Er nickte, und ein anerkennendes Lächeln huschte über seine Lippen.

»Unser IVD«, antwortete er.

»IVD?«

»Idiot vom Dienst«, erklärte Felss lächelnd. »Ein ziemliches Rindvieh. Aber leider auch mein Vorgesetzter – und zumindest im Moment der Boß hier unten.«

»Dann bringen Sie mich zu ihm«, verlangte Charity.

»Jetzt gleich?«

»Jetzt gleich!«

Felss hatte sich schon zur Tür gedreht, als er sich noch einmal umwandte. »Sind Sie sicher, daß Sie nichts wollen?« fragte er. »Sie müssen entsetzliche Kopfschmerzen haben. Ich kann Ihnen eine Tablette geben, wenn Sie keine Spritzen mögen.«

Charity schüttelte zornig den Kopf – was das leise Hämmern hinter ihren Schläfen zu einem Stakkato dröhnender Paukenschläge anschwellen ließ – und sagte leise »Ja.«

Der Leutnant lachte ein leises, gutmütiges Lachen, während seine Hand in die rechte Jackentasche glitt. »Stolz ist eine feine Sache«, sagte er, »aber gegen Kopfschmerzen wirkt er nicht besonders.«

Charity schenkte ihm einen bösen Blick, wartete, bis er das kleine Tablettenröhrchen aufgeschraubt und zwei Pillen auf ihre ausgestreckte Hand geschüttet hatte, und würgte sie trocken herunter. Dann mußte sie husten, schüttelte aber den Kopf, als Felss den Arm hob und sie fragend ansah, um ihr auf den Rücken zu klopfen. »Schon gut«, sagte sie mühsam. »Es . . . geht schon wieder.«

Für einen Mann, der sie noch vor weniger als zwei Stunden mit einer Schockwaffe niedergestreckt hatte, verhielt er sich plötzlich sehr leichtsinnig, denn er drehte ihr den Rücken zu, als er auf den Gang hinaustrat. Er hatte sich nicht einmal die Mühe gemacht, die Pistolentasche an seinem Gürtel zu schließen. Vielleicht unterschätzte er sie einfach, weil sie eine Frau war.

»Was ist das hier?« fragte sie, während sie neben Felss durch den langen, sehr niedrigen Korridor ging, dessen Wände wie die Zelle aus dem gleichen nackten Beton bestanden. Unter der Decke zog sich ein Gewirr von Rohrleitungen und elektrischen Verbindungen hin, die zum Teil noch nicht einmal verkleidet waren. Diese Anlage mußte entweder in großer Hast oder mit sehr wenig Geld errichtet worden sein. Und sie war offensichtlich sehr alt. Es schien kein Metallteil zu geben, das nicht verrostet war. Trotzdem funktionierte das meiste offenbar noch. Von den Leuchtstoffröhren unter der Decke war nur jede zweite eingeschaltet; in regelmäßigen Abständen gab es kleine Videokameras an den Wänden, die ihren Schritten mit lautlosen Drehungen folgten.

»Leutnant Hartmann wird Ihnen alles erklären«, antwortete Felss freundlich. »Wir sind gleich da.« Er deutete auf eine Tür am vorderen Ende des Ganges. Charity sah ihn mit leiser Verärgerung an, sparte sich aber jede weitere Frage. Vielleicht waren es die Videokameras und die zweifellos dazugehörigen Mikrophone, die Felss plötzlich schweigsam werden ließen.

»Nun?« Unter normalen Umständen hätte Stern jetzt überrascht aufgeblickt, denn Leutnant Hartmanns Stimme klang vollkommen ruhig und sogar freundlich. Aber die Umstande waren nicht normal, und daher blickte Stern weiter und mit wachsender Besorgnis auf das Gewirr von winzigen Computermonitoren, Skalen und Anzeigeinstrumenten auf dem Pult vor sich.

»Ich fürchte, da ist nichts mehr zu machen«, sagte er nach einer Weile. Er sah Hartmann mit eindeutig furchtsamem Gesichtsausdruck an. Doch Hartmann runzelte nur besorgt die Stirn und fixierte dann einige Sekunden lang einen imaginären Punkt irgendwo zwischen Stern und der Wand hinter ihm. »Was ist mit der Notbremse?« fragte er schließlich.

Stern schüttelte andeutungsweise den Kopf. »Zu spät«, sagte er. »Ich habe alles versucht. Aber die Computer haben Eindringlinge in der Sicherheitszone registriert. Da ist nichts mehr zu machen. Wir haben bereits seit einer Stunde Sekundär-Alarm.« Er zögerte einen Moment und faßte dann, durch Hartmanns ungewohnte Ruhe und Gelassenheit ermutigt, genug Mut, um mit der Hand auf einen der Kontrollmonitore an der Wand zu deuten und hinzuzufügen: »Wenn in den nächsten dreißig Minuten auch nur noch eine von diesen Flugscheiben auftaucht, dann wird der Primär-Alarm ausgelöst.«

Hartmann drehte sich herum und blickte auf den Schirm. Er war kein abergläubischer Mensch. Die Position, die er innehatte, hatte er aus dem einzigen Grund erhalten, daß er zu jenen Männern gehörte, denen man nachsagte, immer mit beiden Beinen fest auf dem Boden zu stehen. Aber in diesem Moment begann er, an böse Omen zu glauben, denn Stern hatte noch nicht ganz zu Ende gesprochen, als auf dem grünleuchtenden Monitor der Radarüberwachung gleich ein ganzes Dutzend neuer, giftgrün flimmernder Punkte erschien.

Stern seufzte tief. »Das war's dann wohl«, sagte er niedergeschlagen. »Nichts auf der Welt kann den Weckvorgang jetzt noch aufhalten.«

Auch Hartmann seufzte. Er sah Stern nicht an, aber der Leutnant konnte erkennen, wie sich ein Ausdruck tiefer, ehrlich empfundener Sorge auf seinem Gesicht breitmachte. »Ja«, flüsterte er. Dann gab er sich einen sichtbaren Ruck, drehte sich wieder zu Stern herum und rang sich zu einem Lächeln durch.

»Halten Sie weiter die Augen offen, Stern«, sagte er. »Ich werde gehen und mich um unsere Gäste kümmern. Ich hoffe«, fügte er nach einer winzigen Pause und in verändertem Tonfall hinzu, »sie sind den Ärger wert, den sie uns bereiten.«

Sie gingen eine kurze, aus nackten, ungleichmäßig gegossenen Betonstufen bestehende Treppe hinab. Ein zweiter, etwas breiterer Gang nahm sie auf, von dem zahlreiche Türen abzweigten, aber Felss steuerte zielstrebig das Ende des Korridors an. Die Tür dort bewegte sich mit einem leisen, elektrischen Summen zur Seite, als sie sich ihr näherten.

Felss blieb dicht davor stehen und machte eine einladende Handbewegung. Charity zögerte einen Moment, ging dann aber an dem jungen Soldaten vorbei. Die Tür schloß sich hinter ihr selbsttätig wieder, sie hörte das leise metallische Klicken, mit dem das Schloß einrastete.

Der Raum, den sie betrat, überraschte sie. Sie hatte eine weitere, kahle Betonzelle erwartet – aber das Zimmer, in dem sie sich befand, hätte jedem guten Hotel zur Ehre gereicht; sah man von der Tatsache ab, daß es kein Fenster hatte. Die Wände waren mit Holzimitationen verkleidet, und es gab wenige, aber ausgesucht geschmackvolle Möbelstücke. An der gegenüberliegenden Wand hing ein riesiges Farbfoto, das das Panorama einer Stadt zeigte. Was Charity sofort ins Auge fiel, war der Umriß einer gewaltigen Kathedrale mit zwei spitzen Türmen, die sich vor dem glitzernden, blauen Band eines Flusses erhob. Dann erblickte sie einen grauhaarigen Mann, der in einem schweren Ledersessel hinter einem Schreibtisch saß und sie aus kalten, fast ausdruckslosen Augen musterte.

»Sie sind Leutnant Hartmann, vermute ich«, sagte Charity.

Hartmann nickte und deutete mit einer einladenden Geste auf eine kleine Couch, die an der Wand neben der Tür stand. »Ich erspare mir die Frage, wie Sie sich fühlen, Captain«, sagte er.

»Wahrscheinlich so, wie ich aussehe«, antwortete Charity.

Hartmann zauberte ein mitfühlendes Lächeln auf sein Gesicht. »So schlimm?«

»Sehe ich so schlimm aus?«

Hartmann lächelte wieder und nickte. »Ja. Diese Schockwaffen sind ekelhaft, ich weiß. Ich hatte selbst schon zweimal das Vergnügen . . .« Er machte eine wegwerfende Handbewegung. »Aber lassen wir das. Im Ernst, Captain Laird – wie geht es Ihnen? Sind Sie verletzt?«

»Nein«, antwortete Charity. »Warum haben Ihre Männer auf uns geschossen?«

»Das ließ sich leider nicht vermeiden«, erwiderte Hartmann. »Sie hatten die Wahl zuzusehen, wie Sie und Ihre Freunde von den Ratten aufgefressen werden, oder Sperrfeuer in den ganzen Korridor zu legen. Ich nehme an, daß ihre Entscheidung im nachhinein Ihre Zustimmung finden wird, Captain Laird.«

»Spielt das eine Rolle?«

»Nein«, sagte Hartmann ruhig. Er schien noch mehr dazu sagen zu wollen, besann sich dann aber anders. Ein paar Sekunden sah er sie ausdruckslos, aber sehr aufmerksam von Kopf bis Fuß an, dann beugte er sich vor und nahm etwas von der Schreibtischplatte, das Charity als ihre ID-Plakette erkannte. Instinktiv hob sie die Hand und tastete nach der dünnen Kette an ihrem Hals. Sie war verschwunden.

»Captain Charity Laird«, las Hartmann vor. »US-Space Force.« Er sah sie fragend, aber ohne echtes Interesse an. »Ist das Ding echt?«

In der ersten Sekunde erschien es Charity nicht einmal der Mühe wert zu sein, auf diese Frage zu antworten. Aber sie beherrschte sich und schluckte die scharfe Entgegnung, die ihr auf der Zunge lag, herunter. »Ich glaube, ich wäre wahrscheinlich nicht mehr am Leben«, sagte sie statt dessen, »wenn Sie der Meinung wären, daß die Plakette nicht echt ist.«

Hartmann legte die Plakette mit einem Nicken auf den Schreibtisch zurück. »Das stimmt«, sagte er gelassen. »Wie lange sind Sie schon wach?«

Diesmal war Charity wirklich überrascht. »Sie ... wissen es?«

»Selbstverständlich«, antwortete Hartmann in leicht beleidigtem Tonfall. »Diesem Ausweis nach sind Sie sechsundachtzig Jahre alt, Captain Laird. Aber Sie sehen nicht so aus. Ich ...« Er brach ab, runzelte abermals die Stirn und sah sie mit neuem Interesse an. »Laird ...« wiederholte er in verändertem, nachdenklichem Tonfall. »Charity Laird ... Sie waren damals diejenige, die das Sternenschiff entdeckt hat.«

»Ich gehörte zur ersten Expedition, da haben Sie recht.« Sie blickte Hartmann mit einem humorlosen Lächeln an. »Manche behaupten, ich hätte es geholt.«

»Was für ein Unsinn«, sagte Hartmann. »Sie sind in einen Schlaftank entkommen. Wie viele außer Ihnen haben es noch geschafft?«

Charity antwortete nicht sofort. »In unserer Basis ... niemand. Niemand außer mir. Es war reines Glück.« Sie überlegte einen Moment, ob sie ihm von Stone erzählen sollte, entschied sich dann aber dagegen.

»Glück?« Hartmann lachte leise und nicht sehr humorvoll. »Nun ja . . . Aber lassen wir das. Ihre Basis?«

»Survival Station 01«, erklärte Charity. »Der Regierungsbunker.« Sie machte eine fragende Handbewegung, die den ganzen Raum einschloß. »Was ist das hier? Etwas Ähnliches?«

Hartmann überging die Frage. »Seit wann sind Sie wach? Und wie kommen Sie hierher nach Deutschland?«

Etwas an Hartmanns Art irritierte Charity. Trotz seiner Kälte und Sachlichkeit wirkte er nicht unfreundlich. Doch Charity glaubte zu spüren, daß der Mann innerlich vor Nervosität fast krank war. »Das ist . . . eine ziemlich lange Geschichte«, antwortete sie ausweichend. »Ich erzähle sie Ihnen gern, aber vielleicht nicht jetzt. Was ist mit meinen Begleitern?«

»Ihnen fehlt nichts«, sagte Hartmann. Zu ihrer Überraschung verzichtete er darauf, abermals eine Erklärung von ihr zu verlangen, sondern fügte hinzu: »Die meisten von ihnen sind noch bewußtlos. Sie sind die einzige, die bereits wach ist – außer diesem Jungen.«

»Kyle?«

»Wer ist er? Ein Dreckfresser?«

»Ich weiß nicht genau, was Sie mit diesem Wort meinen«, antwortete Charity scharf. »Er ist ein Freund.«

»Ein Freund? Hat man Ihnen noch nicht gesagt, daß man sich heutzutage seine Freunde genau anschauen sollte?«

Er hob befehlend die Hand, als Charity abermals auffahren wollte, und fuhr in nur leicht gemäßigterem Ton fort. »Bitte verzeihen Sie, Captain Laird, wenn ich etwas grob erscheine. Aber Sie werden mich verstehen, wenn Sie mir zuhören. Wir haben im Moment eine etwas . . .« Er zögerte. »Eine etwas angespannte Situation«, sagte er schließlich. »Und ich muß wissen, was Sie damit zu tun haben. Dieser Bombenangriff heute morgen – hat er mit Ihnen zu tun?«

Wieder flüsterte eine innere Stimme Charity zu, daß es vielleicht besser war, nichts zu sagen. Aber die gleiche innere Stimme erklärte ihr auch im gleichen Moment, daß Hartmann kein Mann war, den man so ohne weiteres belügen konnte.

»Ich fürchte, ja«, sagte sie. »Das galt uns.«

»Warum?« schnappte Hartmann.

»Ich vermute«, erwiderte Charity spöttisch, »die *Ameisen*

schätzen es nicht besonders, wenn man ihnen ihre Gleiter stiehlt.«

Hartmann zog überrascht die linke Augenbraue hoch, antwortete aber nicht sofort, sondern lehnte sich bequemer in seinem Sessel zurück und legte die gespreizten Finger gegeneinander. »Sie waren in diesem Gleiter, der abgeschossen wurde?«

»Sie scheinen ziemlich gut informiert zu sein, Herr Leutnant«, sagte Charity.

Hartmann lächelte kalt. »Das ist der Grund, aus dem wir hier unten noch leben. Aber einen Gleiter zu stehlen ist in meinen Augen noch kein ausreichender Grund, eine halbe Stadt mit Atombomben einzuäschern.«

»Ich sagte Ihnen bereits«, erwiderte Charity vorsichtig, »es ist eine lange Geschichte.« Sie deutete mit einer Kopfbewegung auf die Ausweisplakette, die noch immer vor Hartmann auf dem Schreibtisch lag. »Sie hat etwas damit zu tun. Kann ich sie wiederhaben?«

Sie streckte die Hand aus, zögerte einen Moment und führte die Bewegung erst zu Ende, als Hartmann mit den Augen ein Kopfnicken andeutete. Ohne einen konkreten Grund dafür angeben zu können, fühlte sie sich sicherer, als sie die winzige Plakette wieder an der Kette um ihren Hals befestigte.

Der Intercom-Schirm an der Wand summte. Hartmann drehte sich mit seinem Sessel herum und streckte die Hand aus. Charity rechnete damit, daß er ihn einschalten würde, aber statt dessen nahm er einen altmodischen Telefonhörer zur Hand und meldete sich mit einem knappen: »Ja?«

Er lauschte einen Moment, und sein Gesichtsausdruck verfinsterte sich mit jedem Wort, das am anderen Ende der Leitung gesprochen wurde. Hartmann selbst sagte nichts, sondern hängte den Hörer nach einer knappen Minute zurück und wandte sich wieder zu Charity um. Als er sie ansah, waren seine Züge so ausdruckslos wie zuvor; das Gesicht eines Geschäftsmannes, der einen Verhandlungspartner musterte, von dem er noch nicht ganz genau wußte, was er von ihm zu halten hatte.

»Ich fürchte, wir müssen den Rest unserer Unterhaltung auf später verschieben«, sagte er. »Vielleicht ist es sogar besser so.

Ich bin sicher, Sie haben nicht nur eine Menge Antworten für mich, sondern auch eine Menge Fragen an mich. Und ich habe wenig Lust, alles fünfmal erklären zu müssen.«

Er stand auf und kam um den Schreibtisch herum; auch Charity erhob sich.

»Leutnant Felss wird Ihnen Ihr Quartier zeigen«, sagte Hartmann. »Ich fürchte, es wird nicht sonderlich luxuriös sein, aber doch ein wenig bequemer als das Wrack eines Moroni-Gleiters.«

6

Die Stadt lag wie ein Mosaik aus dunklen, schmutzigen Farben unter ihm. Aus einer Höhe von fast vier Meilen herab betrachtet, waren die Spuren der Zerstörungen kaum noch auszumachen. Der Feuersturm, der über Köln hinweggerast war, hatte jedes Leben und fast jedes Gebäude vernichtet, aber die Grundstruktur, nach der diese Stadt errichtet worden war, war erhalten geblieben. Stone konnte deutlich die Grundrisse der alten Festungsmauer erkennen, die noch aus der Zeit der Römer stammte, und das asymmetrische Muster der Straßen und Alleen, die nachfolgende Generationen erschaffen hatten. Es gehörte nicht einmal viel Phantasie dazu, sich vorzustellen, daß das Leben dort unten noch immer so pulsierte wie vor fünfundfünfzig Jahren. Daß alles nur ein böser Traum gewesen war, aus dem man nur zu erwachen brauchte, um ihn ungeschehen zu machen.

Doch es war kein Alptraum, sondern grausame Wirklichkeit. Die Stadt hatte eine Anzahl neuer, schrecklicher Wunden davongetragen. Die Strahlung der Bomben, die die Gleiter geworfen hatten, war extrem kurzlebig, aber auch extrem hart. In nicht einmal ganz zweiundsiebzig Stunden würde er das Gelände dort unten nur mit einem leichten Schutzanzug bekleidet betreten können; aber im Moment würde jedes Leben, das sich dem verseuchten Gebiet näherte, auf der Stelle erlöschen. Nicht einmal ein so unglaubliches Geschöpf wie der entkommene Megamann, konnte in dieser Hölle länger als einige Sekunden überleben. Er und Captain Laird und die anderen *mußten* tot sein.

Und doch stellte sich der Triumph, auf den er bei diesem Gedanken wartete, nicht ein; nicht einmal ein Gefühl der Sicherheit, jetzt, wo der letzte Zeuge seines Verrates beseitigt war.

Er hatte Captain Lairds Tod niemals gewollt. Was er ihr an jenem Abend in seinem Zimmer im höchsten Turm des Shai-Taan von Colorado erzählt hatte, war die Wahrheit gewesen. Er betrachtete Charity Laird so wenig als seine Feindin, wie er sich selbst als Verräter betrachtete. Denn war es wirklich Verrat, wenn er versuchte, einen Kampf zu verhindern, der mit nichts anderem als der völligen Vernichtung seiner Heimatwelt enden konnte?

Stone war sich völlig darüber im klaren, daß er der meistgehaßte Mann dieses Planeten war, vielleicht der meistgehaßte Mensch, den es jemals auf dieser Welt gegeben hatte. Aber für ihn war dies der Preis, den er, und nur er allein für das Überleben der menschlichen Rasse zu zahlen hatte.

Mochten sie ihn verfluchen.

Mochten sie seiner mit Haß gedenken.

Was viel wichtiger war und niemand je erfahren würde, das waren die unzähligen Leben, die er *gerettet* hatte. Die Jahre, die er für diese Welt herausgeschunden hatte, indem er all seinen Einfluß geltend machte, um die Herrscher der Schwarzen Festung am Nordpol davon zu überzeugen, daß sein Volk *nützlich* war.

Sein Blick glitt über die schwarz glitzernde Chitingestalt der *Ameise*, die neben ihm an den Kontrollen des Gleiters stand und das Fahrzeug reglos in vier Meilen Höhe über der Stadt schweben ließ. Der Anblick bereitete ihm immer noch Unbehagen, und das würde sich niemals ändern, ganz egal, wie viele Jahre seines Lebens er noch in der Gesellschaft dieser gigantischen Rieseninsekten verbrachte. Und trotzdem erfüllte er ihn mit einer wilden, fast wahnsinnigen Hoffnung.

Auch sie waren einmal ein freies Volk gewesen. Auch sie hatten vermutlich erbittert um ihre Freiheit gekämpft, und vermutlich härter und länger als je ein anderes Volk vor ihnen. Sie hatten diesen Kampf verloren wie alle anderen Rassen, nach deren Welt sich die Hand Morons ausgestreckt hatte, und doch waren sie nicht untergegangen.

Im Gegenteil. Heute waren sie die treuesten Verbündeten Morons; ihr Schwert und ihre Faust.

Und vielleicht, dachte Stone, würde es den Menschen eines Tages ebenso ergehen. Sie konnten diesen Kampf nicht gewinnen. Aber möglicherweise konnten sie ihn als Sklaven von einer Macht und Größe überleben, die sie als freies Volk niemals hätten erlangen können.

Auf seine Art war Stone ein aufrechter, tapferer Mann. Er war überzeugt, daß der Weg, den er eingeschlagen hatte, der einzig mögliche war. Und daß Captain Laird die Menschen in den totalen Untergang geführt hätte. Trotzdem erfüllte ihn der Gedanke, daß sie tot war, nicht mit Erleichterung, sondern nur mit einer tiefen, entsetzlichen Leere.

Auf dem Bildschirm spann sich ein Koordinatennetz aus dünnen, grünen Linien, in dem sich eine Anzahl winziger Leuchtpunkte hin und her bewegte. Wenn man genau hinsah, erkannte man, daß ihre Stellung zueinander nicht zufällig war. Sie bildeten einen Dreiviertelkreis, in dem sich nach und nach immer mehr und mehr der flimmernden grünen Punkte einfügten, die vom rechten Bildschirmrand auftauchten. Doch was auf dem Monitor wie ein wirbelnder Mückenschwarm aussah, war in Wirklichkeit eine Flotte von vierzig oder fünfzig Gleitern, und ihre Zahl wuchs unaufhörlich. Es war eine ganze Armee, die sich dort draußen über der Stadt zusammenzog. Und Charity hatte das sehr sichere Gefühl zu wissen, *wen* sie suchten.

Den finsteren Blicken nach zu urteilen, die Hartmann

abwechselnd ihr und den anderen zuwarf, hegte der Leutnant ähnliche Gedanken. »Wie viele sind es bisher?«

Die Frage galt einem jungen Mann mit blondem Haar und bleicher, fast durchsichtiger Haut, der hinter einem der beiden wuchtigen Computerpulte saß, die fast den gesamten vorhandenen Platz in der kleinen Überwachungszentrale blockierten. »Fünfundvierzig«, antwortete er, warf einen raschen Blick auf eines seiner Geräte und verbesserte sich. »Sechsundvierzig.«

»Und in jedem sitzen mindestens fünfzig von diesen Viechern«, sagte Hartmann gepreßt. Er maß Charity mit einem langen, nicht sehr freundlichen Blick. »Wer zum Teufel sind Sie, daß sie Ihnen ihre halbe Armee hinterherjagen?«

Sie hätte viel darum gegeben, die Antwort auf diese Frage selbst zu wissen. Es mußte irgend etwas mit der geheimen NATO-Station unter der Botschaft in Paris zu tun haben. Irgend etwas befand sich dort, das für die Moroni von ungeheurem Wert sein mußte. So wertvoll, daß schon die bloße *Möglichkeit*, es könne sich in ihrem Besitz befinden, sie dazu brachte, aus der bisher eher spielerischen Jagd auf sie und ihre Begleiter ein gnadenloses Kesseltreiben zu machen.

»Was gibt es dort draußen?« fragte sie mit einer Kopfbewegung auf den Monitor. »Ich meine – außer uns?«

Hartmann zuckte grob mit den Achseln. »Nichts«, sagte er. »Eine Handvoll Dreckfresser und ein oder zwei Nester.«

Ihr fragender Blick machte ihm klar, wie wenig sie mit dieser Antwort anfangen konnte, denn er erklärte mit hörbarer Ungeduld in der Stimme: »Von einem wissen wir genau, wo es ist. Die Existenz des zweiten vermuten wir nur. Aber ich bin sicher, daß es eines gibt.«

»Sie meinen eine Königin?« vergewisserte sich Kyle.

»Ja«, antwortete Hartmann. Er berührte einen Punkt ungefähr eine Bildschirmlänge über dem Monitor an der Wand. »Das Nest liegt ungefähr hier. Wahrscheinlich ist es der einzige Grund, aus dem Sie und Ihre Freunde überhaupt noch am Leben sind. Wäre es nicht da, hätten sie wahrscheinlich größere Bomben geworfen.

»Ich verstehe das alles nicht«, murmelte Charity. Sie tauschte einen fragenden Blick mit Kyle und Skudder und wandte sich schließlich an Helen. Das Mädchen war noch immer sehr blaß, und obwohl ihr Hartmann und Charity mehrmals versichert hatten, daß sie nicht in Gefahr sei, war ihr ihre Angst deutlich anzusehen.

»Es muß irgend etwas mit dieser Basis in Paris zu tun haben«, sagte Charity. »Hat dein Vater jemals gesagt, was er dort unten zu finden hoffte?«

Helen schüttelte nur stumm den Kopf, aber Charity bemerkte aus den Augenwinkeln, wie Hartmann sie plötzlich sehr aufmerksam ansah. »Welche Basis?« fragte er.

Charity zögerte einen kurzen Moment, dann erklärte sie ihm mit wenigen, knappen Worten, was sie in Paris gefunden hatten; wobei sie sich bemühte, so wenig Informationen wie nur möglich weiterzugeben, ohne daß Hartmanns Mißtrauen dadurch noch verstärkt wurde.

Der Ausdruck auf Hartmanns Gesicht wurde immer besorgter, während er ihren Worten lauschte. »Ich kenne diese Basis«, sagte er schließlich. »Wenn es ihnen gelungen ist, in das Computernetz einzudringen, dann wissen sie alles.«

»Alles?« hakte Net nach. »Was meinen sie damit?«

»Sie könnten ... die gesamte Nato-Logistik kennen.«

»Unmöglich.« Charity schüttelte entschieden den Kopf. »Sie hatten allerhöchstens zwei Stunden, bevor ich die Selbstzerstörungsanlage in Betrieb gesetzt habe.«

»Zwei Stunden sind eine Menge Zeit«, gab Hartmann zu bedenken.

»Wenn sie ...«

»Wenn ihnen die Position Ihres Verstecks bekannt wäre«, unterbrach ihn Kyle ruhig, »dann wären sie wahrscheinlich schon hier.«

Hartmann blickte den Megamann einen Moment lang mit unverhohlener Feindseligkeit an, aber er kam nicht dazu, zu antworten, denn in diesem Moment meldete sich der junge Mann an dem Computerpult wieder zu Wort: »Sie sind gelandet, Herr Leutnant. Die Strahlung ist noch immer zu stark. Ich bekomme keine sauberen Meßergebnisse.«

Hartmann überlegte einen Moment, dann deutete er fast anklagend auf den Techniker. »In Ordnung«, sagte er. »Schicken Sie eine Drohne los. Aber keine Funkverbindung. Wir werten die Videoaufzeichnungen aus, sobald sie zurück ist.«

Während der letzten Minuten hatte Felss Leutnant Hartmann von einer Seite kennengelernt, die er bisher nicht einmal an ihm vermutet hatte. Statt mit einem ständig übelgelaunten Vorgesetzten hatte Felss mit einem ruhigen Mann gesprochen, der ihn die meiste Zeit mit unbewegtem Gesicht hatte reden lassen und ihn nur dann und wann einmal unterbrach, um eine knappe Zwischenfrage zu stellen.

»Also Sie trauen ihnen?« faßte Hartmann schließlich in einem Satz zusammen, was der junge Soldat ihm im Laufe der letzten zwanzig Minuten wortreich zu erklären versucht hatte.

Felss zögerte. Gerade die scheinbare Beiläufigkeit, mit der Hartmann diese Frage stellte, machte ihm klar, wie wichtig die Antwort sein konnte – nicht nur für diese Fremden, sondern auch für ihn. Er zögerte sekundenlang, dann rettete er sich in ein verunglücktes Lächeln. »Ich denke schon«, sagte er.

Für einen kurzen Moment kehrte der alte Ausdruck von Unmut auf Hartmanns Züge zurück. »Ich habe Sie nicht gefragt, was Sie denken«, erklärte der Leutnant, entschärfte seine Worte aber sofort mit einem milden Lächeln. »Trauen Sie ihnen oder nicht?«

»Ich glaube schon«, sagte Felss schließlich. »Zumindest den drei Frauen und diesem komischen Knirps.«

»Und die anderen?«

Wieder zögerte Felss einige Sekunden lang. »Bei dem Jüngeren bin ich mir nicht sicher«, gestand er schließlich. »Ich ... werde nicht ganz schlau aus ihm.«

Hartmann sah ihn fragend an.

»Er war nur ein paar Augenblicke bewußtlos«, fuhr Felss fort. »Dabei hat er eine volle Ladung abbekommen – genau wie die anderen. Danach hat er nur so getan, als schliefe er.«

»Vielleicht hätte ich das auch an seiner Stelle«, sagte Hartmann nachdenklich. »Wenn die Geschichte stimmt, die die Amerikanerin erzählt ...«

»Wir könnten sie überprüfen«, sagte Felss.

Hartmann nickte. Er wirkte irgendwie niedergeschlagen. »Sobald wir in der Station sind, ja«, sagte er. »Aber dann kann es zu spät sein.«

»Wieso in der Station?« wunderte sich Felss.

»Es ist möglich, daß wir diesen Posten aufgeben müssen«, antwortete Hartmann in einem Ton, der Felss klarmachte, daß er nicht bereit war, mehr zu diesem Thema zu sagen. Er kehrte auch unmittelbar zu dem zurück, worüber sie die letzten zwanzig Minuten geredet hatten.

»Um Captain Laird und die beiden anderen Frauen kümmere ich mich«, sagte er. »Sie behalten diesen Kyle im Auge – oder wie immer er wirklich heißen mag. Hat er gemerkt, daß Sie Verdacht geschöpft haben?«

Felss schüttelte den Kopf.

»Das ist gut«, sagte Hartmann. »Dabei sollte es auch bleiben. Was ist mit dem anderen? Er könnte ein Dreckfresser sein.«

Wieder schüttelte Felss den Kopf. »Nein«, sagte er. »Ich weiß nicht, wer er ist, aber ein Dreckfresser ganz bestimmt nicht.«

»Gut«, sagte Hartmann. Er klang erleichtert.

Er hatte auch allen Grund dazu, dachte Felss, denn wenn die Dreckfresser eine Intelligenz entwickelt hätten, die es ihnen ermöglichte, eine so komplizierte und überzeugende Täuschung aufzubauen, dann waren sie mehr als ein Ärgernis.

»Also«, sagte Hartmann und stand auf. »Gehen Sie und halten Sie die beiden ein wenig im Auge. Und informieren Sie auch Lehmann über unser Gespräch.«

Es dauerte zwei Stunden, bis die Drohne zurückkam, und nicht nur Charity riß erstaunt die Augen auf, als sie das schwarzbraune Etwas erblickten, das Felss lässig unter den linken Arm geklemmt hatte und das vielmehr an ein lebendes Wesen als an einen Spionagesatelliten erinnerte. Das Gerät hatte die Form einer abgeflachten, ovalen Scheibe, aber jemand hatte den Chitinpanzer eines riesigen, glotzäugigen Käfermonstrums ausgehöhlt und ihn so geschickt umgearbeitet, daß er einen natürlichen Tarnanzug bildete. Selbst aus einer Entfernung von nur wenigen Schritten würde diese Drohne niemandem als das auffallen, was sie wirklich war.

Charity zog anerkennend die Augenbraue hoch und sah Felss an. »War das Ihre Idee?«

Der junge Soldat schüttelte den Kopf und deutete mit einer stummen Geste auf Hartmann.

»Kein schlechter Einfall«, sagte Charity, aber Hartmann knurrte auf seine gewohnte, unfreundliche Art: »Sie können mir später einen Heiligenschein verpassen, Captain Laird. Jetzt lassen Sie uns sehen, was sich dort draußen tut.« Er drückte einen Knopf auf der Oberseite des Gerätes, und eine winzige Videokassette fiel in seine Hand. Rasch trug er sie zu einem Abspielgerät, schaltete es ein und blickte konzentriert auf den Monitor.

Im ersten Augenblick war auf dem Bildschirm nichts Außergewöhnliches zu erkennen – sah man davon ab, daß die Landschaft, über die die Drohne hinweggeglitten war, einen völlig verwüsteten Anblick bot. Ein paar Sekunden lang irritierte Charity der scheinbare ziellose, ruckhafte Flug des Gerätes, aber dann begriff sie, daß die Drohne nichts anderes als den taumelnden Flug eines Käfers nachgeahmt hatte.

Der Käfer hatte sich eine Weile scheinbar ziellos zwischen den ausgebrannten Ruinen der Stadt hin und her bewegt, wobei seine Tarnung möglicherweise sogar ein wenig zu perfekt gewesen war, denn zweimal war er von riesigen, fliegenden Kreaturen angegriffen worden, denen er aber jedesmal mit Leichtigkeit ausgewichen war. Einmal glaubte Charity, auf dem Bild eine menschliche Gestalt vorüberhuschen zu sehen, aber als sie Hartmann danach fragte, tat er so, als hätte er ihre Worte nicht gehört. Schließlich berührte der Leutnant einen Knopf und ließ die Aufnahme mit zehnfacher Geschwindigkeit laufen. Trotzdem vergingen noch Minuten, in denen der Bildschirm nichts anderes als graue, ausgebrannte Ruinen zeigte. Dann stoppte das Bild plötzlich, als die Drohne angehalten hatte, und Hartmann schaltete hastig auf die normale Geschwindigkeit zurück.

Am Ende des verheerten Straßenzuges, den der Monitor zeigte, schwebte eine große silberfarbene Scheibe über dem Boden. Eine schmale Zunge aus Metall hatte sich aus ihrer Unterseite hervorgerollt und entließ Dutzende der schwarzen *Ameisen*kreaturen von Moron ins Freie.

»Soldaten«, sagte Kyle ruhig.

Charity sah verwirrt auf. »Sind sie das denn nicht alle?«

Kyle schüttelte den Kopf, ohne den Blick vom Monitor zu wenden. »Die meisten sind Arbeiter«, sagte er. »Sie kämpfen auch, wenn es sein muß. Aber das da sind Soldaten. Sie sind viel stärker und gefährlicher.«

Die *Ameisen* sammelten sich zu kleinen Gruppen und begannen dann, zu Fuß tiefer in das verwüstete Gebiet jenseits des Gleiters vorzudringen. Charity sah, daß die meisten von ihnen nicht mehr mit den üblichen kleinen Strahlenpistolen, sondern mit schweren, bizarr geformten Gewehren bewaffnet waren; andere schienen eine Art Meß- oder Ortungsgeräte mit sich zu schleppen, auf die sie immer wieder herabblickten, um sich dann mit schrillen Pfiffen zu verständigen.

»Ihre Freunde scheinen verdammt viel Wert darauf zu legen, Sie wiederzusehen«, sagte Hartmann sarkastisch. Er deutete auf das kleine Bildschirmfenster, das an der rechten unteren Ecke des Monitors erschienen war. »Die Strahlung dort reicht aus, einen Menschen in zehn Minuten umzubringen.«

»Radioaktivität macht ihnen nichts aus«, sagte Kyle. »Jedenfalls nicht viel.«

Abermals sah Hartmann ihn voller Mißtrauen an. »Sie wissen eine ganze Menge über diese Biester.«

Kyle nickte. Ein flüchtiges Lächeln huschte über seine Züge. »Sie doch auch«, sagte er. »Man sollte seinen Feind kennen, um ihn richtig bekämpfen zu können.«

Zumindest den letzten Satz hatte er einzig und allein gesprochen, um Hartmann zu beruhigen. Aber seine Worte hatten ihre Wirkung verfehlt. Hartmann traute Kyle nicht. Und er machte nicht sehr viel Hehl aus seinen Gefühlen.

Die Drohne glitt weiter, wobei sie nun dicht über dem Boden schwebte und jede natürliche Deckung ausnutzte, um nicht bemerkt zu werden. Eine Zeitlang folgte sie einer der Ameisengruppen, schlug dann eine andere Richtung ein und verharrte wiederum minutenlang in der Nähe des Landesplatzes eines weiteren Gleiters. Dieses Verhalten wiederholte sich vier- oder fünfmal hintereinander, wobei der Kurs, den das Instrument zurückgelegt hatte, auf einem zweiten, kleineren Bildschirmfenster zu verfolgen war. Offensichtlich waren die Gleiter am Rand eines gewaltigen, imaginären Kreises gelandet; wahrscheinlich der Grenze jenes Gebietes, das sie zuvor bombardiert hatten.

Hartmann warf ihr einen schwer zu deutenden Blick zu. »Was um alles in der Welt haben Sie getan?« fragte er. »Ich habe so etwas noch nie erlebt.«

»Nichts«, antwortete Charity beinahe hilflos. »Aber das ist

auch nicht die Frage. Die Frage ist, was sie *glauben*, das wir getan haben.«

Hartmann konzentrierte sich wieder auf die Videoaufzeichnung. Die Bilder begannen einander zu gleichen: Gleiter, die sehr langsam und sehr tief über die Stadt flogen, und Gleiter, die gelandet waren und schier endlose Ketten schwarzer, spinnengliedriger Gestalten entließen. Offensichtlich drangen die *Ameisen* von allen Seiten des Kreises gleichzeitig in die verwüstete Stadt ein, um alles, was das Bombardement überlebt hatte, vor sich her und schließlich in die Enge zu treiben.

Die Aufzeichnung dauerte fast eine halbe Stunde, ohne ihnen noch weitere, neue Informationen zu bringen. Schließlich begann sich die Drohne wieder von der Front der Gleiter zu entfernen, und Hartmann wandte sich mit einem fast enttäuschten Seufzer vom Bildschirm ab, ließ die Aufzeichnung aber weiterlaufen.

»Mehr erfahren wir jetzt nicht mehr«, sagte er. »Falls wir überhaupt etwas erfahren haben.« Bei den letzten Worten hatte er Charity fragend angeschaut, doch sie wich seinem Blick aus. Plötzlich aber fuhren neben ihr sowohl Net als auch Skudder erschrocken zusammen. Der Hopi deutete mit dem ausgestreckten Arm auf den Monitor hinter Hartmann. »Seht doch!«

Aller Blicke wandten sich wieder dem Bildschirm zu. Die Drohne hatte auf ihrem Weg zurück noch einmal haltgemacht. Direkt auf der Straße vor ihr war eine weitere der gewaltigen schimmernden Flugscheiben gelandet. Auch in ihrem Rumpf hatte sich eine Luke geöffnet, aber die Gestalt, die aus diesem Gleiter hervorkam, war keine *Ameise*, sondern ein Mensch, der durch den gewaltigen, schwerfälligen Anzug, in den er gehüllt war, plump und ungeschickt wirkte.

»Das ist ...« begann Charity, und Kyle unterbrach sie: »Governor Stone.«

Sowohl Charity als auch Skudder und Net sahen den Megamann ungläubig an, während Hartmann mißtrauisch die Augen zusammenkniff. »Woher wollen Sie wissen, wer das ist?« fragte er. Mit einer eher zornigen als fragenden Geste auf den Monitor fügte er hinzu: »In diesem Anzug kann wer weiß wer stecken.«

Kyle fing Charitys warnenden Blick auf – der, wie sie unbehaglich registrierte, auch Hartmann nicht entgangen war – und antwortete gelassen. Ich habe seine Rangabzeichen auf dem Anzug erkannt. Hier – sehen Sie?« Er trat ganz dicht an den Monitor heran und deutete auf ein kaum stecknadelgroßes Funkeln über dem Herzen der menschlichen Gestalt. Hartmann starrte ihn einen Moment lang feindselig an, bequemte sich aber dann, sich vorzubeugen und seine Augen so dicht an den Monitor heranzubringen, daß seine Nase beinahe die Scheibe berührte. Fast eine Minute lang blickte er angestrengt auf die kaum handgroße, menschliche Gestalt, dann richtete er sich wieder auf und sagte nach einem weiteren, sehr mißtrauischen Blick in Kyles Gesicht: »Sie müssen verdammt gute Augen haben, junger Mann.«

»Das habe ich«, bestätigte Kyle.

Charity atmete auf. Vielleicht konnte Kyle seine Tarnung noch eine Weile aufrechterhalten.

»Wer ist das – Stone?« fragte Hartmann.

»Ein persönlicher Freund von uns«, antwortete Charity hastig, wobei sie das Wort *Freund* übermäßig betonte. Mit einem säuerlichen Blick auf den Monitor fügte sie hinzu: »Ich würde ihn wahrscheinlich auch im Dunkel und mit verbundenen Augen erkennen. Er hat uns lange genug gejagt.«

»Und wie es aussieht«, sagte Hartmann, »tut er es noch immer.«

»Ich hätte diesem Kerl den Hals herumdrehen sollen, als ich die Gelegenheit dazu hatte«, knurrte Skudder.

Hartmann lächelte flüchtig, aber sein Blick blieb ernst. Es war nicht leicht, diesem Mann etwas vorzumachen, dachte Charity. Er mußte längst gespürt haben, daß sie ihm etwas verheimlichten.

In die sonderbare Stille hinein meldete sich der junge Techniker hinter dem Computerpult mit einem lautstarken, unechten Räuspern. Hartmann sagte nichts, trat aber wortlos neben ihn und beugte sich über seine Schulter.

Charity tauschte einen fragenden Blick mit Kyle, ehe sie Hartmann folgte und sich ebenfalls über das Pult beugte. »Schwierigkeiten?« fragte sie.

»Vielleicht«, antwortete Hartmann ausweichend. »Das kann ich jetzt noch nicht sagen.«

»Können wir helfen?« fragte Kyle.

»Es wäre schon eine große Hilfe, wenn Sie nicht im Weg stehen würden. Bitte gehen Sie in Ihre Quartiere zurück.«

»Sie meinen, unsere Zellen?« fragte Charity ironisch.

Hartmann sah mit einem Ruck auf. In seinen Augen blitzte es, dann sagte er gepreßt: »Selbstverständlich steht Ihnen mein Privatquartier zur Verfügung, Captain Laird. Und Ihren Begleitern ebenfalls. Leutnant Felss wird Sie hinbringen und zu Ihrer Verfügung stehen, bis ich Sie wieder brauche.«

Hartmann drückte einen Knopf auf dem Pult vor sich, und der junge Leutnant und ein zweiter Soldat, dessen Namen sie nicht kannte, erschienen unter der Tür der kleinen Überwachungszentrale. Hartmann deutete auf Charity und die anderen und sagte: »Bringen Sie unsere Gäste in meine Räume. Und bleiben Sie bei ihnen – falls sie irgendwelche Wünsche haben.«

Sie verließen den Raum ohne ein weiteres Wort und gingen über den kurzen Korridor aus nacktem Beton zurück in jenen Raum, in dem Charity das erste Mal mit Hartmann gesprochen hatte. Die beiden Soldaten waren sehr zuvorkommend, aber auch sehr viel weniger diplomatisch als ihr Vorgesetzter. Der Ausdruck auf ihren Gesichtern machte deutlich, als was sie Charity und ihre Begleiter plötzlich betrachteten: als Gefangene.

»Ich verstehe das nicht ganz«, sagte Net, als die beiden Soldaten sie alleingelassen und die Tür hinter sich geschlossen hatten. »Was ist plötzlich los? Er behandelt uns, als wären wir . . .«

Sie suchte einen Moment nach Worten, und Kyle sprang hilfreich ein. »Feinde«, sagte er.

Das Wort schien Net zu erschrecken, aber weniger, weil es sie überraschte, sondern wohl eher, weil es das ausdrückte, was sie selbst empfand.

»Er mißtraut uns«, sagte Kyle. »Und vor allem mir. Ich weiß nicht warum, aber ich habe es genau gespürt.«

»Kann es sein«, fragte Skudder, »daß er weiß, wer du bist?«

Kyle setzte zu einer Antwort an, wandte sich aber dann mit einer ruckhaften Bewegung um und trat an die Wand neben der Tür. Seine Fingerspitzen glitten wie suchend über die winzige Schalttafel darin, verharrten einen Moment, und als er die

Hand wieder zurückzog, hielt er die Überreste eines winzigen Mikrofons mit abgerissenen Kabelenden zwischen Daumen und Zeigefinger.

Nicht einmal eine Sekunde später glitt die Tür auf, und Felss' junger Kollege kam herein, seine rechte Hand lag ganz unverhohlen auf dem Kolben der Pistole in seinem Gürtel. Als er sah, was Kyle in der Hand hielt, verwandelte sich der Ausdruck auf seinem Gesicht von Verwirrung in Zorn, aber der Megamann ließ ihn gar nicht erst zu Wort kommen, sondern hielt ihm mit einem fast fröhlichen Lächeln das winzige Mikrofon entgegen.

»Ich glaube, Sie suchen das hier«, sagte er. »Sie sollten Ihre Abhörgeräte ein wenig besser verstecken.«

Auf dem Gesicht des jungen Soldaten – das kleine Schildchen über seiner linken Brustseite identifizierte ihn als Unteroffizier Lehmann – mischten sich Verblüffung mit Zorn und Hilflosigkeit.

»Was soll das?« fragte Charity. »Ist es bei Ihnen üblich, die Privatgespräche Ihrer Gäste zu belauschen?«

Der scharfe Ton ihrer Worte erzielte die erhoffte Wirkung. Der Soldat sagte noch immer kein Wort, er blickte ratlos auf das zerstörte Miniaturmikrofon auf seiner Handfläche herunter, dann schloß er mit einem Ruck die Faust darum und stürmte aus dem Raum. Hinter ihm glitt die Tür zu und rastete mit einem hörbaren Klicken ein.

»Übertreib es nicht, Kyle«, sagte Charity, während sie gleichzeitg aufatmete. »Können wir jetzt offen reden?«

Kyle schien einen Moment in sich hineinzulauschen, dann nickte er wortlos.

»Ich möchte wissen, was das alles bedeutet!« knurrte Skudder. Er blickte die Tür an, die sich hinter Lehmann geschlossen – und verriegelt! – hatte, als gäbe er ihr ganz persönlich die Schuld an ihrer mißlichen Lage. »Ich bin es allmählich leid, ständig verhaftet, und ausgefragt zu werden!«

»Vielleicht liegt das an deinem Aussehen, Rothaut«, sagte Gurk spitz. »Zwei Meter große Indianer mit Punkerfrisur und in Rocker-Klamotten müssen ja das Mißtrauen eines preußischen Offiziers erwecken.«

»Immer noch besser als abgebrochene Zwerge mit eingeschlagenen Nasen«, antwortete Skudder und schüttelte drohend eine

Faust vor Gurks Gesicht. Der Gnom wich mit übertrieben geschauspielertem Entsetzen zurück und hob abwehrend die Hände über dem Kopf.

»Hört auf!« sagte Charity scharf. Ihr war im Moment ganz und gar nicht nach Scherzen zumute. Sie hatte das Gefühl, daß ihre Situation vielleicht ernster war, als sie im Moment ahnten.

»Ich begreife nicht, warum sie sich plötzlich solche Mühe machen, uns einzufangen – oder sich von unserem Tod zu überzeugen.« Sie lehnte sich mit vor der Brust verschränkten Armen an die Wand neben der Tür und sah nachdenklich zu Boden. »Okay – Stone würde wahrscheinlich ein Jahr seines Lebens dafür geben, uns wieder in die Finger zu bekommen. Aber das allein kann es nicht sein.«

»Wieso?« fragte Helen. »Er hat euch doch schon drüben in den Staaten gejagt, oder?«

»Ununterbrochen«, bestätigte Charity. »Aber nicht mit einem solchen gigantischen Aufwand. Mit *diesem* Einsatz von Material und Kriegern hätte er uns binnen zehn Minuten gestellt.«

»Außerdem wollte er uns bisher nicht umbringen«, fügte Net hinzu.

Helen sah sie zweifelnd an, aber Kyle bestätigte die Worte der *Wastelanderin*. »Ich hatte Befehl, sie lebend zu fangen«, sagte er mit einer Kopfbewegung auf Charity.

»Und plötzlich wirft er *Atombomben*, um uns auszuschalten«, fügte Charity seufzend hinzu. »Ein ziemlich radikaler Stimmungswandel, wenn ihr mich fragt.«

»Vielleicht ist es meinetwegen«, vermutete Kyle. »Es ist das erste Mal, daß die Konditionierung eines Megakriegers durchbrochen wurde. Sie werden alles tun, um mich zu fangen oder zu eliminieren. Wir hätten uns trennen sollen.«

»Du täuscht dich, Kyle«, antwortet Charity. »Vielleicht bist du der erste, der sich ganz offen gegen sie gestellt hat. Aber ich glaube, die Idee, unsere eigenen Kinder zu unseren schlimmsten Feinden zu machen, funktioniert nicht ganz so gut, wie sie es sich vorgestellt haben.« Sie deutete mit einer Kopfbewegung auf Helen. »Denk nur an ihren Vater.«

Sie sah, wie Helen zusammenfuhr, und begriff, daß sie schon

wieder einen Fehler gemacht hatte. Die Tatsache, daß Helen seit ihrer Flucht aus Paris kaum ein Wort gesprochen hatte, war kein Zufall. Das Mädchen hatte die Erkenntnis, daß der Mann, den es für seinen Vater gehalten hatte, in Wirklichkeit auf der Seite der Invasoren stand, noch längst nicht verkraftet. Sie war nicht einmal sicher, ob sie überhaupt mit dieser Erkenntnis fertig werden würde.

»Vielleicht ist diese Station hier der Grund«, sagte Net plötzlich. »Ich kann mir kaum vorstellen, daß sie ein halbes Land in Schutt und Asche legen, nur um ein paar Möchtegern-Revoluzzer und einen abtrünnigen Cyborg« – dabei warf sie einen fast spöttischen Blick in Kyles Richtung – »unschädlich zu machen. Aber das hier . . .«

»Ein paar schrottreife Computer und fünf Spielzeugsoldaten?« fragte Skudder zweifelnd.

»Das kann nicht alles sein«, sagte Charity.

»Natürlich nicht«, sagte Skudder. »Wahrscheinlich ist es alles, was übriggeblieben ist.«

Charity schüttelte abermals den Kopf. »Nein. Ich habe mich gründlich umgesehen – die Geräte hier sind allesamt alt, aber in ziemlich gutem Zustand. Entweder Hartmann verschweigt uns etwas, oder . . .«

Die Tür flog auf, und Felss und Lehmann stürmten herein; die Waffen im Anschlag und einen Ausdruck in den Augen, der Charity klarmachte, daß sie bereit waren, sie auch zu benutzen.

»Was soll das?« fragte Charity. »So . . .«

»Seien Sie still!« unterbrach sie Lehmann grob und richtete seine Waffe zuerst auf Kyle, dann auf Charity. »Sie beide!« sagte er barsch. »Mitkommen! Die anderen bleiben hier.«

»Aber wieso . . .?« begann Kyle.

Lehmann trat mit einem blitzschnellen Schritt auf ihn zu und schlug ihm mit dem Handrücken über den Mund. Charity wußte, daß es Kyle ein leichtes gewesen wäre, dem Hieb auszuweichen oder den Soldaten zu entwaffnen, aber der Megamann zuckte nicht einmal mit den Wimpern. Er taumelte einen halben Schritt zurück, verzog schmerzhaft das Gesicht und hob die Hand an die Lippen, die aufgeplatzt waren und leicht zu bluten begannen.

»Maul halten, habe ich gesagt!« fauchte Lehmann. »Und die anderen bleiben hier!« Er trat hastig wieder zwei Schritte zurück und gab Charity und Kyle mit einem zornigen Wink zu verstehen, daß sie ihm folgen sollten.

Völlig verwirrt und doch erleichtert, daß Kyle geistesgegenwärtig genug gewesen war, seine Rolle weiterzuspielen, trat Charity zwischen den beiden Soldaten hindurch auf den Korridor hinaus und wandte sich nach rechts. Kyle folgte ihr, aber er schien für Lehmanns Geschmack nicht schnell genug zu gehen, denn der Soldat versetzte ihm einen groben Stoß.

Charity drehte sich zornig herum. »Zum Teufel, was soll das?« fragte sie zornig.

»Gehen Sie weiter!« befahl Lehmann. »Leutnant Hartmann wird Ihnen alles erklären.«

Die Panzertür zur Zentrale stand halb offen, und obwohl erst wenige Minuten vergangen waren, seit sie den Raum verlassen hatten, schien er sich völlig verändert zu haben. Hinter dem Computerpult saßen jetzt zwei Techniker, und auch Hartmann hatte sich mit besorgtem Gesichtsausdruck über einen mit Skalen und kleinen Bildschirmen übersäten Tisch gebeugt. Sämtliche Monitoren in der Wand waren zum Leben erwacht und zeigten Ausschnitte der Stadt.

»Was ist passiert?« fragte Charity.

Hartmann starrte sie einen Moment lang an, als sähe er sie zum ersten Mal. Seine Augen wurden schmal. »Wissen Sie das wirklich nicht, oder sind Sie einfach eine gute Schauspielerin?«

Mit mühsam beherrschter, aber hörbar zitternder Stimme antwortete Charity: »Ich würde nicht fragen, wenn ich es wüßte. Was ist los?« Sie deutete auf Lehmann, der einen halben Schritt hinter Kyle stand. »Wieso behandeln Sie uns plötzlich wie Gefangene? Was geht hier vor?«

Hartmann schwieg einen Moment. Dann richtete er sich ganz auf und gab dem Soldaten einen Wink, die Waffe herunterzunehmen. Lehmann gehorchte, hielt das Gewehr aber weiter schußbereit in den Händen.

»Sie haben uns entdeckt«, sagte Hartmann. Er deutete auf die Wand aus flimmernden Monitoren, auf denen eine ganze

Armee aus scheinbar langsam dahintreibenden Gleitern und schwarzen, vierarmigen Ameisenkriegern zu sehen war. »Es gibt keinen Zweifel. Sie sind auf dem Weg hierher. Sie scheinen noch nicht ganz genau zu wissen, wo wir sind, aber sie kommen näher.«

»Und jetzt glauben Sie, das wäre unsere Schuld«, vermutete Charity.

»Ich glaube überhaupt nichts«, antwortete Hartmann kalt. »Ich zähle nur zwei und zwei zusammen, Captain Laird. Wir sitzen seit fünfzig Jahren hier, und sie versuchen seit fünfzig Jahren, uns zu finden. Und ausgerechnet heute sieht es so aus, als wäre es ihnen gelungen. Ein sonderbarer Zufall, nicht wahr?«

»Vielleicht ist es kein Zufall«, sagte Kyle ruhig.

»Zu genau dem gleichen Schluß bin ich auch gekommen«, erwiderte Hartmann.

»Sie glauben doch nicht etwa, daß wir Sie verraten haben?!« sagte Charity empört.

»Nein«, antwortete Hartmann. »Sie wahrscheinlich nicht, Captain Laird, aber vielleicht Ihr sonderbarer Freund. Ich bin weder dumm noch blind. Wer immer dieser Kerl ist, eines ist er bestimmt nicht: irgendein Revoluzzer wie Ihr Freund, der Indianer.«

»Das stimmt sogar«, gestand Charity.

»Sie kommen näher, Herr Leutnant«, sagte einer der beiden Techniker. »Noch vier oder fünf Kilometer ...« Er zog nachdenklich die Unterlippe zwischen die Zähne. »Ich verstehe das nicht«, murmelte er. »Wenn ich nicht wüßte, daß es unmöglich ist, würde ich meine rechte Hand darauf verwetten, daß sie eine Dreieckspeilung durchführen.«

Hartmanns Blick wurde vorwurfsvoll, und Charity lächelte spöttisch. »Wenn Sie glauben, daß wir einen Funkpeilsender oder sonst etwas bei uns haben, dann durchsuchen Sie mich ruhig, Herr Leutnant. Nur keine falsche Scham.«

In Hartmanns Augen blitzte es zornig auf. »Ich sagte bereits, ich bin weder dumm noch blind«, antwortete er gereizt. »Ich weiß, daß keiner von Ihnen etwas Derartiges bei sich trägt. Aber verraten Sie mir, wie sie uns sonst gefunden haben sollen – wenn nicht durch Sie?«

»Vielleicht haben sie die Drohne angepeilt«, sagte Charity achselzuckend.

Hartmann machte eine ärgerliche Geste.

»Unsinn!« sagte er. »Die wurde gründlich durchgecheckt, ehe wir sie zurückgerufen haben. Glauben Sie, wir hätten fünfzig Jahre hier durchgehalten, wenn wir so leicht zu übertölpeln wären?«

Kyle sah ihn einen Moment lang fragend an, dann ging er langsam und ohne ein Wort zu dem kleinen Kartentisch hinüber, auf dem die Drohne und ihr Käferpanzer lagen. Hartmann folgte ihm mit feindseligen Blicken, sagte aber nichts und scheuchte auch Lehmann zurück, der kampflustig die Lippen schürzte und Kyle folgen wollte. Charity sah, wie Kyle die mattgraue Metallscheibe hochhob und einen Moment in den Händen drehte, ehe er sie wieder zurücklegte und sich dem ausgehöhlten Käferpanzer zuwandte.

»Wieviel Zeit haben wir noch?« fragte Charity.

Anstelle einer direkten Antwort blickte Hartmann zuerst die Batterie flimmernder Monitore an, auf denen die näher rückende Moroni-Armee zu sehen war, dann die beiden Techniker hinter ihren Pulten.

»Zehn Minuten, allerhöchstens fünfzehn«, antwortete einer der beiden Männer. »Wenn sie uns nicht vorher anpeilen.«

»Das können sie nicht«, widersprach Hartmann. Es klang eher hilflos als überzeugt. Und der Techniker machte sich nicht einmal die Mühe, etwas darauf zu erwidern.

»Doch, das können sie.«

Sowohl Charity als auch Hartmann sahen bei Kyles Worten alarmiert auf. Der Megamann war wieder vom Kartentisch zurückgetreten und hielt den Insektenpanzer der Drohne in der rechten und einen kleinen schwarzen Gegenstand in der ausgestreckten linken Hand. »Ich hatte recht«, sagte er. »An dem Ding saß eine Wanze.«

»Das ist völlig ausgeschlossen!« ereiferte sich Hartmann. »Wir haben sie mehrfach . . .«

Seine Augen weiteten sich ungläubig, als er sah, was Kyle in der ausgehöhlten Insektenschale gefunden hatte.

Es *war* eine Wanze. Im wahrsten Sinne des Wortes – keines jener kleinen, heimtückischen, technischen Geräte, die man gemeinhin mit diesem Wort bezeichnete, sondern eine *wirkliche* Wanze.

Das Tier war nicht größer als ihr kleiner Fingernagel. Es hatte einen schwarzbraunen, schimmernden Chitinpanzer, wie fast alle Lebewesen, die die Invasoren von ihrer Heimatwelt mitgebracht hatten, und eine Unzahl von winzigen, emsig wirbelnden Beinchen.

»Was ist das?« fragte Hartmann.

»Ein *Finder*«, antwortete Kyle.

Als sowohl Hartmann als auch Charity fragend die Stirn runzelten, fuhr er erklärend fort: »Sie setzen sie ein, wenn sie jemanden aufspüren wollen. Sie sind nicht besonders intelligent und nicht gefährlich, aber sie haben zwei Besonderheiten – sie sind monogam und sie sind telepathisch.«

Die Verwirrung in Hartmanns Augen schlug in jähes Entsetzen um. »Sie meinen, dieses Ding . . . *liest* unsere Gedanken?!«

»Nein«, antwortete Kyle kopfschüttelnd. »Ein Paar, das einmal zusammengefunden hat, bleibt sein Leben lang zusammen. Ungewöhnlich für Insekten, aber für sich allein genommen noch nicht gefährlich. Wenn eines stirbt, dann stirbt auch das andere. Und sie können die Gedankenwellen ihres Partners über Hunderte von Meilen hinweg orten. Und *das* macht sie wirklich gefährlich.« Er deutete auf die Bildschirme hinter sich. »Sie haben das hierzu passende Weibchen in irgendeinem dieser Gleiter«, sagte er. »Sie brauchen nur der Richtung zu folgen, in die es will, und werden uns finden.« Er zögerte einen Moment, dann nahm er das winzige Insekt zwischen Daumen und Zeigefinger und drückte zu. Ein trockenes Knacken erklang, und Hartmann verzog angeekelt das Gesicht, als Kyle die Überreste des winzigen Tieres zu Boden fallen ließ und noch einmal mit dem Absatz darauf trat.

»Das ist . . . unglaublich«, murmelte er.

»Nein«, sagte Kyle ruhig. »Es ist nicht einmal ungewöhnlich. Sie setzen sie sehr oft ein. Sie sind zuverlässiger als künstliche Peilsender; und sehr viel schwerer zu entdecken.«

Hartmann blickte ihn durchdringend an. »Woher wissen Sie das alles?« fragte er. »Sie sind keiner von diesen Rebellen. Und Sie gehören auch nicht zu Captain Laird.«

»Das stimmt«, gestand Kyle. »Aber wir sollten später darüber reden.« Er deutete wieder auf die Wand aus flimmernden Monitoren. »Sie werden jetzt etwas länger brauchen, aber sie werden uns trotzdem finden. Sie sollten schnellstens von hier verschwinden.«

»Und die Station aufgeben?« fragte Hartmann. Er schüttelte trotzig den Kopf. »Sie suchen uns seit einem halben Jahrhundert, ohne uns zu finden.«

»Weil sie es nicht ernsthaft versucht haben«, sagte Kyle ruhig. »Glauben Sie mir, Leutnant Hartmann – wenn sie etwas *wirklich* wollen, dann tun sie es auch.«

»Schlimmstenfalls können wir uns auch noch wehren«, erwiderte Hartmann. »Es sind ziemlich viele, aber ich glaube, wir könnten mit ihnen fertig werden.«

»Das können Sie nicht«, sagte Kyle. »Es sind fünfzig oder sechzig Gleiter, und wenn Sie diese abwehren, dann schicken sie fünfhundert oder sechshundert neue.«

»Oder jemanden wie Sie«, sagte Hartmann leise.

»Oder jemanden wie mich«, bestätigte Kyle. Zwei, drei Sekunden lang starrte Leutnant Hartmann ihn wortlos an, dann senkte er den Blick, atmete tief ein und nickte schließlich. »Holen Sie Leutnant Felss und die anderen, Lehmann«, sagte er. »Und dann gehen Sie, und machen Sie den Fluchttunnel klar.« Er wandte sich zu den beiden Männern hinter den Computerpulten um. »Und wir bereiten inzwischen alles zur Evakuierung vor. In spätestens zehn Minuten ist der Laden hier leer.«

7

In dem gepanzerten Anzug fiel es Stone schwer, sich zu bewegen. Obwohl die Strahlenschutzmontur mit einem eingebauten Exoskelett kombiniert war, die jede Bewegung ihres Trägers verstärkten, so daß jeder Schritt Stones vom hellen Wimmern winziger Servomotoren begleitet wurde, glaubte er, ihr Gewicht wie eine Tonnenlast auf den Schultern zu fühlen. Er glaubte auch Schweiß auf seiner Haut zu spüren, doch ein Blick auf die winzigen Instrumente, die in seinen Helm eingebaut waren, bewies ihm, daß die Klimaanlage des Anzugs einwandfrei funktionierte. Und die Radioaktivität war um keinen Deut höher, als sie es an Bord des Gleiters gewesen war, wo er den Anzug anlegte. Trotzdem meinte er, ein unangenehmes Kribbeln zu verspüren, ein Gefühl, das in einem solchen Anzug besonders unangenehm war, der seinem Träger so ziemlich alles gestattete, nur nicht sich zu kratzen. Stone versuchte, die eingebildete Wärme oder das Jucken zu ignorieren. Seit dem Moment, in dem er den Gleiter verlassen und in diese Hölle aus

Strahlen und Hitze hinausgetreten war, bedauerte er bereits, nicht auf die *Ameise* gehört und an Bord des Fahrzeuges geblieben zu sein. Aber jetzt umzukehren und in die Sicherheit des Kriegsschiffes zurückzugehen, hätte ihn fast die gleiche Überwindung gekostet wie weiterzugehen.

Stones Blick glitt über das Gewirr aus zusammengestürzten Häusern und Schutthalden. Sie waren drei Meilen vom Explosionspunkt der ersten Bomben entfernt gelandet. Und trotzdem war die Strahlung hier noch recht hoch. Die meisten Pflanzen waren nur noch schwarze, verkohlte Strünke, die sich im Tod zusammengekrümmt zu haben schienen wie schmerzgepeinigte Tiere. In einiger Entfernung lag ein verendetes Tier, das er für eine Ratte gehalten hätte, wäre es nicht entschieden zu groß gewesen. Und selbst die gegen Radioaktivität fast völlig resistenten Insektengeschöpfe, die die Moroni auf diese Welt mitgebracht hatten, waren der Hölle aus rasenden Gammastrahlen nicht mehr gewachsen: Der Boden war übersät mit den Kadavern kleiner, geflügelter Käferwesen.

Inmitten dieses Bildes vollständiger Zerstörung wirkten die Ameisenkrieger beinahe grotesk. Keiner von ihnen trug einen Schutzanzug wie Stone. Die meisten waren nicht einmal bekleidet, sondern trugen nur ihre gewohnten Waffengurte oder wuchtige Rückentornister, in denen sie irgendwelche Gerätschaften mit sich herumschleppten.

Begleitet vom schrillen Wimmern der Servomotoren seines Anzuges, ging er einige Schritte weiter und blieb abermals stehen. Unschlüssig sah er sich um. Er fragte sich, ob Captain Laird und die anderen wirklich tot waren. Aber wie fragte er sich dann, hätten sie diese Hölle überstehen sollen.

Plötzlich meldete sich der Funkempfänger seines Anzuges. Stone drückte die Ruftaste. »Ja?«

»Governor Stone«, drang die quäkende Metallstimme einer *Ameise* aus dem Empfänger. »Sie wollten über alles Ungewöhnliche informiert werden, und . . .«

»Was gibt es?« unterbrach Stone unwillig.

»Die telepathischen Impulse des *Finders* sind abgebrochen.«

Es dauerte einen Moment, bis Stone überhaupt begriff, was die Worte bedeuteten. Dann entsann er sich der primitiven Spionagesonde, die die Ortungsgeräte des Gleiters vor gut einer

Stunde ausgemacht hatten. Eine geradezu lächerlich getarnte, fliegende Kamera, die wahrscheinlich aus irgendeinem Rebellenstützpunkt kam, die es fast überall noch gab und die einzeln aufzuspüren und zu eliminieren den gewaltigen Aufwand einfach nicht lohnte, den ein solches Unternehmen bedeutet hätte. Trotzdem hatte Stone Befehl gegeben, sie nicht abzuschießen, sondern sie unbemerkt mit einem *Finder* zu versehen. Den Rest konnten dann seine Sturmtruppen erledigen, sobald sie den Rebellenstützpunkt mit Hilfe des telepathischen Insekts ausgemacht hatten.

»Und?« fragte er.

»Der Abbruch der Impulse könnte bedeuten, daß das Tier versehentlich getötet wurde«, antwortete die *Ameise*. »Aber es könnte auch entdeckt und eliminiert worden sein. Und das wäre ungewöhnlich.«

»Wieso?«

»Weil die Eingeborenen nichts von der Existenz der *Finder* wissen«, antwortete die *Ameise*. »Sie haben weder die technischen noch die geistigen Fähigkeiten, telepathische Impulse zu messen.«

»Die hat Captain Laird auch nicht«, antwortete Stone.

»Nein. Aber der aus Paris geflohene Megakrieger kennt diese Geschöpfe.«

Stone schwieg einen Moment. Obwohl es jeder Logik widersprach und er nicht den mindesten Beweis dafür hatte, daß es wirklich so war, wußte er, daß Charity Laird und die anderen es wieder einmal geschafft hatten: Sie mußten sich in dem Rebellenversteck befinden, aus dem die Spionagesonde gekommen war.

»Konnte die genaue Position der Rebellen ermittelt werden, bevor der *Finder* vernichtet wurde?«

»Nein. Aber wir werden sie aufspüren. Zwei Abteilungen Krieger durchkämmen bereits das Suchgebiet.«

»Dann zieht zwei weitere hinzu«, befahl Stone. »Und bringt mich zu der errechneten Position.«

Die *Ameise* zögerte eine Sekunde. »Davon würde ich abraten«, widersprach sie vorsichtig. »Die Rebellen in diesem Gebiet sind nicht sehr aktiv, aber sie sind gefährlich. Schon mehrere unserer Erkundungstrupps sind . . .«

»Ich habe dich nicht um deine Meinung gefragt!« unterbrach Stone grob. »Bringt mich hin!«

Die *Ameise* an Bord des Gleiters antwortete nicht mehr. Aber nur wenige Sekunden später hob das gewaltige Fahrzeug ab, schwebte fast lautlos über Stone und sank dann wieder in die Tiefe. Die Ladeluke an seiner Unterseite öffnete sich, und zwei riesige stählerne Greifer sanken herab, um den tonnenschweren Anzug in die Höhe zu ziehen.

Felss, Hartmann und ein dritter Soldat folgten ihnen mit gezogenen Waffen, während sie durch den niedrigen Tunnel hasteten, der aus dem Rebellenversteck herausführte. Einer der beiden Techniker bildete die Spitze ihrer kleinen Kolonne, von dem anderen war keine Spur zu sehen. Charity hatte Hartmann nach ihm gefragt, aber keine Antwort erhalten.

Der Tunnel – bei dem es sich um nichts anderes als ein leeres Kanalisationsrohr handelte – führte eine gute Meile geradeaus, ehe er sich in einen beleuchteten und einen unbeleuchteten Gang gabelte. Stern lief ohne zu zögern in den hell erleuchteten Gang hinein, aber Hartmann winkte hastig ab, als Charity ihm folgen wollte. »Das ist der falsche Weg«, sagte er. »Sie wissen doch – der breitere Weg führt nicht immer zum Himmelstor. Steht doch schon in der Bibel.«

»Hoffentlich wissen die Moroni das nicht auch«, sagte Net.

»Ich glaube kaum, daß sie die Bibel lesen.«

Charity deutete auf Stern, dessen Gestalt schon fast in dem rötlichen Licht des Tunnels verschwunden war. »Wo geht er hin?«

»Er bereitet eine kleine Überraschung für Ihre Freunde vor«, antwortete Hartmann unwillig und gestikulierte gleichzeitig mit beiden Händen, schneller zu gehen.

Sie rannten jetzt fast, aber Charity wüßte, daß diese Eile begründet war. Kurz bevor sie Hartmanns Versteck verlassen hatten, hatte sie noch einen Blick auf die Monitore geworfen, und was sie gesehen hatte, hatte sie zutiefst erschreckt. Obwohl Kyle das telepathische Insekt vernichtet hatte, näherten sich die *Ameisen* weiter ihrem Versteck. Es konnte nicht mehr allzu lange dauern, bis sie den getarnten Eingang zu Hartmanns unterirdischer Basis fanden; und damit auch den Eingang zu dem Fluchttunnel.

Sie liefen eine weitere halbe Meile durch fast vollkommene Finsternis, die nur durch den Lichtstrahl eines Scheinwerfers erhellt wurde, der an Hartmanns Gürtel befestigt war, dann gab der Leutnant ihnen mit Handzeichen zu verstehen, stehenzubleiben. Mit schnellen, aber sehr sicheren Bewegungen löste er einen elektrischen Schraubenzieher vom Gürtel und öffnete mit seiner Hilfe eine rostige Metallklappe, die so geschickt in den Boden eingelassen war, daß Charity und die anderen einfach darüber hinweggelaufen waren.

Unter der Klappe kam eine Leiter zum Vorschein. Ohne daß es eines weiteren Wortes von Hartmann bedurft hätte, schwang sich einer der Soldaten in die Tiefe und verschwand rasch in der Dunkelheit. Hartmann stand auf und machte eine einladende Handbewegung. »Bitte schön!«

Charity zögerte einen Moment, begriff aber dann, daß sie im Moment gar keine andere Wahl hatten, als sich Hartmann auf Gedeih und Verderb auszuliefern. Die Leiter bebte unter ihrem Gewicht, und sie glaubte, die rostigen Schrauben in der Wand knirschen zu hören. Die Sprossen waren verrostet und so rauh, daß es weh tat, sie anzufassen. Aus der Tiefe schlug ihr faulige, abgestandene Luft entgegen. Aber als sie das Ende der Leiter erreichte, sah sie endlich wieder Licht.

Auch Lehmann hatte einen Scheinwerfer eingeschaltet und auf den Boden gestellt, dessen Strahl ein groteskes Fahrzeug beleuchtete: Auf den ersten Blick glich es einem jener Wagen, die auf der Achterbahn einer Kirmes führen, rollte aber nicht auf Schienen, sondern auf einem Dutzend kleiner Vollgummireifen, die offensichtlich nachträglich angebracht worden waren. Es hatte nur sechs Sitze, aber die waren breit genug, so daß sie alle Platz darin finden würden, wenn sie ein wenig zusammenrückten.

Mit einer Mischung aus Neugier und Ungeduld sah sie zu, wie der Soldat eine Klappe am Heck des Fahrzeugs öffnete und mit Kopf und Oberkörper darin verschwand. Er hantierte eine ganze Weile wortlos und sehr hektisch darin herum, und seine Hände und ein Teil seines Gesichts waren ölverschmiert, als er endlich wieder auftauchte.

»Probleme?« fragte Skudder, der mittlerweile ebenfalls die Leiter heruntergestiegen war.

Lehmann bedachte ihn mit einem feindseligen Blick, und Skudder wandte sich ab.

Es dauerte nur wenige Augenblicke, bis auch Hartmann als letzter die Leiter heruntergestiegen kam. Charity fiel auf, daß sich der elektrische Schraubenzieher nicht mehr an seinem Gürtel befand. Wahrscheinlich hatte er ihn oben zurückgelassen, damit die beiden Techniker, die ihm folgten, den Zugang über ihnen wieder verschlossen.

Neugierig sah sie sich in dem engen Stollen um. Er war rund, und seine Decke war kaum hoch genug, daß sie aufrecht stehen konnte. Seine Wände bestanden aus Metall und waren rostzerfressen und mit großen, schmierigen Flecken übersät. Offensichtlich befanden sie sich hier in einem ähnlichen Verbindungstunnel, wie ihn Jean und seine Freunde in Paris benutzt hatten.

Charity wandte sich wieder zu Lehmann um, der weiter am Motor des Wagens herumbastelte. Skudder stand neben ihm, hatte die Hände in den Taschen seiner zerschrammten Lederjacke vergraben und grinste schadenfroh in sich hinein.

»Worauf zum Teufel warten Sie?« schnauzte Hartmann.

Lehmann richtete sich mit einem erschrockenen Ruck auf, so daß er sich den Hinterkopf an der hochgeklappten Motorhaube des Wagens anschlug und schmerzhaft das Gesicht verzog. »Er ... springt nicht an«, sagte er unglücklich.

»Dann reparieren Sie ihn!« schnauzte Hartmann.

»Ich ... versuche es ja«, sagte Lehmann unglücklich. »Aber ich ...«

»Vielleicht kann ich helfen«, schlug Skudder vor.

Lehmann blickte ihn mit gerunzelter Stirn an. »Verstehen Sie etwas von Motoren?« fragte er.

Skudder zuckte mit den Achseln. »Ein wenig.«

»Meinetwegen«, knurrte Hartmann. »Ungeschickter als dieser Idiot können Sie kaum sein.« Er schenkte Lehmann einen drohenden Blick und wedelte gleichzeitig unwillig mit der Hand, zurückzutreten.

Skudder beugte sich über die offenstehende Motorhaube des Wagens, ohne die Hände aus den Taschen zu nehmen, und richtete sich nach einer Sekunde wieder auf. »Das Batteriekabel ist lose«, sagte er.

Hartmanns Augen verschossen kleine, unsichtbare Blitze, während Lehmann sichtlich zusammenschrumpfte und sich beeilte, das lockere Kabel anzuklemmen. Dann rannte er mit weit ausgreifenden Schritten zum Fahrersitz des Wagens und drückte einen Knopf. Das dumpfe Dröhnen eines Dieselmotors und beißender Gestank erfüllten den Tunnel.

»Idiot«, murmelte Hartmann, drehte sich auf der Stelle herum und legte den Kopf in den Nacken, um auf die Leiter nach oben zu blicken.

»Wo bleibt dieser andere Trottel?«

Charity ersparte sich eine Antwort darauf, drehte sich herum und ging zum Wagen, in dem Net, Helen und Felss bereits Platz genommen hatten. Auch Skudder kletterte auf einen der Sitze, beugte sich hinaus und griff nach Gurk, den er sich kurzerhand auf den Schoß setzte, weil die Plätze nicht ausreichten. Charity lächelte, als sie sah, daß Gurk ärgerlich das Gesicht verzog, es aber nicht wagte, zu protestieren, obwohl Skudders Griff alles andere als sanft war.

In diesem Moment erscholl hinter ihr ein gellender Schrei.

Sie fuhr herum und sah gerade noch, wie Hartmann sich mit einem Sprung in Sicherheit brachte, um einem Körper auszuweichen, der aus dem Treppenschacht stürzte.

Eine Sekunde später stach eine grelle Lichtnadel nach dem Leutnant, verfehlte ihn um eine Handbreit und explodierte in einer Flammenwolke an der Wand neben ihnen. Im grellen Feuerschein erkannte Charity, daß es sich bei der Gestalt, die Hartmann beinahe erschlagen hätte, um einen der beiden Techniker handelte.

»Weg!« brüllte Hartmann. Gleichzeitig sprang er vor, riß Charity einfach mit sich und stieß sie grob in den Wagen. Ein zweiter Laserblitz zuckte aus dem Schacht herab und brannte eine rotglühende Lavaspur in den Boden, dann kletterten auch Kyle und Hartmann in den Wagen, und das sonderbare Gefährt setzte sich in Bewegung.

Während Lehmann fluchte und vergeblich versuchte, mehr Tempo aus dem Wagen herauszuholen, rissen Felss und Hartmann ihre Waffen von den Schultern und zielten auf die Leiter.

Ein riesiges Spinnenwesen tauchte auf den rostigen Metallsprossen auf, und Lehmann schoß.

Er traf. Der Moroni kippte mit einem schrillen Pfeifen zur Seite und brach auf dem Boden zusammen, aber sofort erschien ein zweiter und dritter, und noch bevor die zwei Soldaten zum zweiten Mal feuern konnte, zuckte ein halbes Dutzend dünner, greller Lichtblitze in ihre Richtung. Dicht neben dem Wagen schlugen Strahlenschüsse ein und ließen die Wände der Pipeline dunkelrot aufglühen. Grelle, weiße Funken züngelten über ihnen, und Charity duckte sich instinktiv tiefer in die ungepolsterten Sitze. Auch Kyle und Skudder zogen ihre Waffen und erwiderten das Feuer, während der umgebaute Achterbahnwagen mit einer Geschwindigkeit vor den Angreifern davonheulte, die kaum höher als die eines schnell laufenden Menschen war.

»Halt!« schrie Hartmann plötzlich. Der Soldat am Steuer blickte ihn verwirrt an, trat aber gehorsam auf die Bremse, und das Fahrzeug kam mit einem Ruck zum Stehen. Ein Laserstrahl verfehlte Hartmann nur noch um Millimeter. Ein zweiter Schuß streifte das Heck des Wagens und setzte einen der Reifen in Brand.

»Gebt mir Deckung!« brüllte Hartmann und schwang sich aus dem Wagen. Mit einer Hand deutete er auf Lehmann. »Und erschießt diesen Kerl, wenn er ohne mich losfährt!«

Charity verstand nicht einmal, was er meinte, aber sie hob trotzdem ihre Waffe und gab einen Schuß auf die näherrückenden *Ameisen* ab. Sie konnte nicht erkennen, ob sie getroffen hatte, denn der enge Stollen schien bis zum Bersten mit schwarzen, glitzernden Chitingestalten angefüllt zu sein. Fassungslos beobachtete Charity, wie sich Hartmann der Front der *Ameisen* näherte, wobei er unentwegt feuerte.

Aber was sie wahrscheinlich rettete, war einzig und allein Kyles Waffe. Selbst die schweren Gammalaser, die sie aus Paris mitgebracht hatten, hätten die Monster wahrscheinlich nicht zurückgetrieben, denn für jede *Ameise*, die sie niederstreckten, ließen sich zwei neue den Schacht herunterfallen und griffen sofort an. Aber Kyles Waffe brannte eine rauchende Spur aus Staub und zerfallenden Insektenkörpern in die schwarze Front, durch die Hartmann wild hindurchrannte.

Erst als er den Schacht beinahe erreicht hatte, sah Charity, welchen Grund sein offensichtliches Selbstmordunternehmen hatte.

Der Techniker lebte noch. Seine Gestalt lag zusammengekrümmt neben zwei toten *Ameisen*, aber seine Hände bewegten sich, und er versuchte, den Kopf zu heben. Als Hartmann neben ihm anlangte, erschienen zwei weitere *Ameisen* am oberen Ende der Leiter. Charity und Skudder feuerten gleichzeitig, und sie trafen beide. Die *Ameisen* explodierten förmlich und überschütteten Hartmann und den Techniker mit Flammen und rotglühenden Chitinsplittern. Hartmann keuchte vor Schmerz, ließ sich aber trotzdem blitzschnell auf die Knie sinken, ergriff den verwundeten Techniker und hob ihn scheinbar ohne Anstrengung in die Höhe, um ihn sich über die Schulter zu werfen.

Der Soldat am Steuer des Wagens kam endlich auf den richtigen Gedanken und legte den Rückwärtsgang ein, um Hartmann entgegenzufahren. Während Charity, Skudder und Kyle die Leiter unter Dauerfeuer hielten, näherte sich Hartmann taumelnd dem Wagen, lud seine reglose Last quer über Skudders, Nets und Helens Schoß ab und sprang keuchend wieder auf seinen Sitz. »Los!« befahl er.

Während sich der Wagen mit einem Ruck wieder in Bewegung setzte, steckte Kyle seine Waffe ein und beugte sich über den Verletzten. Skudder und Charity feuerten weiter.

»Lebt er?« fragte Charity abgehackt.

Kyle nickte. Seine Fingerspitzen glitten behutsam über das blutverschmierte Gesicht des Mannes, tasteten an seinem Hals und seinem Rücken entlang. »Ja«, antwortete er. »Aber er ist sehr schwer verletzt. Ich bin nicht sicher, daß er es durchsteht.«

Charity sah eine Bewegung am oberen Ende der Leiter, hob ihren Strahler ein wenig und drückte ab. Ein schrilles Pfeifen und das dumpfe Geräusch eines schweren Körpers, der auf dem stählernen Boden aufschlug, verrieten ihr, daß sie getroffen hatte. Aber sie waren jetzt schon zu weit von der Treppe entfernt, als daß sie noch sicher zielen konnte. Trotzdem gaben Skudder und sie noch ein Dutzend weiterer Schüsse ab, ehe sie ihre Waffe wieder senkte und sich vollends in den Sitz zurückfallen ließ.

Der Techniker atmete schwer. Er war bei Bewußtsein und mußte große Schmerzen haben. Seine Hand hatte sich in Nets Oberschenkel gekrampft, und die junge Wasteländerin verzog schmerzhaft die Lippen, machte aber keine Anstalten, seine Finger beiseite zu schieben. Schließlich fanden Kyles Finger den Nervenknoten in seinem Nacken, nach dem sie gesucht hatten. Er drückte kurz und kräftig zu, und ein Zittern ging durch den Körper des Verletzten. Dann schloß er die Augen und atmete plötzlich ruhiger.

»So hat er wenigstens keine Schmerzen mehr«, sagte Kyle. »Aber ich bin nicht sicher, daß er wieder aufwacht.« Er wandte sich an Hartmann. »Gibt es dort, wohin wir fahren, einen Arzt?«

Hartmann zögerte, dann nickte er. »Ja. Wenn wir ihn lebend hinbringen, dann kommt er auch durch.«

Kyle sah den Leutnant einen Moment lang nachdenklich an. Hartmanns Gesicht und Hände waren mit Schrammen und Kratzern und Blut übersät, und über seiner linken Schulter färbte sich die Jacke allmählich dunkelrot. Auch er war verletzt. Kyle wollte die Hand nach ihm ausstrecken, aber Hartmann schob seinen Arm grob beiseite und schüttelte den Kopf.

»Lassen Sie das!« sagte er.

Kyle ließ sich gehorsam wieder zurücksinken. »Ich verstehe Sie nicht«, sagte er.

Hartmann warf ihm einen schrägen Blick zu. »So?«

»Sie scheinen Ihre Männer zu verachten«, sagte Kyle. »Sie lassen keine Gelegenheit verstreichen, sie zu beschimpfen und zu erniedrigen. Und trotzdem riskieren Sie, ohne zu zögern, Ihr Leben für sie.«

Hartmann schürzte zornig die Lippen. Der Blick, mit dem er Kyle maß, war voller Verachtung. »Wäre es Ihnen lieber, ich würde sie loben – und verrecken lassen?«

Kyle schüttelte ruhig den Kopf. »Das meine ich nicht«, sagte er. »Ich ...«

»Es interessiert mich nicht im geringsten, was Sie meinen«, unterbrach ihn Hartmann grob. »Halten Sie lieber die Augen offen. Sie kommen uns garantiert nach. Und diese Karre hier ist leider kein Rennwagen.« Bei diesen Worten warf er dem Mann am Steuer einen Blick zu, als gäbe er ganz allein ihm die Schuld an der geringen Geschwindigkeit des Fahrzeuges.

»Wohin fahren wir?« fragte Charity.

»Zu einem Ort, an dem Sie sicher sein werden«, antwortete Hartmann.

Seine Antwort erfüllte Charity mit einem leisen Gefühl von Ärger; nach allem, was geschehen war. »Was soll der Unsinn?« fragte sie scharf. »Möglicherweise macht es Ihnen ja Spaß, den Geheimnisvollen zu spielen, Hartmann. Aber in kurzer Zeit sehen wir es ja doch.«

Hartmann blickte sie auf sehr sonderbare Weise an. »Sind Sie sicher?« fragte er.

»Sollte ich nicht?«

»Ich weiß es nicht«, gestand Hartmann. »Es ist nicht meine Entscheidung.«

»Wessen dann?«

Diesmal bekam sie gar keine Antwort.

8

Der Gang war mit toten Kriegern übersät. Es war ihnen nicht schwergefallen, das Rebellenversteck ausfindig zu machen, obwohl der *Finder* keine telepathischen Impulse mehr ausgestrahlt hatte. Aber sie hatten jeden Fußbreit Boden, den sie sich ihm näherten, im wahrsten Sinne des Wortes mit Blut bezahlen müssen.

Stone hatte nur die letzten Minuten des Kampfes mitbekommen, aber das, was er auf dem Weg hier herab gesehen hatte, sprach Bände: Der Kadaver, den er oben in der Stadt entdeckt hatte, *war* der einer Ratte gewesen, einer Ratte von der Größe eines ausgewachsenen Schäferhundes. Es mußten Hunderte dieser Bestien gewesen sein, die über seine Krieger hergefallen waren.

Natürlich hatten sie am Ende verloren, denn auch die größte Tapferkeit und Wildheit nutzte wenig gegen Strahlenpistolen, aber Stone hatte fast ein Drittel seiner Krieger eingebüßt, ehe es ihnen gelungen war, die tobenden Bestien zurückzuschlagen.

Und dann hatten sie noch einmal fast eine halbe Stunde gebraucht, um das System von Fallen und computergesteuerten Maschinenpistolen und Laserwaffen zu überwinden, hinter dem sich die Rebellen verbarrikadiert hatten.

Aber jetzt lag der Eingang der Basis vor ihnen.

Was Stone durch die schmale Sichtscheibe seines gepanzerten Anzuges hindurch sah, überraschte ihn. Er hatte Hunderte solcher Rebellennester ausheben lassen und Dutzende selbst inspiziert. Meistens handelte es sich um primitive Verstecke; leere Kanalisationsschächte, Tiefgaragen, manchmal ein alter Bunker oder einfach nur ein Keller, und ganz selten irgendeine alte Militärstation, in der die selbsternannten Rebellen hausten, ohne wirklich zu wissen, was sie mit all dem angehäuften Machtpotential rings um sie herum anfangen sollten.

Diese Anlage hier war anders. Sie war sehr klein – im Grunde nur ein einziger Korridor, von dem eine Handvoll Türen abzweigten –, aber sie war erstaunlich gut ausgerüstet, und jedes einzelne Gerät schien noch intakt zu sein. Hätten die Techniker in den Gleitern, die an ihren Geräten saßen und das Gelände im Umkreis von mehreren Meilen durchleuchteten, nicht das Gegenteil behauptet, dann hätte Stone geschworen, daß es nur Teil einer viel größeren, gewaltigen unterirdischen Anlage war.

Abgesehen davon war der Keller vollkommen leer.

Stone hatte Mühe, seine Enttäuschung zu verbergen. Sie waren relativ schnell hier gewesen, aber nicht schnell genug. Während sich seine Krieger ihren Weg durch eine Armee tollwütiger Ratten und das Sperrfeuer der Verteidigungscomputer gebahnt hatten, waren Captain Laird und die anderen durch die Hintertür entwischt. Und obwohl Stone innerlich vor Zorn kochte, verspürte er ein fast widersinniges Gefühl der Erleichterung. Er hatte Captain Lairds Tod niemals wirklich gewollt.

Eine *Ameise* trat auf ihn zu und riß ihn aus seinen Gedanken.

»Die Station ist verlassen, Herr«, sagte sie. »Aber einer der Suchtrupps meldet, in ein Feuergefecht mit Rebellen verwickelt worden zu sein.«

»Wo?«

»Zwei Meilen westlich von hier. In einem Teil des Kanalisationssystems.«

»Gut«, sagte Stone. »Sie sollen sie lebend einfangen.«

Die *Ameise* zögerte.

»Was ist denn noch?« fragte Stone.

»Wir haben ... den Kontakt verloren«, antwortete die *Ameise* zögernd. »Die letzte Meldung lautete, daß sie in ein heftiges Feuergefecht verwickelt waren. Seither haben wir nichts mehr gehört.«

Stone war nicht einmal überrascht. Charity Laird ließ sich nicht so leicht gefangennehmen.

»Also gut«, sagte er. »Dann schicke jeden erreichbaren Krieger dorthin. Und die Gleiter sollen im Umkreis von zehn Meilen über der Stadt kreisen. Irgendwo müssen sie ja schließlich herauskommen.«

Er wollte sich herumdrehen und die Rebellenbasis auf dem gleichen Weg verlassen, auf dem er gekommen war, als er eine Tür am Ende des Korridors bemerkte. Es war die einzige, die die Krieger nicht geöffnet hatten.

»Was ist das?« fragte er mit einer entsprechenden Geste.

Die *Ameise* zögerte erneut. »Wir wissen es nicht, Herr«, antwortete sie. »Die Tür ist elektronisch versiegelt. Die Meßgeräte zeigen ... menschliches Leben dahinter an. Und eine starke elektrische Aktivität.«

»Brecht sie auf!« befahl Stone.

»Das wäre nicht ratsam, Herr«, antwortete die *Ameise*. »Wir wissen nicht, was sich dahinter befindet. Aber irgend etwas geht dort vor. Es wäre sicherer, wenn wir damit warten, bis Sie wieder an Bord Ihres Schiffes sind.«

»Wenn dort jemand ist, der weiß, wo sich Captain Laird aufhält, dann will ich als erster mit ihm reden!« antwortete Stone barsch. »*Bevor* ihr ihn umbringt. Brecht diese verdammte Tür auf.«

Die *Ameise* starrte Stone einen Moment aus ihren ausdruckslosen Facettenaugen an, dann wandte sie sich ruckartig um. Auf einen zischelnden Befehl hin brachten zwei andere Krieger eine tragbare Laserkanone auf einem Dreibein in Stellung, richteten sie auf das Schloß der gepanzerten Tür und drückten ab.

Das letzte, was Stone wahrnahm, war der grellweiße Laserblitz, dem ein zweiter, noch grellerer Lichtblitz folgte, der den Raum hinter der Tür, die Ameisenkrieger mit ihrer Laserkanone, Stones gepanzerten Anzug, in Stücke riß.

Hinterher begriff Charity, daß die gespenstische Fahrt kaum länger als eine knappe halbe Stunde gedauert haben konnte. Aber während sie andauerte, kam es ihr vor, als vergingen Ewigkeiten. Hartmann hatte seinen Scheinwerfer ausgeschaltet, so daß sie in absoluter Dunkelheit durch die Pipeline rollten, aber Charitys Sinne arbeiteten mit nie gekannter Präzision und Schärfe. Sie spürte buchstäblich jeden Meter rostigen Stahls, über den die Vollgummireifen des Wagens hinwegrumpelten, hörte buchstäblich jeden Atemzug des halben Dutzends Menschen rings um sie herum. Und die völlige Dunkelheit, durch die der Wagen rollte, zerrte mehr an ihren Nerven, als sie zugeben wollte.

Sie waren etwa zehn Minuten dahingerollt – der Wagen war beständig schneller geworden und bewegte sich jetzt mit schätzungsweise vierzig oder fünfzig Meilen in der Stunde dahin, als hinter ihnen ein dumpfer, sonderbar trockener Schlag erklang. Eine Sekunde später folgte ihm ein lang anhaltendes, näherkommendes Grollen, und dann begann die ganze Pipeline zu zittern und zu beben. Charity konnte das uralte Metall über ihnen knirschen hören.

»Was war das?« fragte sie erschrocken.

Hartmann antwortete nicht gleich, aber sie konnte hören, wie er sich in der Dunkelheit neben ihr bewegte. Schließlich knurrte er: »Eine kleine Überraschung, die wir für Ihre Freunde zurückgelassen haben.«

Plötzlich regte sich Kyle neben ihr. »Wo ist ihr zweiter Mann, Leutnant Hartmann?« fragte er.

Als Hartmann nicht antwortete, fragte Kyle noch einmal. »Es waren zwei Techniker in der Zentrale, Leutnant Hartmann.

»Schön, daß Sie bis zwei zählen können«, sagte Hartmann.

»Wo ist er?« beharrte Kyle.

»Wir konnten nicht auf ihn warten«, antwortete Hartmann ausweichend.

Er gab sich nicht einmal die Mühe, überzeugend zu lügen, dachte Charity entsetzt. »Sie... haben ihn zurückgelassen«, murmelte sie. Ein kalter, fast lähmender Schrecken machte sich in ihr breit. »Er ist zurückgeblieben, um sich ... zusammen mit der Station in die Luft zu sprengen!«

»Es ist nicht die erste Basis, die sie finden«, antwortete Hartmann gepreßt. »Wir haben ein paarmal versucht, Zeitbomben oder Sprengsätze mit Fernzünder zu verwenden. Aber irgendwie haben sie sie immer entschärft.«

»Und deshalb ... opfern Sie einen Ihrer Männer?« fragte Skudder empört.

»Er hat eine Chance«, antwortete Hartmann. Und auch das war eine Lüge, wie sie alle spürten. »Es ist eine mechanische Zündvorrichtung. Er setzt sie in Gang, sobald die *Ameisen* die automatische Verteidigung zu überrennen beginnen. Mit ein bißchen Glück kommt er noch raus.«

»Und mit ein bißchen Pech nicht, wie?« fragte Net scharf.

»Die Basis darf nicht in die Hände der Moroni fallen«, antwortete Hartmann in einem Ton, der jetzt nur noch trotzig klang. »Und außerdem ist er freiwillig zurückgeblieben.«

»So?« fragte Charity mit bösem Spott. »Haben Sie ihn freiwillig gemeldet?«

»Nein!« schnappte Hartmann. »Wir haben gelost. Die Chance, daß es ihn trifft, war genauso groß wie die, daß irgendeiner von uns zurückbleiben mußte. Übrigens habe auch ich ein Los gezogen.«

Der Rest der Fahrt verlief in bedrücktem, fast feindseligem Schweigen. Schließlich hielt der Wagen an, und Hartmann schaltete seinen Scheinwerfer wieder ein. Der grelle, im ersten Moment schmerzhafte Lichtstrahl zeigte die Umrisse einer weitläufigen, unterirdischen Kammer aus Stahl, in der drei oder vier der Pipelinerohre zusammenflossen. Unter der Decke gab es eine Klappe, die wie das Turmluk eines Unterseebootes geformt und mit einem Drehrad verschlossen war. Hartmann deutete schweigend darauf, stieg als erster aus dem Wagen und öffnete das Luk. Als der schwere Deckel herunterschwang, klappte automatisch eine Leiter zu ihnen herab.

Sie kletterten eine geraume Weile in völliger Finsternis in die Höhe, denn Hartmann hatte seinen Scheinwerfer wieder gelöscht, kaum daß der letzte begonnen hatte, die Leiter emporzusteigen. Die Öffnung, durch die sie schließlich ins Freie stiegen, war offensichtlich nachträglich und gewaltsam geschaffen worden. Anders als Helens Leute in Paris gaben sich die Bewohner dieser Ruinenstadt offensichtlich nicht damit zufrieden, zu nehmen, was sie fanden, sondern bauten es nach ihren Bedürfnissen um.

Charity trat von der Leiter zurück, um Net Platz zu machen, die hinter ihr heraufgestiegen kam, und sah sich unschlüssig um. Was sie im ersten Moment für einen Keller gehalten hatte, entpuppte sich bei näherem Hinsehen als das Parkdeck einer Tiefgarage. Ein Teil der Betondecke war eingebrochen, so daß graues Tageslicht hereinfiel, und zwischen den Trümmern und dem gesammelten Unrat von fünfeinhalb Jahrzehnten erhoben sich die rostigen Wracks von Wagen, die am Tag X hier abgestellt und niemals wieder abgeholt worden waren. Erneut fragte sie sich, was hier wohl geschehen sein mochte. Die Stadt war vollkommen verwüstet; so gründlich, als hätten die Angreifer Haus für Haus, Straßenzug für Straßenzug überrannt und niedergewalzt. Dabei hatte Charity mit eigenen Augen gesehen, wie sie die Bevölkerung einer ganzen Stadt ausgelöscht hatten, ohne daß auch nur eine Fensterscheibe beschädigt worden war.

Hartmann gab einem der beiden Soldaten ein Zeichen, ihm zu helfen, und gemeinsam versuchten sie, einen zentnerschweren Betonbrocken über den Eingang des Schachtes zu schieben. Einige Sekunden lang mühten sie sich vergeblich ab, dann trat Kyle wortlos zwischen sie, schob die beiden Männer sanft, aber sehr bestimmt zur Seite und wälzte das Trümmerstück ohne sichtliche Anstrengung auf das Loch im Betonboden. Hartmann riß erstaunt die Augen auf, aber im Blick Lehmanns schienen plötzlich kleine Flammen zu lodern. Charity nahm sich vor, den jungen Soldaten im Auge zu behalten. Die Antipathie, die er Kyle entgegenbrachte, war ihr schon zuvor aufgefallen. Anders als Felss hatte es ihm Freude bereitet, sie als Gefangene zu behandeln; sie und vor allem Kyle.

Sie verscheuchte den Gedanken und warf einen Blick auf den Geigerzähler. Die Strahlung war hoch, aber nicht gefährlich. Trotzdem war es wahrscheinlich nicht ratsam, sich länger als unbedingt nötig hier aufzuhalten.

Sie warf Hartmann einen fragenden Blick zu, und der Leutnant deutete auf eines der rostigen Autowracks, die überall in der Tiefgarage herumstanden. Erst als sie sich ihm näherten, sah Charity, daß es kein Autowrack war. Was auf den ersten Blick wie ein verbeulter, von Rost und Verfall zerfressener Kleinbus aussah, entpuppte sich bei näherem Hinsehen als ein gepanzertes Fahrzeug, das Platz für zehn oder zwölf Personen bieten mußte. Hartmann löste eine kleine Fernbedienung von seinem Gürtel, und an der Seite des vermeintlichen VW-Transporters öffnete sich eine Tür aus Panzerstahl. Dahinter kam ein hell erleuchteter, beinahe klinisch sauberer Innenraum zum Vorschein. Die Rebellen von Köln brauchten sich offensichtlich über einen Mangel an technischem Equipment nicht zu beklagen.

Sie bestiegen den Wagen, und Kyle bettete den verletzten Techniker behutsam über die hinteren vier Sitze. Der Mann regte sich nicht, und für einen Moment glaubte Charity, er wäre nicht mehr am Leben. Aber Kyle beantwortete ihren erschrokkenen Blick mit einem knappen, beruhigenden Nicken, und so setzte sie sich auf die Bank neben Hartmann und wartete, bis Felss hinter das Steuer geklettert war und den Motor startete. Der Wagen setzte sich beinahe lautlos in Bewegung. Die Scheiben waren zerkratzt und blind vor Schmutz, aber vor Felss glomm eine ganze Reihe kleiner Monitore auf, auf denen er seine Umgebung beobachten konnte. Nicht alle davon zeigten ihre unmittelbare Umgebung. Das Fahrzeug schien über verschiedene Ortungs- und Radarsysteme zu verfügen.

Hartmann bemerkte ihren forschenden Blick und sagte mit hörbarem Stolz: »Ein umgebauter Panzerspähwagen, Captain Laird. Lassen Sie sich nicht von seinem Äußeren täuschen. Felss hat fast zwei Jahre lang daran herumgebastelt, um ihn so hinzukriegen.«

»Dazu hätte Skudder keine zehn Minuten gebraucht«, sagte Gurk mit einer spöttischen Geste auf das verbeulte Dach. Hartmann ignorierte ihn, aber über Felss' Gesicht huschte ein flüchtiges Lächeln.

»Es hat sich gelohnt«, antwortete Charity. Der junge Mann hinter dem Steuer lächelte noch ein wenig geschmeichelter, und Hartmann fuhr fort: »Das Ding ist vollkommen abgeschirmt – weder mit Radar oder Infrarot oder sonst einer bekannten Ortungsmethode auszumachen.«

»Sie sagen es«, sagte Kyle. »Mit keiner *Ihnen* bekannten Methode.«

Hartmann ignorierte auch ihn und fuhr fort: »Wenn sie nicht zufällig sehen, daß wir uns bewegen, dann können sie mit ihren verdammten Gleitern praktisch auf unserem Dach landen, ohne zu merken, daß sie mehr als ein Wrack unter sich haben.«

Das hielt Charity für leicht übertrieben, aber sie verstand, was Hartmann meinte. Offensichtlich war es nicht das erste Mal, daß er oder einer seiner Kameraden sich auf der Flucht vor den Moroni befanden.

Sie verließen die Tiefgarage, und Charity sah, daß sie sich getäuscht hatte – draußen herrschte noch immer heller Tag, nur daß das Sonnenlicht durch gewaltige Staubfahnen verdunkelt wurde.

Eine Zeitlang saß sie schweigend da und beobachtete die Bildschirme vor Felss, dann stand sie auf und ging gebückt zu den anderen zurück, die es sich auf den beiden hinteren Bänken des Transporters bequem gemacht hatten. Helen lag mit angezogenen Knien auf der Seite und schlief. Gurk hockte wie eine Harlekinpuppe neben ihr und starrte ins Leere, während sich Net und Skudder um den verletzten Techniker bemühten. Der Mann war immer noch ohne Bewußtsein, aber er bewegte sich jetzt unruhig. Seine Hände fuhren scharrend über den Kunststoffbezug des Sitzes, und seine Lippen formten krächzende, unverständliche Wortfetzen. Ein Netz glitzernder Schweißperlen bedeckte seine Stirn und seinen Hals.

Charity blickte einen Moment lang nachdenklich auf ihn herab, dann wandte sie sich an Kyle. »Bitte kümmere dich um Hartmann«, sagte sie bewußt so laut, daß Hartmann die Worte hören mußte und Gelegenheit hatte, zu protestieren. Er tat es nicht, und so fuhr sie fort: »Vielleicht kannst du wenigstens etwas gegen seine Schmerzen tun.«

»Das ist nicht nötig«, knurrte Hartmann vom vorderen Sitz her. Aber es klang nicht besonders überzeugt, und Kyle stand nach kurzem Zögern auf und ging zu ihm. Charity sah, wie sich Hartmanns Züge verhärteten, als sich der Megamann über ihn beugte und mit geschickten Fingern an seiner Schulter zu hantieren begann.

»Ich wollte, ich wüßte wenigstens, wohin wir fahren«, sagte

Skudder, als sich Charity neben ihn setzte und mit einem erschöpften Seufzer die Augen schloß.

»Ich auch«, murmelte sie.

»Allmählich werde ich sauer«, sagte der Hopi. »Sie behandeln uns wie Gefangene.« Aber die Worte klangen eigentlich nur müde.

Charity hob die Lider, sah erst ihn und dann Hartmann an. Skudder hatte leise gesprochen, doch der Blick des Soldaten verriet ihr, daß er die Worte trotzdem verstanden hatte. »Wahrscheinlich sind wir das auch«, sagte sie nach einer Weile und mit einem müden Achselzucken.

»Ja«, sagte Skudder. Er lächelte humorlos. »Allmählich bekommen wir ja Übung darin, nicht wahr?«

Charity schloß wieder die Augen und ließ sich zurücksinken. Müdigkeit schlug wie eine schwere, warme Woge über ihr zusammen, und sie schlief ein – und wachte im nächsten Moment wieder auf, als der Wagen mit einem so harten Ruck zum Stehen kam, daß sie beinahe aus dem Sitz geschleudert worden wäre.

»Was ist passiert?« rief sie alarmiert.

Keiner der drei Soldaten antwortete, aber sie sah, wie sich Felss und Hartmann aufgeregt über die Monitore beugten und die Bilder gebannt verfolgten. Als sie sich auf den Weg nach vorn machte, drückte Felss einige Schalter, und der Motor und die Innenbeleuchtung des Wagens erloschen. Das einzige Licht kam jetzt von den kleinen Monitoren vor dem Soldaten, und auch sie schaltete er einen nach dem anderen ab, bis nur noch ein einziger Bildschirm in Betrieb war.

»Was ist los?« fragte Charity noch einmal.

Hartmann winkte hastig mit der Hand, ohne zu ihr aufzusehen. »Still!« flüsterte er. »Keinen Laut mehr!«

Charity blickte alarmiert auf den winzigen Monitor – und fuhr erschrocken zusammen. Der Bildschirm zeigte einen Ausschnitt der verwüsteten Straße, über die der Wagen sich bewegt hatte. Eine Unzahl schwarzer Ameisengestalten bewegte sich in weniger als hundert Meter Entfernung vor ihnen, und über den Insektenkriegern schwebte eine gewaltige Silberscheibe.

»Sie suchen uns immer noch.«

Hartmann nickte abgehackt, antwortete aber nicht. Die

Ameisen bewegten sich langsam die Straße entlang. Immer wieder drangen sie einzeln oder in kleinen Gruppen in die zerstörten Häuser ein.

»Da kommen wir nicht durch«, sagte Hartmann zornig. »Sie drehen jeden Stein herum.«

»Ich denke, das Ding ist völlig isoliert?« fragte Kyle spöttisch.

Hartmann warf ihm einen zornigen Blick zu. »Das ist es auch«, sagte er. »Solange sie nicht versuchen, die Tür aufzubrechen.« Er überlegte einen Moment, dann machte er eine befehlende Handbewegung. »Wir nehmen die Westroute.«

Charity sah aus den Augenwinkeln, wie Felss erschrocken zusammenfuhr. »Aber das . . .«

Hartmann unterbrach ihn. »Ich weiß, was das bedeutet«, sagte er. »Aber dort vorne kommen wir auf keinen Fall durch.«

Schließlich nickte Felss und startete den Motor wieder. Trotzdem vergingen noch fast zehn Minuten, ehe sich das Fahrzeug in Bewegung setzte – Felss wartete geduldig, bis der größte Teil der *Ameisen* in irgendwelchen Ruinen oder Schutthalden verschwunden war, dann gab er behutsam Gas, lenkte das Fahrzeug nach rechts und drang in eine schmale, fast völlig von Trümmern und Schutt verstopfte Gasse ein.

Sie fuhren jetzt sehr viel schneller, und Felss erwies sich als ausgezeichneter Fahrer. Durch die schwierigste Trümmerlandschaft fand er seinen Weg. Offensichtlich nahm er diese Route häufiger und kannte die Gegend wie seine Westentasche.

Während sie sich weiter nach Westen bewegten, begann sich ihre Umgebung allmählich zu verändern. Die Straße wurde noch immer von niedergebrannten, ausgebombten Häusern flankiert, aber immer öfter sah Charity jetzt Flecken von Grün und Purpur. Bald tauchten auch in dem geborstenen Asphalt vor ihnen die ersten grünen Tupfer auf, und nach weiteren zehn Minuten rollte der Panzerwagen durch eine Ruinenstadt, die sich kaum noch von den Außenbezirken der Freien Zone in Paris unterschied. Aus den tiefen Rissen im Erdboden wuchsen Pflanzen, dürre Büsche, kleine verkrüppelte Bäume, aber auch das unheimliche, grün-violette Pflanzenleben Morons, das die Invasoren auch in dieser Stadt ausgesät hatten. Es gedieh hier nicht so gut wie in Paris; statt die einheimischen Pflanzen zu verdrängen, schien es sich mit den Nischen und Lücken zu begnügen, die der irdischen Flora nicht mehr genug Nahrung boten.

Plötzlich tauchte auf dem Bildschirm ein menschlicher Umriß auf, und Felss trat auf die Bremse.

Der Mann war klein und ging so stark nach vorn gebeugt, daß er fast verkrüppelt wirkte. Sein Haar war lang und verfilzt und hing ihm bis weit über die Schultern herab, und der größte Teil seines Gesichtes verbarg sich hinter einem Bart, der aussah, als wäre er Zeit seines Lebens noch nicht geschnitten worden. Bekleidet war die Gestalt mit ein paar Lumpen, unter denen hier und da eine dunkle Haut zum Vorschein kam, die mit Narben und großen, entzündeten Stellen übersät war.

»Wer ist das?« fragte Charity verblüfft.

Hartmann grunzte. »Ein Dreckfresser«, sagte er.

Die unüberhörbare Verachtung in seiner Stimme ließ Charity verwirrt den Blick vom Bildschirm wenden und Hartmann ansehen. Der Leutnant blickte die Gestalt auf dem Monitor mit einer Mischung aus Zorn und Ekel an.

»Dreckfresser? Sie meinen . . .«

»Überlebende?« Skudder kam neugierig näher und versuchte, zwischen Charity und Felss hindurch einen Blick auf den Bildschirm zu erhaschen. »Es gibt also noch andere Überlebende hier?«

Hartmann nickte. »Wenn Sie es so nennen wollen«, antwortete er. »Sie sind Tiere! Sie sehen vielleicht aus wie Menschen, aber sie sind keine, glauben Sie mir.«

Skudder wollte widersprechen, aber Charity warf ihm einen raschen, warnenden Blick zu. Der Ausdruck in Hartmanns Stimme war nicht einfach nur Verachtung. Sie hatte das sehr sichere Gefühl, daß es nicht besonders klug war, im Moment weiter auf dieses Thema einzugehen.

»Weiter!« befahl Hartmann, an Felss gewandt. »Aber vorsichtig!«

Fast behutsam ließ Felss den schweren Panzerwagen weiterrollen. Die Gestalt verschwand so schnell vom Bildschirm, wie sie erschienen war, aber Charity glaubte plötzlich, immer häufiger ein Huschen zwischen den Schatten der Ruinen zu gewahren.

Und es vergingen nur Minuten, bis eine zweite, verdreckte Gestalt vor ihnen auftauchte. Diesmal blieb sie einen Moment reglos stehen und blickte dem näherkommenden Panzerwagen entgegen, ehe sie sich mit einer überraschend behende Bewegung umwandte und wieder im Gebüsch verschwand.

Hartmann preßte zornig die Lippen aufeinander. »Verdammt!« sagte er. »Sie haben uns gesehen! Das hat uns gerade noch gefehlt!«

»Wieso?« erkundigte sich Kyle. Auch er war aufgestanden und lautlos näher gekommen. »Sie können uns doch unmöglich gefährlich werden – oder?«

Hartmann warf ihm einen zornigen Blick zu und wandte sich dann mit einem demonstrativen Ruck wieder dem Monitor zu.

»Wie viele von diesen Überlebenden gibt es hier?« erkundigte sich Charity.

»Zu viele«, antwortete Hartmann grob. »Vielleicht ein paar tausend, niemand weiß das so genau.«

»Tausende?« fragte Charity zweifelnd. »Aber wovon leben sie?«

»Von allem, was sie finden«, antwortete Lehmann an Hartmanns Stelle. »Schlimmstenfalls fressen sie sich gegenseitig. Oder ihre Kinder.«

Charity starrte den Soldaten entsetzt an. Lehmanns Stimme war so voller Verachtung und Haß, wie Charity es selten zuvor gehört hatte.

»Und ihr habt nie versucht, ihnen zu helfen?«

»Helfen?«

»Das da draußen sind *Menschen*!« sagte Charity. »Wie . . .«

»Nein, das sind sie nicht«, unterbrach sie Hartmann kalt. »Sie sehen nur so aus.«

Bevor Charity etwas erwidern konnte, sagte Skudder leise: »Manchmal frage ich mich, ob ich auf der richtigen Seite stehe.«

Hartmann fuhr mit einem Ruck in seinem Sitz herum und wollte den Hopi anfahren, doch in diesem Moment prallte etwas mit einem dumpfen Krachen gegen den Wagen, und sie alle blickten erschrocken wieder auf den Monitor.

Schatten bewegten sich am Straßenrand, huschten hin und her. Und dann prallten ein zweiter und ein dritter Stein gegen den Wagen.

Felss fluchte unterdrückt und gab wieder Gas. Der Wagen schoß mit einem Satz los und begann schlingernd die Straße hinunterzurasen. Aber das Bombardement von Steinen hörte nicht auf; einige waren so groß, daß das Fahrzeug spürbar unter ihrem Einschlag erzitterte.

Felss löste eine Hand vom Lenkrad und griff nach der Kontrolle der Waffen, aber Hartmann winkte hastig ab.

»Nicht schießen!« befahl er.

Felss zog die Hand mit sichtlichem Widerstreben zurück, widersprach aber nicht, sondern konzentrierte sich voll und ganz darauf, den immer stärker schlingernden Wagen unter Kontrolle zu halten. Es dauerte nur wenige Minuten, aber die Strecke bis zum Ende der schmalen Trümmerallee wurde zu einem regelrechten Spießrutenlauf. Mehr als einmal wurde der Wagen heftig getroffen, und einmal rollte ein riesiger Felsbrocken aus einem Schuttberg herab und verfehlte sie nur um wenige Meter. Dann endlich hatten sie die wütenden Dreckfresser hinter sich gelassen.

»Das war knapp«, sagte Charity und atmete auf. »Sie scheinen sich mit den oberirdischen Einwohnern dieser Stadt nicht besonders gut zu verstehen, Leutnant Hartmann.«

Hartmann lächelte humorlos. »Es gibt gewisse Meinungsverschiedenheiten«, sagte er. »Aber meistens haben wir die besseren Argumente.«

Nach einer halben Stunde begann die Sonne wirklich zu sinken, und graues Licht mischte sich in die staubgeschwängerte Luft. Es war sehr still im Wagen geworden. Lehmann und Felss wechselten manchmal ein halblautes Wort miteinander, und dann und wann ließ der verletzte Techniker ein Stöhnen hören. Keiner von ihnen hatte ein Wort gesprochen, seit ihrer ersten Begegnung mit den *Dreckfressern,* aber Charity spürte genau, was in den anderen vorging. Sie war nicht die einzige, die sich immer mehr zu fragen begann, ob diese Männer wirklich ihre Verbündeten waren. Sie waren Feinde Daniels und seiner Handlanger – aber waren sie deshalb gleich ihre *Freunde*?«

Der Wagen wurde langsamer und hielt schließlich an. Charity sah alarmiert auf und begegnete zum ersten Mal seit einer halben Stunde wieder Hartmanns Blick.

»Was ist passiert?« fragte sie.

Hartmann hob wortlos die Hand und gebot ihr, hinter ihn zu treten. Das Licht war draußen bereits so schwach geworden, daß Charity ihre Umgebung nur noch schemenhaft wahrnehmen konnte. Felss wagte es nicht, die Scheinwerfer des Wagens einzuschalten, aber es gab einen zweiten Monitor, dessen Kamera offensichtlich mit einem Restlichtverstärker ausgerüstet war: Die Bilder darauf waren blaß und grobkörnig, so daß sie noch gespenstischer wirkten. Dabei wäre das, was sie zeigten, für sich allein schon unheimlich genug gewesen.

Auch dieser Teil der Ruinenstadt war mit wucherndem Dschungel bedeckt. Auf der rechten Seite der Straße bildete das Buschwerk eine nahezu undurchdringliche Mauer, die die verkohlten Ruinen viel weniger überwuchert als gleichsam absorbiert zu haben schien. Auf der anderen Seite der Straße erhoben sich verkrüppelte Bäume. Dahinter bewegten sich vier, fünf Gestalten in zerfetzten Kleidern und mit langem, verfilztem Haar. Im ersten Moment konnte Charity nicht genau erkennen, was sie taten; dann legte Felss einen Schalter auf seinem Armaturenbrett um, und das Bild wurde deutlicher. Charity sah, daß die Gestalten sich im Halbkreis um einen schlammigen Tümpel versammelt hatten.

»Was tun Sie da?« fragte Skudder.

»Warten Sie einen Moment«, antwortete Hartmann. »Dann sehen Sie es selbst.«

Sekundenlang rührte sich keiner der Gestalten, doch plötzlich tauchte ein riesiger Schatten aus dem Morast auf. Obwohl sein Körper über und über mit dem grauen Schlamm bedeckt war, erkannten Charity und die anderen sofort, was es war – eine *Ameise*.

Einen Herzschlag später folgte ihr eine zweite, die viel kleiner war und selbst auf dem verzerrten Monitorbild irgendwie unfertig wirkte. Und erst jetzt begriff Charity, was sie wirklich sahen: Die beiden *Ameisen* waren Junge, und der Schlamm war gar kein Schlamm, sondern . . .

»Manna!« sagte Skudder verblüfft.

Hartmann warf ihm einen schrägen Blick zu. »Ein interessanter Name für dieses Teufelszeug«, knurrte er.

Die beiden Moroni musterten die fünf menschlichen Gestalten aus ihren starren, glitzernden Augen. Nach einigen weiteren Augenblicken traten zwei der Männer vor und zogen etwas aus ihrer Kleidung heraus. Charity konnte nicht erkennen, was es war, aber sie sah, wie die Mandibeln der beiden *Ameisen* gierig zu zittern begannen.

»Sie ... füttern sie!« sagte Skudder verblüfft.

Hartmann nickte grimmig. »Ein paar von ihnen lungern immer in der Nähe dieser Doreckslöcher herum. Sie beschützen die kleinen Biester, bis sie groß genug sind, aus ihren Löchern herauszukriechen.

»Aber warum?« fragte Charity verstört.

»Warum fragen Sie sie nicht selbst?« antwortete Hartmann scharf. Er lächelte schief. »Ich bin sicher, Ihre Freunde werden sich freuen, Sie zu sehen. Ihre kleinen Lieblinge sind einer kleinen Zwischenmahlzeit nie abgeneigt.«

»Die *Ameisen* versorgen sie im Gegenzug mit Nahrung«, sagte Felss, der ebenso verbittert und zornig wie sein Vorgesetzter auf den Monitor starrte, seine Gefühle aber etwas besser im Zaum hielt. »Und sie erlauben ihnen, hier zu leben.«

»Und Jagd auf uns zu machen«, fügte Hartmann hinzu.

Er gab Felss einen Wink. »Fahren Sie weiter. Aber vorsichtig.«

Felss startete den Motor des Panzerfahrzeuges und ließ es vorsichtig anrollen. Bei langsamer Fahrt erzeugte der Wagen kaum ein Geräusch. Trotzdem sah Charity, daß der Blick des jungen Soldaten immer wieder nervös über seine Kontrollinstrumente und den rückwärtigen Monitor huschte.

»Sind irgendwelche Gleiter in der Nähe?« fragte sie.

»Nein.« Felss schüttelte den Kopf. »Ich glaube, wir haben es geschafft.«

Und genau in diesem Moment brach der Boden unter dem Wagen ein.

Wie im Fahrstuhl sauste das Gefährt drei, vier Meter weit in die Tiefe, ehe es mit einem vernichtenden Ruck aufschlug. Die Erschütterung war so stark, daß sie alle aus ihren Sitzen und zu Boden geschleudert wurden. Der Motor erstarb mit einem schrillen Kreischen. Die Innenbeleuchtung des Wagens flackerte und ging aus, und ein berstender, metallischer Laut erklang, als würde der Wagen in zwei Stücke gerissen.

Charity richtete sich benommen auf und sah sich im unheimlichen roten Schein der Notbeleuchtung um, die sich automatisch eingeschaltet hatte. Der Ruck hatte sie zwischen zwei Sitzbänke geschleudert, aber sie war mit einigen Prellungen davongekommen. Und wie es aussah, hatten auch die anderen Glück gehabt. Keiner von ihnen schien ernsthaft verletzt zu sein.

»Was war das?« fragte Kyle.

»Eine Falle!« Hartmanns Stimme klang gepreßt. Auch ihn hatte es aus seinem Kommandantenstuhl gerissen.

Kyle streckte hilfreich die Hand aus, aber Hartmann ignorierte sie und griff ächzend nach der Kante eines Stuhles. Selbst im bleichen, unheimlichen Schein der Notbeleuchtung konnte Charity erkennen, wie zornig es in seinen Augen loderte.

»Raus hier!« befahl er. »Schnell! Ehe sie hier sind!«

Skudder wollte die Tür öffnen, aber sie war verklemmt. Kyle trat neben ihn, doch nicht einmal mit vereinten Kräften gelang es ihnen, den gepanzerten Ausstieg auch nur einen Zentimeter weit zu bewegen.

»Es hat keinen Zweck«, sagte Hartmann grob. Er deutete auf die Frontscheibe. »Schlagt sie ein!«

Charity zögerte, aber sowohl Felss als auch der zweite Soldat nahmen wortlos ihre Gewehre von den Schultern und schlugen mit dem Kolben auf das Panzerglas ein. Sie mußten einige Male mit aller Kraft zuschlagen, ehe sich in der gewölbten Scheibe auch nur der erste Riß zeigte, aber dann fiel die gesamte Scheibe in einem Stück nach draußen – und prallte klirrend gegen ein Hindernis.

Felss zog sich ächzend durch den schmalen Spalt, packte die Scheibe und schleuderte sie auf das Wagendach empor. Dann bückte er sich und streckte Charity auffordernd die Hand entgegen.

Als sie hinter ihm ins Freie kletterte, sah sie, warum sich die Türen nicht öffnen ließen: Offensichtlich waren sie nicht in einen Keller herabgestürzt, dessen Decke unter dem Gewicht des Panzerfahrzeuges nachgegeben hatte, sondern tatsächlich in eine Fallgrube, die eigens für sie gebaut worden war.

Charity kletterte auf das Wagendach hinauf, um den anderen Platz zu machen, und nahm ihre Waffe von der Schulter. Einen halben Meter über ihrem Kopf heulte ein wilder Sturm dahin. Schützend hob sie die Hand über die Augen und versuchte, in der fast vollkommenen Finsternis irgend etwas zu erkennen, aber das Toben des Sturmes war zu heftig, als daß sie sagen konnte, ob die Bewegungen, die sie wahrzunehmen glaubte, wirklich oder eingebildet waren.

»Der Sender!« brüllte Hartmann über das Heulen des Sturmes hinweg, als auch Felss als letzter auf das Wagendach hinaufsteigen wollte. Der junge Soldat fuhr zusammen, drehte sich nervös herum und kletterte umständlich noch einmal ins Wageninnere zurück. »Geben Sie unsere Position durch!« schrie Hartmann. »Code 5!«

»Was bedeutete das?« fragte Charity.

»Daß wir weiter nach Westen gehen!« schrie Hartmann zurück. »Wir können nicht hierbleiben. Sie werden den Sender in ein paar Sekunden angemessen haben und herkommen.«

Das Heulen des Sturmes wurde so laut, daß eine Verständigung unmöglich war, als sie vom Dach des Wagens aus der Fallgrube herauskletterten. Charity hob schützend beide Arme über das Gesicht, aber sie hatte trotzdem das Gefühl, der rasende Sand würde ihr binnen Sekunden die Haut vom Gesicht reißen.

Als sie die Straße überquert hatten und den Schutz einer Ruine erreichten, nahm der Sturm ein wenig ab. Es mußte fast ein Orkan sein, den sie im Inneren des Panzerspähwagens gar nicht bemerkt hatten.

Hartmann blieb stehen, drehte sich zu ihnen herum und blinzelte zwischen den Fingern der rechten Hand hervor, die er schützend über die Augen gehoben hatte. Mit der anderen deutete er nach Westen und machte dann eine sonderbare Bewegung; wahrscheinlich wollte er ihnen zu verstehen geben, daß sie beisammenbleiben sollten.

Schräg gegen den tobenden Orkan gelehnt, gingen sie weiter. Skudder und die anderen waren nur als verschwommene Schemen zu erkennen, obwohl sie sich nur wenige Schritte hinter ihr befanden. Immerhin sah Charity, daß der Hopi die Arme schützend um die Schultern der beiden Mädchen geschlungen hatte und sie vor sich herschob, während Kyle eine reglose

Gestalt über der Schulter trug – den verwundeten Techniker. Von Gurk war keine Spur zu erkennen, aber um den Zwerg machte sich Charity die wenigsten Sorgen. Gurk hatte es bisher stets geschafft, irgendwie auf sich aufzupassen.

Im Schutze einer gewaltigen Schutthalde machten sie einen Moment halt, um sich schreiend zu verständigen.

»... in den Wald!« verstand Charity. Hartmann schrie aus Leibeskräften, aber der Sturm übertönte ihn mit Leichtigkeit, so daß sie nur Wortfetzen verstand. »... zwischen den Ruinen erwischen sie uns! Wir müssen ... Wald erreichen ... paßt auf! Überall ... Dreckfresser!«

Sie taumelten weiter. Charity stürzte zweimal, und auch die anderen hatten alle Mühe, überhaupt noch von der Stelle zu kommen, als sie die freie Fläche vor dem Waldrand überquerten. Der Wind schien plötzlich mit doppelter Wucht über sie herzufallen. Aber irgendwie schafften sie es. Nach Minuten, die sich zu Ewigkeiten dehnten, brachen sie sich ihren Weg durch das dichte Unterholz. Das dichte Blattwerk und Gehölz bot sehr viel mehr Schutz vor den tobenden Orkanböen als die zerborstenen Ruinen, zwischen denen sich der Wind fing und noch mehr an Kraft gewann.

Charity blieb schwer atmend stehen. Voller Unbehagen sah sie sich um. Der Wald war so dicht, daß es ihr schon schwerfiel, Hartmann und die beiden Soldaten zu erkennen, die nur wenige Meter von ihr entfernt standen. Sie wollte zu ihnen hinübergehen, doch in diesem Moment zerriß ein hohes, schrilles Kreischen das Heulen des Sturmes, und ein gleißender Blitz durchzuckte die Dämmerung. Einen Augenblick später rollte der dumpfe Donner einer Explosion zu ihnen hinüber.

»Was war das?!« fragte Net erschrocken.

»Unser Wagen«, antwortete Hartmann finster. »Sie haben den Sender angepeilt. Verdammt!« Sein Gesichtsausdruck verdüsterte sich noch weiter. »Schneller, als ich geglaubt habe.«

»Dann sollten wir hier verschwinden«, sagte Skudder erschrocken.

Hartmann machte eine beruhigende Handbewegung. »Das ist nicht nötig. Wir sind hier in Sicherheit.«

»In Sicherheit?« Skudder lachte hart. »Eine einzige Lasersalve auf den Waldrand, und ...«

»Das werden sie nicht tun«, unterbrach ihn Hartmann ruhig.

»Und wieso nicht?« erkundigte sich Charity.

»Sie tun es nicht«, sagte Hartmann. »Trotzdem sollten wir hier verschwinden. Es kann eine Stunde dauern, bis sie uns abholen. Falls die Maschine bei diesem Sturm überhaupt startet. Und diese verdammten Gleiter sind nicht die einzige Gefahr hier.«

Dicht beieinander gingen sie weiter, wobei Hartmann sorgfältig darauf achtete, daß sie den Wald nicht verließen, aber auch nicht weiter in ihn eindrangen. Sie kamen gut voran, obwohl sie manchmal an Hindernisse gerieten: klaffende Erdspalten, Mauerreste und Schuttberge, die vom wuchernden Grün des Waldes noch nicht ganz verschlungen worden waren, oder aber morastige Tümpel, in denen vielleicht Ameisenjunge hausten.

Sie waren etwa eine halbe Stunde unterwegs, als Kyle plötzlich einen halblauten Ruf ausstieß und warnend die Hand hob. Charity blieb abrupt stehen, und auch Hartmann und seine beiden Begleiter verhielten mitten im Schritt und sahen den Megamann fragend an.

»Was ist?« fragte Charity alarmiert.

»Ich . . . bin nicht sicher«, antwortete Kyle. Ein Ausdruck angespannter Konzentration lag plötzlich auf seinen Zügen. »Aber irgend etwas . . . kommt.«

»Irgend etwas?«

Kyle zuckte beinahe hilflos mit den Schultern. »Menschen«, sagte er schließlich. »Ziemlich viele. Fünfzehn – vielleicht zwanzig.«

»Was redet er da?« fragte Hartmann unwillig. »Sie kommen bei diesem Sturm nicht aus ihren Löchern.«

»Wenn Kyle sagt, daß sich jemand nähert, dann stimmt das auch«, antwortete Charity ruhig, aber in so bestimmtem Ton, daß Hartmann nicht mehr widersprach, sondern den Megamann mit noch größerem Mißtrauen anblickte.

»Ich höre nichts!« sagte Lehmann grob. »Verdammt, laß uns weitergehen! Wenn wir zu spät am Treffpunkt sind, können wir den Rest unseres Lebens hier draußen verbringen.«

Kyle beachtete ihn gar nicht. Behutsam lud er den Verwundeten von seiner Schulter, legte ihn zu Boden und richtete sich wieder auf. Sein Blick huschte über die schwarze Mauer des Waldrandes, blieb einen Moment prüfend an einem Schatten hängen und tastete dann weiter. »Da ist ... noch mehr«, murmelte er. »Ich ... weiß nicht, was, aber ...«

Trotz Kyles Warnung geschah alles andere völlig überraschend. Kaum einen Meter hinter Hartmann und seinen beiden Begleitern brach plötzlich ein großes, struppiges Etwas aus dem Wald, so schnell und mit solch ungestümer Kraft, daß der Leutnant und seine beiden Männer kaum die Zeit fanden, sich zur Seite zu werfen.

Der ersten Ratte folgte eine zweite und schließlich eine dritte und vierte. Die Tiere zerrten etwas mit sich, daß Charity im ersten Moment nicht richtig erkennen konnte: Jeweils zwei von ihnen hatten ihre Fänge in einen ledrigen Sack von grauschwarzer, feuchter Farbe gegraben, in dem es unentwegt zuckte und bebte. Ihre Beute mußte sehr schwer sein, denn trotz ihrer enormen Kraft kamen die Ratten nur mühsam von der Stelle.

Hinter den Tieren stürmte mehr als ein Dutzend in Fetzen gehüllter Gestalten heran. Fast alle waren bewaffnet – mit Speeren und Keulen, einige auch mit primitiven Äxten und kurzen Bögen, auf die sie federlose Pfeile aufgelegt hatten. Und sie waren so auf die Verfolgung der vier Ratten konzentriert, daß sie das gute halbe Dutzend Menschen erst gewahrten, als sie praktisch schon vor ihnen standen.

Charity sah, wie Lehmann seine Waffe hob und auf einen der Männer anlegte; fast gleichzeitig richteten sich die Spitzen eines halben Dutzends Speere und Pfeile auf die drei Soldaten.

»Nein!«

Kyles Schrei ließ die Männer abermals erstarren. Mit einem einzigen Satz war der Megamann zwischen Hartmann und den Barbaren, breitete abwehrend die Arme aus und rief noch einmal mit laut schallender Stimme: »Nein! Nicht schießen!«

Lehmann versuchte, einen Schritt zur Seite zu machen, um freie Schußbahn zu bekommen, aber Kyle stieß ihn mit einer fast beiläufigen Bewegung zu Boden, so daß er stürzte und das Gewehr seinen Händen entglitt. Gleichzeitig deutete er mit der anderen Hand zuerst auf Charity, dann auf die Ratten, die den Waldrand schon fast erreicht hatten.

»Haltet sie auf! Erschießt sie! Sie dürfen nicht entkommen!«

Charity verschwendete keine Zeit mehr damit, über den Sinn dieser Worte nachzudenken. Sie fuhr herum, riß ihren Laser von der Schulter und gab zwei kurze Feuerstöße ab. Sofort schoß auch Skudder. Sie trafen nur eines der Tiere, das lautlos verendete, aber die grellen Laserblitze schienen den Ratten nicht unbekannt zu sein, denn sie ließen mit einem erschrockenen Quieken ihre Beute fallen und stoben in heller Panik davon.

»Was soll das?« fragte Hartmann erbost. Sein Blick wanderte unsicher zwischen Kyle und der Front zottiger, verdreckter Gestalten hin und her, die mit erhobenen Waffen einen Halbkreis um ihn und den Megamann bildeten. »Was . . .«

»Halten Sie den Mund!« unterbrach ihn Kyle grob. »Sie wollen nichts von uns. Sehen Sie das denn nicht?

Selbst bei der herrschenden Dunkelheit konnte Charity sehen, wie Hartmann erbleichte. Aber Kyles Worte machten ihn nicht nur wütend – er war auch verwirrt. Wie Felss und Lehmann, der sich mittlerweile wieder auf die Knie erhoben und seine Waffe an sich gerafft hatte, hatte auch er sein Gewehr auf die Barbaren gerichtet. Aber er zögerte, abzudrücken.

Aus dem Wald kamen jetzt weitere Krieger. Charity schätzte ihre Zahl auf mindestens fünfzig. Selbst mit ihrer überlegenen Bewaffnung standen ihre Chancen nicht besonders gut, einen Kampf mit dieser Übermacht zu bestehen.

Aber die Barbaren rückten nur langsam näher, die Waffen drohend erhoben und einen grimmigen Ausdruck auf den Gesichtern. Schließlich lösten sich vier Gestalten und traten mit erhobener Waffe auf Skudder und Charity zu. Skudder hob drohend sein Lasergewehr, senkte den Strahler dann aber wieder und trat hastig einen Schritt zur Seite, als klar wurde, daß Charity und er gar nicht das Ziel der vier Krieger waren. Mißtrauisch traten die Barbaren zwischen ihnen hindurch und näherten sich den Kokons, die die Ratten bei ihrer Flucht fallengelassen hatten. Einer davon war aufgeplatzt; eine ölige, farblose Flüssigkeit quoll heraus und versickerte im Boden.

»Was ist das?« murmelte Charity.

»Rühr dich nicht!« sagte Kyle erschrocken. »Sie wollen nur die Eier. Sie wollen nichts von uns.«

»Eier?«

Kyle deutete auf die beiden pulsierenden Kokons. Charity

begriff erst jetzt, was sie vor sich hatte. Was die vier Ratten erbeutet hatten, war nichts anderes gewesen als die Kokons, aus denen die jungen *Ameisen* schlüpften und die diese Krieger aus irgendeinem Grunde beschützten. Verwirrt, aber auch fasziniert von dem Anblick, der sich ihr bot, sah sie zu, wie zwei der Barbaren neben dem aufgeplatzten Kokon auf die Knie sanken und mit vorsichtigen Bewegungen begannen, die zerrissene Hülle weiter zu öffnen.

Darunter kam eine relativ kleine, spinnengliedrige Ameisengestalt zum Vorschein. Sie bewegte sich zuckend. Ihre Glieder, die noch weich und biegsam waren, als beständen sie aus Gummi, peitschten durch die Luft und trafen einen der Männer. Trotzdem zuckte er nicht einmal zurück, sondern wich nur mit einer geschickten Bewegung den schnappenden Mandibeln der jungen *Ameise* aus und hob sie unter sichtlicher Anstrengung in die Höhe. Die beiden anderen untersuchten in der Zwischenzeit den zweiten Kokon und atmeten erleichtert auf, als sie feststellten, daß er nicht beschädigt war.

Charity senkte endgültig ihre Waffe. Sie hoffte, daß die Barbaren die Bedeutung der Geste begriffen. Wortlos sahen sie zu, wie die vier Männer den Kokon und die junge *Ameise* zurücktrugen und wieder hinter den Reihen der anderen verschwanden, doch machten die Barbaren keine Anstalten, sich zurückzuziehen.

Charitys Blick wanderte aufmerksam über die Gesichter der zerlumpten Gestalten. Unter all dem Schmutz waren es ganz gewöhnliche menschliche Gesichter – bis auf die Augen.

Es waren seltsame Augen, deren Blick sie verwirrte. Sie glaubte plötzlich zu wissen, warum Hartmann und seine Begleiter solche Angst vor diesen Gestalten hatten. Diese Männer und Frauen vor ihr waren . . . unheimlich. Sie waren Wilde, die auf ein fast steinzeitliches Niveau herabgesunken waren. Aber ihre Augen waren nicht die Augen von Wilden. Ein geheimes Wissen lag in ihnen.

»Verschwinden wir von hier«, flüsterte Hartmann. »Solange sie noch friedlich sind.«

Kyle rührte sich nicht, und Charity schüttelte hastig den Kopf. Sie spürte, daß sie jetzt nicht gehen konnten. Sie würden es nicht zulassen.

Langsam, mit klopfendem Herzen und zitternden Händen, hängte sie ihr Gewehr über die Schulter, streckte die Arme aus und drehte die leeren Hände nach oben; eine Geste, die so einfach und eindeutig war, daß selbst diese primitiven Barbaren ihre Bedeutung erkennen mußten. Dann machte sie einen Schritt auf die Krieger zu.

»Ich weiß nicht, ob ihr mich versteht«, sagte sie mit übertriebener Betonung und mit großen Pausen zwischen den einzelnen Worten. »Wir sind nicht eure Feinde.«

»Sind Sie wahnsinnig geworden?!« keuchte Hartmann.

Charity ignorierte ihn. Die Blicke aus fünfzig dunklen, aufmerksamen Augenpaaren folgten ihr und schienen tief in ihr Innerstes zu blicken. In ihrem Hals saß plötzlich ein bitterer Kloß; ihr Herz raste wie ein kleines, außer Kontrolle geratenes Uhrwerk.

Trotzdem zitterte ihre Stimme nicht, als sie fortfuhr: »Wir haben die Ratten vertrieben. »Hier – seht ihr?« Ganz langsam bewegte sie den rechten Arm zur Schulter, berührte den Lauf des Laserstrahlers und deutete dann auf den verbrannten Kadaver der Riesenratte.

Noch immer reagierten die Krieger nicht. Und doch hatte Charity das Gefühl, so gründlich gemustert zu werden wie niemals zuvor in ihrem Leben. Irgend etwas war mit diesen Menschen geschehen; sie war plötzlich ganz und gar nicht mehr sicher, daß man ihnen nur ihre Kultur und ihre Intelligenz genommen hatte. Sie spürte im Gegenteil, daß sie im Gegenzug etwas dafür bekommen hatten. Etwas, das so fremd und unverständlich war, daß sie es vielleicht niemals begreifen würde.

»Wir sind eure Freunde«, sagte sie noch einmal, sehr langsam und sehr betont.

Ganz langsam hob sie die Hand, berührte mit den Fingerspitzen die rostige Metallschneide des Speeres, den der erste Krieger vor ihr in der Hand trug, und drückte sie mit sanfter Gewalt herab. Sie hörte, wie Hartmann hinter ihr ungläubig die Luft einsog, aber zu ihrer Erleichterung sagte er nichts.

Plötzlich senkten sich auch die Waffen der anderen Barbaren ein Stück.

Charity trat aufatmend zurück und wandte sich um. Selbst Kyle blickte sie ungläubig an, aber mit Ausnahme Hartmanns und seiner beiden Soldaten hatten alle ihre Waffen gesenkt.

»Tun Sie endlich das Gewehr weg, Sie Narr!« sagte Charity zornig. »Sie sehen doch, daß sie uns nicht angreifen werden.«

Der Ausdruck in Hartmanns Augen war blanke Wut, aber nach einem letzten, kurzen Zögern senkte auch er sein Gewehr und gab den beiden Männern hinter ihm mit einer Geste zu verstehen, es ihm gleichzutun. Felss gehorchte sofort, während Lehmann trotzig die Lippen schürzte und die Waffe erst senkte, als Kyle ihn drohend ansah.

Charity wandte sich wieder zu den Barbaren um. »Versteht ihr unsere Sprache?« fragte sie.

Sie hatte nicht ernsthaft mit einer Antwort gerechnet, aber sie war auch nicht sehr überrascht, als der Mann, zu dem sie gesprochen hatte, ein unbeholfenes Nicken zur Antwort gab. »Wir sind nicht eure Feinde«, sagte sie zum wiederholten Mal. »Wir wollen nichts von euch. Wir wollen nur gehen.«

Der Blick dieser dunklen, seltsam leeren Augen blieb weiter auf ihr Gesicht gerichtet, aber der Mann rührte sich nicht. Charity hob den Arm und deutete in einer weit ausholenden, langsamen Geste erst auf sich, dann auf die anderen. »Wir wollen fort«, sagte sie noch einmal. »Laßt uns gehen, und niemandem wird etwas geschehen.«

Zwanzig, dreißig Sekunden wartete sie vergeblich auf eine Antwort. Schließlich wertete sie das Schweigen des Mannes als Zustimmung und drehte sich langsam herum. »Gehen wir«, sagte sie. »Aber ganz vorsichtig. Keine hastigen Bewegungen.«

Doch als sie einen Schritt machen wollte, trat ihr der Barbar in den Weg. Der Speer in seiner Hand war nicht erhoben, aber seine Bewegung war so eindeutig, daß Charity stehenblieb.

»Bitte, laßt uns gehen«, sagte sie. »Wir wollen nichts von euch. Wir wollen nur zu unseren Leuten.«

Der Mann rührte sich nicht, aber wie zur Antwort auf Charitys Worte trat eine zweite Gestalt neben ihn, und plötzlich kam auch in die übrigen Barbaren Bewegung – jeweils zwei oder drei von ihnen stellten sich hinter Skudder, Net und die anderen, während die übrigen einen weiten Kreis um sie bildeten.

»Bravo!« sagte Hartmann böse. »Das war wirklich genial, Captain Laird. Wenn wir je eine Chance hatten, mit diesen Wilden fertig zu werden, dann haben Sie sie gerade verspielt.«

Charity ignorierte ihn. Sie war verwirrt.

Der Mann, mit dem sie bisher gesprochen hatte, hob plötzlich den Arm und legte die Hand mit gespreizten Fingern auf die Brust. »Jared«, sagte er. Seine Stimme klang ungelenk; das Sprechen schien ihm Mühe zu bereiten, als wäre es etwas, das er vor langer Zeit einmal gelernt, aber niemals gebraucht hatte.

»Jared?« wiederholte Charity. »Ist das ein Name?«

Der Mann nickte. Seine Hand deutete in westliche Richtung. »Kommen.«

»Wir sollen mit euch kommen?« vergewisserte sich Charity.

»Kommen«, wiederholte Jared.

»Das geht nicht«, sagte Charity vorsichtig. »Wir können euch nicht begleiten.«

Erneut deutete Jared nach Westen, diesmal mit einer ungeduldigeren, fast befehlenden Geste. »Kommen«, sagte er zum dritten Mal.

»Wir sollten tun, was sie verlangen«, sagte Skudder.

»Wir sollten sie über den Haufen schießen!« sagte Lehmann haßerfüllt. »Solange wir es noch können!«

Charity warf ihm einen zornigen Blick zu. »Halten Sie endlich den Mund, Sie Idiot!« sagte sie. »Begreifen Sie denn nicht, daß sie jedes Wort verstehen?«

Lehmann lachte gehässig. »Sie begreifen nicht, womit wir es hier zu tun haben«, antwortete er böse. »Es sind Tiere. Wahrscheinlich hat Sie Ihr neuer Freund gerade zum Essen eingeladen. Aber wir werden die Mahlzeit sein.«

»Kyle«, sagte Charity ruhig, »wenn er noch einmal den Mund aufmacht, dann schlag ihn nieder.«

Lehmanns Augen sprühten vor Zorn, aber er wagte es nicht mehr, etwas zu sagen, sondern blickte nur Charity und Kyle haßerfüllt an. Charity wandte sich wieder an Jared. »Wir sollen euch begleiten?«

Jared nickte. Er deutete wieder nach Westen. »Kommen«, sagte er und ruderte mit den Armen.

Charity lächelte flüchtig. »Du meinst schnell.«

Jared nickte und deutete nun in die andere Richtung. »Kommen«, sagte er. »Bald.«

9

Was ihn am meisten erstaunte, war der Umstand, daß er sich an keine Schmerzen erinnerte. Er hatte einen grellen Blitz wahrgenommen und ein ungeheures Dröhnen und Bersten, und er hatte wie in Zeitlupe gesehen, wie die schwere Stahltür vor ihm auseinandergerissen wurde und die Splitter seinen Anzug durchbohrten. Aber keine Schmerzen hatte er gespürt, auch kein Entsetzen, obwohl er in diesem Moment mit unerschütterlicher Sicherheit davon überzeugt gewesen war, zu sterben.

Stone war nicht gestorben, und doch erinnerte er sich an das Gefühl, aus seinem Körper herausgelöst worden zu sein und durch einen langen, finsteren Tunnel zu gleiten, einen Schacht, an dessen Ende ein gleißendes, unsagbar schönes Licht wartete. Aber dann hatte etwas ihn zurückgeholt. Er erinnerte sich nicht, wie er wieder an Bord des Gleiters gekommen war. Seine nächste Wahrnehmung war das starre Gesicht Luzifers gewesen, das sich über ihn beugte, und dünne, lange Nadeln hatten sich in seinen Körper gebohrt. Danach war er in eine tiefe

Bewußtlosigkeit gefallen, in der ihn Alpträume und sinnlose, schreckliche Visionen geplagt hatten.

Er spürte, daß er nicht allein war. Eine hochgewachsene, schlanke Ameisengestalt stand neben seiner Liege und hantierte mit vier Armen an den Schaltern eines kompliziert aussehenden Gerätes, das neben seinem Bett aufgestellt war. Eine Unzahl dünner Drähte und Schläuche war mit seinem Körper verbunden.

Luzifer bemerkte, daß Stone erwacht war, und wandte den Kopf. Für einen Moment bildete sich Stone ein, ein schadenfrohes Glitzern in seinen faustgroßen Facettenaugen zu erkennen.

»Was ist passiert?« fragte er. Er erschrak, als er den Klang seiner eigenen Stimme hörte. Viel mehr als alles andere verriet er ihm, wie es um ihn stand.

»Versuchen Sie nicht, sich zu bewegen«, antwortete Luzifer. »Reden Sie nicht. Sie sind sehr schwer verwundet worden.«

»Das weiß ich«, murmelte Stone. »Was war los? Was . . .«

»Eine Falle«, sagte Luzifer.

»Eine Falle?« wiederholte Stone stöhnend. »Ihr Idioten! Wozu habt ihr all eure Wundermaschinen? Könnt ihr nicht einmal eine ferngelenkte Bombe aufspüren?«

»Das können wir«, antwortete Luzifer ungerührt. »Der Sprengkörper wurde nicht ferngezündet. Sie ließen einen ihrer Männer zurück, der ihn von Hand auslöste.«

Stone schloß mit einem neuerlichen Stöhnen die Augen. Für einen Moment wußte er nicht, was schlimmer war – der Zorn über das, was geschehen war, oder das Entsetzen über die Vorstellung, daß sich einer dieser Narren selbst in die Luft gejagt hatte, nur um ein paar *Ameisen* mitzunehmen.

»Wie schlimm . . . ist es?« fragte er mühsam.

»Sehr schlimm«, antwortete Luzifer, im kalten, seelenlosen Tonfall einer Maschine. »Ihr Körper wurde irreparabel geschädigt.«

Es dauerte eine Sekunde, bis Stone begriff, was sein Adjutant meinte. Erschrocken riß er die Augen auf und starrte die riesige *Ameise* an. »Irreparabel . . .?«

»Es besteht kein Grund zur Sorge«, beruhigte ihn Luzifer. »Wir befinden uns bereits auf dem Rückflug nach New York. Die Ausrüstung an Bord dieses Schiffes reicht, die notwendigen

Lebensfunktionen Ihres Körpers bis dorthin aufrechtzuerhalten.«

»Heißt das, daß ich ... verkrüppelt bin?« fragte Stone entsetzt.

Luzifer antwortete in seiner ausdruckslosen Maschinensprache: »Nein. Die Schäden sind nicht zu beheben. Sie bekommen einen neuen Körper.«

Es dauerte ein paar Momente, bis Stone begriff, was er da gehört hatte. Voller ungläubigem Entsetzen starrte er die *Ameise* an. »Einen neuen Körper ...«

Er hatte davon gehört, daß es den Invasoren möglich war, einen Körper nach einer beliebigen Vorlage wieder aufzubauen. Doch die Maschine, deren Wirkungsweise er selbst einmal mit eigenen Augen beobachtet hatte, begnügte sich nicht damit, ein perfektes Duplikat eines Körper herzustellen. Sie transferierte die gesamte Persönlichkeit, das Bewußtsein und jede Erinnerung in den neuen Körper.

Und das bedeutete, dachte Stone entsetzt, daß sie seine Gedanken kennen würden. Alles, was er jemals gefühlt und gedacht, alles, was er jemals gesagt und getan hatte.

Und das wiederum bedeutete, daß sie erfahren würden, daß er sie verraten hatte.

Das Lager der Barbaren lag am Ufer eines breiten, ruhig dahinfließenden Flusses. Hier und da ragte noch ein Mauerrest aus den glitzernden Fluten, die im bleichen Sternenlicht wie ein Spiegel aus schwarzem Teer wirkten; da und dort waren noch die Reste einer Uferbefestigung zu sehen, aber zumeist wurde das Flußufer nur von wucherndem Grün beherrscht.

Dabei war das Ufer keineswegs unbewohnt. Schon während des zweistündigen Marsches waren immer mehr Männer und Frauen zu ihnen gestoßen, so daß die Zahl ihrer Begleiter noch weiter angewachsen war. Und was jetzt vor ihnen lag, war eine Stadt, auch wenn man schon sehr genau hinsehen mußte, um sie zu erkennen. Die Barbaren schienen zum allergrößten Teil unter der Erde zu leben – Charity erkannte nur einige wenige, aus Laub und Zweigen provisorisch errichtete Hütten, dafür aber eine große Anzahl sorgsam getarnter Löcher im Boden.

Sie wurden zu einem dieser Einstiege geleitet, hinter denen sie das fanden, was Charity erwartet hatte: den Keller des Gebäudes, das früher einmal hier gestanden hatte. Es war ein riesiger, rechteckiger Raum, der von Hunderten von Fackeln erleuchtet wurde.

Charity blieb unwillkürlich stehen, als sie den Fuß der Treppe erreichten. Sie sah, wie Hartmann und die beiden anderen erschrocken zusammenfuhren und nach ihren Waffen griffen. Doch führten sie ihre Bewegung nicht zu Ende. Zu ihrer aller Überraschung waren sie nicht entwaffnet worden, aber sowohl der Hopi als auch Kyle schienen einzusehen, wie wenig ihnen ihre Waffen gegen die erdrückende Übermacht nützen würde, der sie sich gegenübersahen.

In dem gewaltigen Kellergewölbe hielten sich Hunderte von Eingeborenen auf: Männer, Frauen, Kinder und Alte, die in kleinen Gruppen an brennenden Lagerfeuern saßen, auf Bündeln aus Lumpen und Laub lagen und schliefen oder redeten und aßen, oder auch Dinge taten, deren Bedeutung Charity verborgen blieb. Während sie quer durch den riesigen, unterirdischen Saal geführt wurden, hob sich dann und wann ein Gesicht und warf ihnen einen desinteressierten, flüchtigen Blick zu, und einmal folgten ihnen zwei Kinder einige Schritte weit, bis ihre Begleiter sie mit herrischen Gesten vertrieben.

Die Situation kam Charity immer unwirklicher vor. Die Vorstellung, daß niemand von ihrer Gefangennahme auch nur Notiz nehmen sollte, ergab einfach keinen Sinn.

Sie wurden in einen kleinen, türlosen Raum auf der Rückseite des Kellers gebracht, wo ihnen Jared wortlos, aber sehr gestenreich bedeutete, daß sie hier zu warten hätten. Zu Charitys Überraschung blieben weder er noch einer seiner Begleiter bei ihnen zurück.

Als die Barbaren verschwunden waren, stürzte Hartmann auf sie zu. »Bravo, Captain Laird!« sagte er scharf. »Das war wirklich eine strategische Meisterleistung. Ich beginne allmählich zu begreifen, wie die USA den Krieg gegen die Invasoren verlieren konnten!«

Charity wollte antworten, aber Kyle kam ihr zuvor. »Immerhin sind Sie noch am Leben, oder?«

Hartmann maß ihn mit einem Blick, in dem sich Zorn und

Verachtung mischten. »Ja«, sagte er gepreßt. »Die Frage ist nur, ob wir uns darüber freuen sollen.«

»Was ist los mit Ihnen, Hartmann?« fragte Charity ruhig. »Bisher haben sie uns nichts getan.«

»Sie sagen es!« grollte Hartmann. »Bisher!«

»Was soll denn das?« mischte sich Net ein. »Hassen Sie diese Menschen so sehr – oder haben Sie einfach nur Angst?«

Hartmann bedachte sie mit einem Blick, als wäre er sich nicht schlüssig, ob die Wasteländerin es überhaupt wert sei, eine Antwort zu erhalten. »Ja«, gestand er. »Ich habe Angst.

»Bisher haben sie uns nichts getan«, sagte Skudder.

»Freuen Sie sich bloß nicht zu früh«, antwortete Hartmann. »Wir wären nicht die ersten, die von den Dreckfressern getötet werden würden.«

»Warum nennen Sie sie so?« fragte Skudder. »Dreckfresser?«

»Weil sie nichts anderes sind!« erwiderte Hartmann haßerfüllt. »Schauen Sie sich doch um!« Er machte eine zornige Geste in den angrenzenden Kellerraum hinaus. »Sie leben wie die Tiere!«

»Vielleicht leben sie einfach nur anders«, sagte Charity. Sie war wieder zur Tür zurückgegangen, hatte den Raum aber nicht verlassen, sondern sich gegen den Rahmen gelehnt und blickte nachdenklich hinaus.

Was sie sah, kam ihr immer verwirrender vor. Auf den ersten Blick schien die Ansammlung zerlumpter, schmutzstarrender Gestalten in dem gewaltigen Geviert aus Beton Hartmanns Worte zu bestätigen; hier und da gewahrte sie zwar Aktivität, aber die meisten saßen einfach nur reglos da und starrten dumpf ins Leere. Sie mußte wieder an Jared denken und den sonderbaren Ausdruck in seinen Augen; eine Leere, die vielleicht nur der Ausdruck eines völlig anderen, fremdartigen Denkens war. Vielleicht, dachte sie, hatte Hartmann sogar Recht – wenn auch auf vollkommen andere Art und Weise, als er selbst ahnte. Diese Männer und Frauen hier mochten die Nachkommen derer sein, die die Verheerung vor einem halben Jahrhundert irgendwie überlebt hatten. Es war schwer, unter all dem Schmutz und dem langen, verfilzten Haar und den Lumpen Einzelheiten zu erkennen, aber Charity glaubte zumindest zu sehen, daß viele der Gestalten verkrüppelt waren. Manche bewegten sich sonderbar falsch und umständlich, andere hatten Buckel oder unterschiedlich lange Gliedmaßen. Charity sah eine junge Frau, deren Gesicht fast zur Gänze unter einem grauschwarzen, wucherndem Gewächs verschwunden war, und eine andere, die keine Beine hatte, sich aber sehr geschickt und schnell auf Fäusten und Kniestümpfen bewegte.

Charity wandte sich zu Hartmann um und wiederholte die Frage, die Net vor einer Minute gestellt hatte: »Warum hassen Sie sie so, Hartmann?«

Statt sie anzufahren, wie sie es fast erwartet hatte, sah Hartmann sie nur müde an.

»Das tue ich gar nicht«, sagte er. »Vielleicht fürchte ich sie. Wir alle fürchten sie.«

»Diese harmlosen Wilden?« Kyle machte eine unbestimmte Geste auf die Wilden draußen. »Sie wollen mir doch nicht im Ernst erzählen, daß diese Menschen eine Gefahr für Sie darstellen?«

»Doch«, antwortete Hartmann ernst. »Ich weiß, daß sie einen anderen Eindruck erwecken – aber sie sind gefährlich. Sie haben mehrere von unseren Horchstationen überfallen. In der Basis ist kaum jemand, der nicht einen Freund oder einen Verwandten durch sie verloren hätte.«

»Aber es sind Wilde!« widersprach Skudder. »Sie haben nicht einmal Waffen. Mit ihren Keulen und Speeren . . .«

»Sie haben doch erlebt«, unterbrach ihn Hartmann, »was sie mit unserem Wagen gemacht haben. Unterschätzen Sie sie nicht. Ich kämpfe seit fünfzig Jahren gegen sie, und ich weiß bis heute nicht, wer diesen Krieg gewinnen wird.«

»Fünfzig Jahre?« Net sah den Leutnant mit unübersehbarem Spott an. »Aber Sie sind doch kein Jahr älter als vierzig.«

»Ich bin zweiundvierzig«, sagte Hartmann mit einem flüchtigen Lächeln.

»Sie haben einen Schlaftank«, vermutete Gurk.

Hartmann nickte. »Wir besetzen die Außenstationen immer im Wechsel – neun Jahre Schlaf, ein Jahr Wache. Und das ist schon fast mehr, als man aushalten kann.«

Net und auch Skudder blickten Hartmann und seine beiden Begleiter überrascht an, aber Charity empfand nur eine leise Verwunderung, daß sie nicht selbst darauf gekommen war. Die

Selbstverständlichkeit, mit der Hartmann über ihren eigenen Aufenthalt im Schlaftank geredet hatte, hätte ihr sagen müssen, was hier wirklich vorging. Schließlich hatte sie gewußt, daß die USA kein Patent auf die Technik des künstlichen Winterschlafs gehabt hatten.

Und trotzdem sah sie Hartmann und die beiden anderen plötzlich mit ganz anderen Augen. Mit einem Mal verstand sie die Feindseligkeit und Verbitterung der drei Männer. Sie hieß sie nicht gut, aber sie begriff, was in ihnen vorging. Es waren die gleichen Gefühle, die auch sie kurz nach ihrem Erwachen gehabt hatte. Diese drei Männer kannten diesen Planeten, wie er vorher gewesen war. Sie kannten diese Stadt, bevor sie zerstört und in eine Hölle verwandelt worden war, sie kannten vielleicht jede einzelne Straße, jedes einzelne Gebäude dort draußen, und für sie mußte dieser Anblick ungleich erschreckender sein als für die anderen. Aber das Gefühl von Verständnis, mit dem Charity dieser Gedanke erfüllte, währte nur Augenblicke; dann machte es Zorn Platz.

»Ihr seid nicht allein, nicht wahr?« sagte sie. »Ich meine, irgendwo dort draußen gibt es wahrscheinlich eine ganze Bunkerfestung. Und ihr sitzt seit fünfzig Jahren dort, ausgerüstet mit allem, was ihr braucht, und bewaffnet bis an die Zähne und habt nichts anderes getan, als die Hände in den Schoß zu legen und zuzusehen, wie sie diesen Planeten Stück für Stück verändern.«

»Das ist nicht ganz richtig«, antwortete Hartmann ruhig.

»Oh, natürlich nicht!« sagte Charity spöttisch. »Wahrscheinlich habt ihr euch die Zeit damit vertrieben, gelegentlich Jagd auf diese armen Kerle da draußen zu machen.«

»Irrtum, Schätzchen«, sagte Lehmann böse. »Es ist umgekehrt: Die *armen Kerle* dort draußen machen Jagd auf *uns*.«

Charity funkelte den Soldaten wütend an, verbiß sich aber die scharfe Antwort, die ihr auf der Zunge lag. Sie spürte, daß sie die Kontrolle über sich verlieren würde, wenn sie auch nur ein weiteres Wort sagte. Außerdem wußte sie einfach zu wenig über die Situation hier, um sich wirklich ein Urteil erlauben zu können. Ohne Hartmann und seine beiden Begleiter noch eines weiteren Blickes zu würdigen, wandte sie sich mit einem Ruck von der Tür ab und ging zu Helen und Net hinüber, die sich um den verwundeten Techniker kümmerten.

Kyle hatte den Mann auf eines der Lumpenbündel gebettet, die überall auf dem Boden herumlagen. Er war ohne Bewußtsein, bewegte sich aber unruhig und redete im Fieber. Charity verstand nicht, was er sagte, denn anders als Hartmann und die beiden Soldaten sprach er nicht Englisch, sondern Deutsch, von dem sie nur einige Brocken verstand. Besorgt musterte sie das bleiche, schweißglänzende Gesicht des Mannes einen Moment und wandte sich dann mit einem fragenden Blick an Net. Die Wasteländerin sah sie einen Moment lang ernst an und schüttelte dann fast unmerklich den Kopf. Charity spürte erneut eine Woge heißen, hilflosen Zorns in sich aufsteigen. Es war ungerecht, daß dieser Mann, der ihnen vermutlich allen das Leben gerettet hatte, indem er zurückblieb, um den Tunnel zu sprengen, jetzt mit seinem eigenen Leben dafür bezahlen sollte.

Mehr aus bloßer Verzweiflung denn aus der wirklichen Hoffnung heraus, daß er wirklich etwas tun könne, drehte sie sich herum und winkte Gurk heran. Im ersten Moment ignorierte der Zwerg ihre Geste. Seit sie auf die Barbaren gestoßen waren, hatte er kein einziges Wort mehr gesagt, aber sein Verhalten hatte sich geändert. Gurk gefiel sich normalerweise darin, den Giftzwerg zu spielen, aber niemand nahm seine aufgesetzte Feindseligkeit wirklich ernst. Doch der Zorn, den sie jetzt in Abn El Gurks pupillenlosen, dunklen Augen las, war echt. Sie hatte fast das Gefühl, daß er ihr und den anderen die Schuld an ihrer mißlichen Lage gab.

»Was willst du?« fragte Gurk, nachdem er sich endlich bequemt hatte, näher zu kommen.

Charity stand auf und deutete gleichzeitig mit einer Geste auf den Bewußtlosen. »Kannst du irgend etwas für ihn tun?«

»Ja«, knurrte Gurk, »ihm die Kehle durchschneiden. Dann leidet er wenigstens nicht länger.«

»Ich meine es ernst«, antwortete Charity ruhig.

»Hilf ihm.«

»Und wie?« Gurk verzog das Gesicht zu einer Grimasse, ließ sich aber trotzdem neben dem verletzten Techniker auf die Knie sinken und tastete mit seinen dürren, greisen Fingern über sein Gesicht und seine Schläfen. »Was erwartest du von mir? Ich bin weder Medizinmann noch Zauberer. Der Mann stirbt.«

»Vielleicht ist es das beste für ihn.«

Obwohl Charity wußte, wie Hartmanns Worte gemeint waren, drehte sie sich herum und blickte den Leutnant wütend an. »Halten Sie den Mund!« schnappte sie.

»Warum?« erwiderte Hartmann kühl. »Der Knirps hat recht. Der Mann stirbt. Und wahrscheinlich leichter und schmerzloser als wir.«

Charity setzte zu einer wütenden Antwort an, aber der Ausdruck in Hartmanns Gesicht überzeugte sie davon, wie sinnlos jedes weitere Wort war. Statt mit ihm zu streiten, wie sie es vorgehabt hatte, drehte sie sich demonstrativ weg und ging zu ihrem Beobachtungsposten an der Tür zurück.

Kurz bevor sie ihn erreichte, stieß sie beinahe mit Jared zusammen, der in Begleitung zweier Eingeborener zurückgekommen war. Einer von ihnen war ein Mann, dessen Alter unter dem wuchernden Bart und dem verfilzten, schulterlangen Haar unmöglich zu schätzen war, die zweite Gestalt war kleiner und schlanker und hatte blondes, langes Haar, es war ein Mädchen. Charity schätzte ihr Alter auf acht oder neun Jahre. Das zerfetzte Kleid, das das Mädchen trug, war über der rechten Schulter zerrissen. Und unter dem Stoff lugte etwas hervor, das auf den ersten Blick wie ein Buckel aussah. Doch in Wahrheit war es ein Wesen mit Chitinhaut und acht oder zehn Augen, die sich in einem verwirrenden Rhythmus und ununterbrochen öffneten und schlossen. Eine Unzahl von Tentakeln schien sich tief in die Haut des Kindes eingegraben zu haben.

»Großer Gott!« stöhnte Skudder. »Was ist . . .«

Charity brachte ihn mit einer raschen Handbewegung zum Verstummen. Jared und der andere Mann hatten ihr Erschrekken nicht bemerkt – aber das Mädchen sah beim Klang von Skudders Stimme auf und musterte den riesenhaften Hopi-Indianer aus wachen, durchdringenden Augen. Und Charity wußte, daß es jedes Wort verstand.

Mit aller Kraft unterdrückte sie den Widerwillen, mit dem der schreckliche Anblick sie erfüllte, und zwang sich zu einem Lächeln. Obwohl das Mädchen sie nicht ansah, lächelte es plötzlich ebenfalls – und der Blick der gräßlichen Kreatur auf ihrer Schulter richtete sich plötzlich auf Charitys Gesicht.

Es war nicht der Blick einer gehirnlosen Kreatur, es waren Insektenaugen: kalte, funkelnde Facetten, in denen das Leben aufblitzte, das sie in den Augen Jareds und der anderen vermißt hatte.

Nur mühsam gelang es Charity, ihren Blick von den Spinnenaugen zu lösen. Das Kind blickte immer noch mit schräg in den Nacken gelegtem Kopf zu Skudder, drehte sich jetzt aber zu ihr herum und lächelte. Charity erwiderte dieses Lächeln, und schließlich überwandt sie ihren Ekel so weit, daß sie einen weiteren Schritt auf das Mädchen zutreten und die Hand nach ihm ausstrecken konnte. Der glitzernde Hornball auf der Schulter des Kindes zuckte und bebte, und eine Sekunde lang mußte Charity mit aller Gewalt gegen die furchtbare Vorstellung ankämpfen, es könne sich vom Körper des Kindes lösen und mit einem Satz auf ihre Hand springen. Doch da hob das Kind die Hand und berührte flüchtig Charitys Finger.

Es war ein Gefühl, das sie nicht in Worte fassen konnte; ähnlich wie damals im Sternenschiff, als sie die Gegenwart von etwas Fremdartigen gespürt hatte. Und doch war es gleichzeitig vollkommen anders, denn damals hatte sie Gefahr gespürt, eine körperlose, unsagbare Bedrohung, jetzt fühlte sie von alledem nichts. Was immer sie spürte, es war fremd, unsagbar fremd und anders.

Aber nicht feindselig. Das Mädchen blickte sie noch eine Sekunde lang mit dem gleichen, sonderbaren Lächeln an, dann drehte es sich herum und ging langsam durch den Raum zu Net, Helen und Gurk, die noch immer neben dem Verletzten knieten. Nets Augen weiteten sich entsetzt, als nun auch sie sah, was auf der Schulter des Kindes hockte. Und ihre Hand senkte sich ganz automatisch zu der Waffe in ihrem Gürtel. Aber noch bevor Charity sie zurückhalten konnte, hob Gurk erschrocken den Arm und machte eine abwehrende Bewegung.

»Was soll das?« fragte Hartmann. Er machte einen hastigen Schritt, als wolle er dem Mädchen den Weg vertreten, und blieb wieder stehen, als Charity hastig den Kopf schüttelte.

»Lassen Sie sie«, sagte sie leise.

Hartmann runzelte die Stirn, trat aber zu Charitys Überraschung gehorsam zurück, und auch Net und Helen erhoben sich, um dem Kind Platz zu machen. Gurk blieb reglos stehen, verfolgte jedoch jede Bewegung des Mädchens aus mißtrauischen, wachen Augen.

Das Kind kniete langsam neben dem Verletzten nieder, blickte fast eine Minute lang reglos auf sein Gesicht herab und streckte dann langsam die Hände aus. Hartmann sog scharf die Luft ein, sagte aber nichts.

Die Finger des Mädchens glitten langsam über das Gesicht des Technikers, tasteten über seine Wangen, seine Lippen, seine Nase und seine geschlossenen Augen, zeichneten Kreise und komplizierte, ineinanderfließende Muster auf seine Stirn und seine Schläfen. Weder Charity noch einer der anderen konnte erkennen, was es wirklich tat – aber nach einer Weile beruhigte sich der rasselnde Atem des Verletzten.

»Was tut sie?« fragte Charity. Unwillkürlich hatte sie ihre Stimme zu einem Flüstern gesenkt.

Ebenso leise antwortete Jared: »Euer Freund ... ist ... sehr krank.«

»Ich weiß«, antwortete Charity. »Er wird sterben.«

»Nein«, sagte Jared. »Er kann ... leben.«

Nicht nur Charity wandte sich verblüfft zu Jared um und sah ihn an. Wie bei ihrem ersten Zusammentreffen sprach Jared langsam und mit großen Pausen zwischen den einzelnen Worten. Aber jetzt erst fiel Charity auf, daß er *englisch* gesprochen hatte – in ihrer Muttersprache, die er eigentlich gar nicht beherrschen durfte.

»Wie meinst du das?« fragte sie verblüfft.

»Wenn ihr ... wollt«, antwortete Jared langsam, »dann ... lebt er ... weiter. Aber nicht als ... Blinder.«

»Als Blinder?« wiederholte Charity verwirrt. »Was ...«

»Wir können ... ihn ... retten«, unterbrach sie Jared. »Er wird ... Jared. Als Blinder ... stirbt er.«

Nun verstand Charity überhaupt nichts mehr. Und ein rascher Blick in Hartmanns Gesicht zeigte ihr, daß es dem Deutschen nicht anders erging. Aber während sie einfach nur Verwirrung empfand, verdunkelte sich Hartmanns Gesicht vor Zorn und Mißtrauen. Rasch, ehe der Leutnant etwas sagen oder tun konnte, fuhr sie fort: »Ich fürchte, ich verstehe nicht. Wieso wird er zu dir?«

Jared schüttelte den Kopf. In einer übertrieben pantomimischen Geste hob er die Hand, spreizte die Finger und legte sie auf seine Brust. »Ich bin ... Gyell«, sagte er. »Wir sind ...

Jared.« Damit vollführte er mit der anderen Hand eine kreisende Bewegung, und endlich verstand Charity.

»Euer Volk nennt sich Jared«, vermutete sie. »Und wir sind die Blinden.«

Gyell nickte und schüttelte fast in der gleichen Bewegung den Kopf. Mit einem Lächeln, das bei der sonderbaren Leere seines Blickes eher erschreckend als beruhigend wirkte, deutete er auf Hartmann und seine beiden Begleiter. »Sie sind ... blind, sagte er. »Ihr nicht.«

»Und ihr ... könnt diesen Mann retten?« fragte Charity zögernd. »Wenn ihr ihn zu einem der euren macht?«

»Er wird ... sehen«, bestätigte Gyell.

»Einen Moment!« sagte Hartmann scharf. Mit einem zornigen Schritt trat er neben Charity und machte eine herrische Handbewegung auf das Mädchen und den verwundeten Techniker. »Ich werde ganz bestimmt nicht zulassen, daß ihr ihn zu einer ... *Kreatur* wie euch macht!«

Gyells leere Augen wandten sich Hartmann zu und musterten ihn auf eine Art, die Charity schaudern ließ. »Dann ... stirbt ... er«, sagte er ruhig.

»Das ist immer noch besser, als ...«

»Halten Sie endlich den Mund, Hartmann!« unterbrach ihn Charity scharf. »Wollen Sie, daß der Mann stirbt?«

»Wollen Sie, daß er so wird wie diese ...« Er suchte sichtlich nach Worten. »Diese *Tiere*?« stieß er schließlich hervor.

»Sie sind ein Narr, Hartmann«, sagte Kyle ruhig. »Ich weiß nicht, wer oder was diese Jared sind – aber sie sind ganz bestimmt keine Tiere. Selbst Sie sollten das mittlerweile erkannt haben.«

Hartmanns Gesicht färbte sich allmählich dunkelrot. Seine Hände ballten sich zu Fäusten, und eine Sekunde lang sah es so aus, als wolle er sich einfach auf den Megamann stürzen. Dann schürzte er trotzig die Lippen. »Ich verbiete es!« sagte er. »Dieser Mann untersteht meinem Befehl. Niemand wird ihn anrühren, solange ich es nicht ausdrücklich erlaube.«

»Ich glaube nicht«, sagte Charity ruhig, »daß Sie oder ich hier irgend etwas zu befehlen haben, Leutnant Hartmann.«

Hartmann antwortete nicht darauf, aber sie sah, wie Lehmann und nach kurzem Zögern auch Felss sich von ihren Plätzen lösten und neben den verletzten Techniker und das Mädchen traten. Felss wirkte unschlüssig und wich ihrem Blick aus, aber auf Lehmanns Gesicht lag ein grimmiger Ausdruck.

Charity musterte die beiden Soldaten eine Sekunde lang, dann drehte sie sich wieder zu Gyell herum, wobei sie Kyle und Skudder einen raschen Blick zuwarf. Die beiden verstanden und näherten sich dem Verletzten und dem Mädchen. Lehmanns Hand sank auf den Kolben der Pistole in seinem Gürtel herab und blieb darauf liegen, während Felss immer unglücklicher aussah und von einem Bein auf das andere zu treten begann.

»Helft ihm«, bat Charity Gyell. Dann wandte sie sich wieder an Hartmann. »Pfeifen Sie Ihre beiden Zinnsoldaten zurück, Leutnant Hartmann. Oder Sie werden sie verlieren.«

Vielleicht war es der ruhige, fast freundliche Ton ihrer Stimme, der Hartmann klarmachte, wie ernst sie ihre Worte meinte. »Also gut«, sagte er schließlich. Diesmal haben Sie gewonnen, Captain Laird. Aber wir reden noch darüber. Und glauben Sie nicht, daß ich Angst vor Ihnen habe. Ich will nicht, daß diese Wilden sehen, wie wir uns streiten. Das ist alles.«

»Natürlich«, sagte Charity spöttisch.

Auf einen Wink Hartmanns hin zogen sich die beiden Soldaten wieder zurück, und auch Kyle und der Hopi traten wieder beiseite. Das Mädchen stand auf, und auf einen knappen Befehl Gyells hin trat der zweite Jared neben den Verletzten und trug ihn scheinbar mühelos aus dem Raum. Das Mädchen folgte ihm, während Gyell noch zurückblieb.

»Was werdet ihr mit ihm tun?« erkundigte sich Charity.

»Ihm geschieht . . . nichts«, antwortete Gyell langsam.

»Bringt ihr ihn zurück?« fragte Charity.

Gyell antwortete nicht darauf.

10

Irgendwie brachte sie das Kunststück fertig, in dieser Nacht doch noch einige Stunden zu schlafen. Mit einem Ruck erwachte sie und sah sich um. Durch die Tür fiel noch immer der flackernde rote Schein der Feuer, die draußen in der Halle brannten, aber in dieses Licht hatte sich jetzt ein grauer Schimmer gemischt. Sie stand auf und fuhr mit einem leisen Schrecken zusammen, als sie sah, daß zwei Mitglieder ihrer Gruppe fehlten: Helen und Gurk.

»Was ist passiert?« fragte sie erschrocken.

Hartmann, der mit vor der Brust verschränkten Armen am Türrahmen lehnte und in den angrenzenden Kellerraum hinausstarrte, warf ihr einen abfälligen Blick zu.

»Ihre Freunde haben sie geholt«, sagte er.

»Gyell und das Mädchen«, erklärte Skudder. »Sie kamen vor einer Viertelstunde und haben mit Gurk gesprochen. Und dann sind Helen und er mit ihnen gegangen.«

Skudders Stimme klang sehr ernst, aber er machte auf Charity trotzdem nicht den Eindruck, daß er sich um Helen und den Zwerg sorgte. Offensichtlich spürte der Hopi wie sie, daß das Geheimnis, das die Jared zweifellos umgab, völlig anders war, als Hartmann und seine Männer glauben mochten.

Langsam trat sie neben den Leutnant und blickte in die Halle hinaus. Der riesige, unterirdische Saal war fast völlig verwaist. Einige Feuer brannten noch, aber bis auf eine Handvoll Männer und Frauen hatten alle Jared den Keller verlassen. Plötzlich kam eine Gestalt mit langsamen Schritten auf sie zu. Es war Gyell. Obwohl er nicht einmal in ihre Richtung gesehen hatte, wußte Charity, daß er nur auf ihr Erwachen gewartet hatte.

»Warum habt ihr mich nicht geweckt?« fragte sie.

Hartmann zog nur die Augenbrauen hoch und schwieg, und Skudder antwortete beinahe verlegen. »Du brauchst deinen Schlaf. Wir sind seit fast achtundvierzig Stunden auf den Beinen.«

Charity wollte etwas entgegnen, aber Gyell war bereits näher gekommen und hob die Hand, um ihre Aufmerksamkeit auf sich zu lenken. Wortlos und mit knappen, aber eindeutigen Gesten forderte er sie und die anderen auf, zu ihm herauszukommen.

Sie durchquerten den Kellerraum und stiegen wieder nach oben. Das graue Zwielicht, das durch den halb verschütteten Eingang herabgefallen war, verwandelte sich langsam in das helle, klare Licht eines frühen Morgens. Plötzlich hörte Charity eine erstaunliche Vielfalt von Geräuschen: das Rauschen des Flusses, das Wispern des Windes in den Baumwipfeln, den Gesang von Vögeln und das seltsame vertraut klingende Bellen eines Hundes – aber auch fremdartige, fast unheimliche Laute, die sie nicht einordnen konnte. All ihre Sinne schienen mit einem Male viel schärfer zu arbeiten als noch am Abend zuvor. Sie hörte Skudders Atem hinter sich, die Schritte jedes einzelnen auf der Betontreppe, das leise Rascheln ihrer Kleidung und die metallischen Laute, die ihre Waffen verursachten. Und sie nahm Farben und Gerüche in einer Intensität wahr, wie sie es schon lange nicht mehr getan hatte. Verwirrt überlegte sie, ob es wirklich nur diese wenigen Stunden Schlaf gewesen waren, die ihre Sinne so geschärft hatten.

Sie blinzelte, als sie hinter Gyell ins Freie trat. Jetzt, im hellen

Licht des Morgens, konnte sie sehen, daß der Eindruck, den sie am vergangenen Abend gehabt hatten, richtig gewesen war. Sie schienen sich inmitten einer Stadt der Jared aufzuhalten. Charity bemerkte Hunderte der struppigen Gestalten, aber es war die sonderbarste Siedlung, die sie je zu Gesicht bekommen hatte. Es gab eine Anzahl einfacher, aus Ästen und Blättern errichteter Hütten und einige wenige, niedrige Gebäude aus Stein und rostigem Wellblech. Die Jared hatte sich bemüht, so wenig wie möglich zu verändern und nichts zu zerstören. Die Hütten lehnten sich an den natürlichen Wuchs der Bäume an und folgten dem Verlauf des Bodens, der zum Fluß hin sanft abfiel.

Dann sah Charity den Schatten, drehte sich automatisch herum – und hielt überrascht den Atem an.

In der vergangenen Nacht hatte sie nichts als einen verschwommenen Umriß wahrgenommen, eine weitere Ruine in einer Stadt aus Trümmern, der sie kaum einen flüchtigen Blick geschenkt hatte, aber jetzt erkannte sie das Bauwerk als das, was es war: ein gigantischer Dom, dessen Doppelspitze sich Hunderte von Metern über den Fluß erhob. Der riesige Keller, in dem sie übernachtet hatten, mußte sich unter seinen Fundamenten befinden.

»Das ist . . .«

»Der Dom«, sagte Hartmann.

Er seufzte. »Ich bin sicher, Sie haben selbst in den Staaten davon gehört. Irgendwie hat er die Invasion überstanden.«

Abgesehen von einigen kleinen Schäden, war die imposante Kathedrale tatsächlich unversehrt geblieben – ein absurder Anblick in einer ansonsten völlig zerstörten Stadt.

Gyell deutete heftig gestikulierend auf eine Stelle unweit des Flußufers, an der einige Jared um ein Feuer saßen, über dem sie auf großen metallenen Spießen Fleisch brieten. Sein Geruch war fremdartig, aber nicht unangenehm. Und er allein reichte aus, um sie daran zu erinnern, daß sie seit fast achtundvierzig Stunden nichts mehr gegessen hatte. Gyell mußte seine Einladung nicht wiederholen, als er sich an einen Platz am Feuer setzte und sich vorbeugte, um einen der Spieße aus den Flammen zu klauben.

Skudder, Net und Kyle folgten Charity, während Hartmann und seine beiden Begleiter unschlüssig in zwei Schritten Entfernung stehenblieben.

»Worauf warten Sie, Hartmann?« fragte Charity. »Sind Sie nicht hungrig?«

»Doch«, antwortete Hartmann.

»Dann essen Sie etwas«, sagte Charity.

Hartmann verzog nur trotzig das Gesicht, und Charity wandte sich mit einem Achselzucken um und griff dankbar nach dem Stück Fleisch, das ihr Gyell hinhielt.

Sein Aussehen war so fremdartig und beunruhigend wie sein Geruch, aber Charity biß entschlossen hinein. So seltsam das Stück Fleisch roch und aussah, so gut schmeckte es. Nach der ersten Sekunde vergaß sie all ihre Hemmungen und kaute genüßlich.

»Wissen Sie eigentlich, was Sie da essen?« fragte Hartmann hinter ihr.

»Nein«, antwortete Charity mit vollem Mund. »Und ich will es auch gar nicht wissen.«

Gyell blickte sie an, und für einen Moment glaubte sie, ein Lächeln in seinen Augen zu entdecken.

Sie aßen schweigend. Zu dem Fleisch reichte ihnen Gyell Obst und klares Wasser aus dem Fluß, das mit irgendeinem Gewürz versetzt zu sein schien, denn es schmeckte köstlich und hinterließ einen angenehmen Nachgeschmack auf ihrer Zunge.

Nach einer Weile hörte sie Schritte, und als sie aufsah, erkannte sie Helen und Gurk, die sich in Begleitung zweier erwachsener Jared und des blonden Mädchens vom vergangenen Abend dem Feuer näherten. Helen wirkte erschöpft, während auf Gurks faltigem Gesicht ein zutiefst verwirrter Ausdruck lag, der Charity beunruhigte. Aber sie beherrschte ihre Ungeduld und wartete geduldig, bis auch Helen und der Zwerg ihren ärgsten Hunger gestillt hatten.

»Wie geht es Stern?« fragte sie schließlich.

Helen sah sie an und fuhr sich müde mit dem Handrücken über die Augen. »Nicht gut«, sagte sie. »Aber ich glaube, er überlebt es.« Sie sah das Mädchen neben sich an. »Sie hat ihm das Leben gerettet«, sagte sie leise. »Ich weiß nicht wie, aber sie hat es geschafft.«

Charity wandte sich an Gurk. Sie sagte nichts, aber der Zwerg spürte ihren Blick und ahnte, was sie ihn fragen wollte. Kauend bemerkte er: »Stimmt. Sie hat irgend etwas mit ihm gemacht.«

»Was meinst du damit?« fragte Skudder, der neugierig geworden war.

Gurk zuckte abermals mit den Achseln und verschlang ein Stück Fleisch, das so groß wie seine geballte Faust war.

»Euer Freund ... wird ... leben«, sagte Gyell, der zwar wie gewohnt vor sich hingestarrt, aber offensichtlich auch sehr aufmerksam zugehört hatte.

»Warum tut ihr das?« fragte Charity.

Gyell sah sie fragend an.

Charity deutete auf Hartmann, dann auf sich. »Sie haben uns erzählt, ihr wärt ... ihre Feinde.«

Gyell schüttelte langsam den Kopf. »Nein. Sie sind blind. Wir sehen. Sie sind unsere Feinde. Nicht wir ihre.«

Hartmanns Gesicht verdüsterte sich bei diesen Worten noch mehr, aber zu Charitys Erleichterung sagte er nichts, sondern blickte den Jared nur feindselig an.

»Aber der Angriff gestern abend«, fuhr Charity fort. »Ihr habt den Wagen mit Steinen beworfen und ... eine Falle gestellt.«

Gyell nickte. Sein Blick streifte Hartmann und blieb einen Moment an der Maschinenpistole über seiner Schulter hängen. Doch was Charity in Gyells Augen las, während er die Waffe betrachtete, war weder Zorn noch Furcht, sondern nur eine tiefe Mißbilligung. »Wir wehren uns«, sagte Gyell. »Sie greifen uns an. Wir vertreiben sie.«

»Blödsinn!« sagte Hartmann. »Wir ...«

Charity brachte ihn mit einer hastigen Handbewegung zum Verstummen. »Du willst behaupten, ihr hättet sie niemals angegriffen?« vergewisserte sie sich.

Gyell schüttelte den Kopf und sagte: »Niemals.«

Hartmann lachte abfällig. »Sie haben nur drei unserer Basen überrannt und die Besatzung verschleppt; ein halbes Dutzend Wagen zerstört und den Großteil unserer Vorratsdepots geplündert. Aber sonst sind wir richtig gute Freunde, wissen Sie?«

»Du hörst, was er sagt«, sagte Charity. »Willst du behaupten, daß er lügt?«

»Nein«, antwortet Gyell. »Er glaubt ... die Wahrheit ... zu sagen. Er ist blind. Wir sehen.«

»Was meinst du damit?« fragte sie.

Gyell lächelte. Aber es war ein Lächeln, das Charity einen eisigen Schauer über den Rücken laufen ließ. Mehr denn je hatte Charity plötzlich das Gefühl, einem Wesen gegenüber zu sitzen, dem menschliche Gefühle nicht fremd waren, dem sie aber nicht so viel bedeuteten wie ihr.

»Ihr seid ... anders ... als sie«, sagte Gyell und deutete auf Hartmann und die beiden Soldaten.

Charitys Blick folgte der Geste. Hartmanns Gesicht war völlig ausdruckslos, während Lehmann den Jared mit unverhohlenem Haß anstarrte. Felss hingegen blickte die Bratspieße über dem Feuer und das Fleisch daran an, und Charity konnte sehen, wie dem jungen Soldaten das Wasser im Munde zusammenlief. Er mußte ebenso hungrig und erschöpft wie sie selbst sein.

»Das stimmt«, antwortete sie. »Aber nicht so sehr, wie du glaubst.«

»Sie sind blind«, beharrte Gyell. »Auch ihr ... seid blind. Aber ihr ... könnt nicht ... sehen. Sie wollen nicht.«

Charity schüttelte hilflos den Kopf. »Ich verstehe nicht, was du meinst.«

Gyell machte eine hilflose Geste. »Du hast ... uns geholfen, Charity Laird«, sagte er.

Charitys Augen wurden groß. »Woher kennst du meinen Namen?« fragte sie. Sie war absolut sicher, daß keiner der anderen ihn ausgesprochen hatte, seit sie sich in der Gefangenschaft der Jared befanden.

Gyell überging die Frage. »Du hast auf die ... Ratten geschossen. Nicht ... auf uns.« Er hob wieder die Hand und deutete auf Hartmann. »Sie töten uns. Wir töten sie. Vielleicht können wir ... aufhören.«

»Wunderbar!« knurrte Hartmann. »Gleich wird er eine Friedenspfeife herausholen und sie stopfen.«

»Warum halten Sie nicht endlich den Mund?« fragte Charity matt.

Doch diesmal gehorchte Hartmann nicht. Im Gegenteil – seine Stimme wurde noch schneidender. »Wieso zum Teufel glauben Sie diesem Irren jedes Wort und uns überhaupt nicht?« fragte er. »Fragen Sie ihn, was sie mit all den Männern und Frauen gemacht haben, die sie verschleppen. Fragen Sie ihn, was sie mit Stern gemacht haben. Fragen Sie ihn, ob wir ihn wiedersehen werden!«

»Sehen wir ihn wieder?« fragte Charity den Jared.

Gyell schüttelte langsam den Kopf. »Nein«, antwortete er.

»Aber er wird leben?«

Der Jared nickte. »Er wird sehen. Aber du ... hast meine Frage ... nicht beantwortete. Du hast ... die Eier ... gerettet. Du hast auf ... die Ratten geschossen, nicht ... auf uns. Warum?«

Charity schwieg einen Moment. Im Grunde war es nur ein bloßer Reflex gewesen, eine Handlung, die viel weniger von bewußtem Denken als vielmehr vom Instinkt geleitet gewesen war. »Sie sind nur Tiere«, antwortete sie schließlich.

Gyell schüttelte den Kopf. »Nein. Auch sie sehen.«

Charity blinzelte verwirrt. »Aber ihr habt sie gejagt.«

»Sie essen uns, wir essen sie«, antwortete Gyell. »Sie sehen. Wir sehen.« Er machte eine Kopfbewegung zu Hartmann hinauf. »Sie sind blind. Sie töten nur.«

Charity seufzte. »Ich fürchte, ich verstehe dich nicht«, gestand sie. Gyell nickte, als hätte er keine andere Antwort erwartet. Mit einer erstaunlich fließenden, fast anmutigen Bewegung, die seinem zerlumptem Äußeren Hohn sprach, stand er auf und deutete auf die gewaltige Kathedrale hinter ihnen. »Komm mit«, sagte er. »Vielleicht wirst du dann ... verstehen.«

Charity und die anderen erhoben sich, und Gyell erhob auch keine Einwände, als sich auch Hartmann und seine beiden Begleiter ihnen anschlossen.

Sie näherten sich dem Dom, dessen gigantische Tore offenstanden. Als sie hindurchtraten, war Charity im ersten Moment beinahe blind, denn ihre Augen hatten sich an das grelle Sonnenlicht draußen gewöhnt. Ein kalter, sonderbar stechender Geruch schlug ihr entgegen und ließ sie frösteln, und sie nahm schattenhafte Bewegung in dem riesigen, gefliesten Innenraum vor sich wahr.

Neben ihr stieß Skudder plötzlich einen überraschten Ruf

aus, und sie sah aus den Augenwinkeln, wie Hartmann zusammenfuhr und einer seiner beiden Soldaten erschrocken und in einer unbewußten Bewegung nach seiner Waffe griff. Der riesige Innenraum war nicht leer. Von der ehemaligen Einrichtung war nichts mehr geblieben, aber auf dem gesprungenen Mosaikmuster des Bodens lagen Dutzende, wenn nicht Hunderte formloser, dunkler ... *Dinge*, die zu pulsieren und zu zittern schienen. Zahllose Jared bewegten sich zwischen diesen pulsierenden Klumpen hin und her, und hoch über ihren Köpfen, unter dem gewaltigen gotischen Spitzbogen des Daches ...

Charity unterdrückte mit letzter Kraft einen erschrockenen Aufschrei. Was sie sah, war mit nichts zu vergleichen, was sie jemals zu Gesicht bekommen hatte. Ein Gespinst armdicker, glitzernder, grauer Fäden verwandelte das Dach des Domes in ein titanisches, zuckendes Spinnennetz, in dem sich zahllose dunkle Körper auf glitzernden Gliedern bewegten. Riesige Tropfen einer farblosen, zähen Flüssigkeit drohten herunter zu fallen, ohne sich wirklich zu bewegen. Einige Jared krabbelten emsig auf einem Gestell aus Stahlrohren auf und ab, das sich vom Boden bis unter die Decke spannte.

Und im Zentrum dieses riesigen Gespinstes hockte wie eine absurd große Spinne ein Ungeheuer.

Charity wußte, was sie vor sich hatte, und trotzdem war der Anblick fast mehr, als sie ertragen konnte.

Die *Ameise* war ein Gigant, dreißigmal so groß wie die Krieger und Arbeiterinnen, und mit einem unförmig aufgedunsenen Leib und riesigen Augen, die voller kalter, berechnender Bosheit auf Charity und die anderen herunterstarrten, die es wagten, in ihr Reich einzudringen. Ihr unförmiger, aufgequollener Hinterleib befand sich in beständiger, pumpender Bewegung und stieß glitzernde Kokons aus; große Eier, unter deren durchsichtiger Oberfläche sich zusammengekrümmte, spinnengliedrige Körper bewegten.

»Das Nest!« murmelte Hartmann. »Verdammt, ich wußte, daß es ein zweites gibt.«

»Habt keine Angst«, sagte Gyell, der ebenfalls stehengeblieben war. »Euch wird nichts ... geschehen.«

Charity schluckte mehrmals, um den bitteren Kloß loszuwerden, der plötzlich in ihrem Hals saß. Sie glaubte Gyell.

Selbst wenn dieses gigantische Monster gewollt hätte — sie war gar nicht in der Lage, ihnen irgend etwas zu tun. Ihre Beine, so riesenhaft sie auch waren, waren viel zu schwach, um den aufgeblähten Hinterleib zu tragen. Das riesige Netz, in dem sie hockte, glich einem Gefängnis, das sie Zeit ihres Lebens nicht mehr verlassen würde. Aber der bloße Anblick dieses *Ameisen*ungeheuers lähmte sie.

Seit sie den Schlaftank unter den nordamerikanischen Bergen verlassen hatte, hatte sie sich so oft unter den Invasoren von Moron bewegt, daß ihr Empfinden für die Fremdartigkeit dieses Insektenvolkes abgestumpft war. Aber jetzt war es wieder da, stärker und bedrückender denn je. Sie hatte das Gefühl, nicht mehr atmen zu können. Jeder Mut, jede Kraft schien sie verlassen zu haben. Sie wollte nur noch herumfahren und aus diesem gräßlichen Gebäude stürzen.

»Kommt«, sagte Gyell noch einmal. »Ihr habt nichts zu befürchten.«

Fast beiläufig registrierte Charity, daß er plötzlich schneller und flüssiger sprach, fast als lerne er seine Sprache neu.

Zögernd gingen sie ein paar Schritte weiter, dann blieb Felss plötzlich stehen und deutete mit ausgestrecktem Arm und ungläubig aufgerissenen Augen auf eine der heruntergekommenen Gestalten, die sich zwischen den vibrierenden Eierkokons auf dem Boden bewegte. »Roland!« rief er überrascht aus. »Das ist Roland, Herr Leutnant! Sehen Sie doch!«

Hartmanns Blick folgte dem ausgestreckten Arm des jungen Soldaten. Einen Moment lang sah er die verdreckte Gestalt stirnrunzelnd an, auf die Felss deutete, dann schüttelte er den Kopf. »Nein«, antwortete er. »Das ist er nicht. Sie täuschen sich.«

»Aber . . .«

»Sie irren sich, Felss«, sagte Hartmann noch einmal mit harter Stimme, so daß Felss nicht wagte, ihm zu widersprechen.

Aber Charity fühlte, daß Hartmann log. Auch er hatte den Mann erkannt, auf den Felss gedeutet hatte. Während sie weitergingen, betrachtete sie die schlanke Gestalt aufmerksam. Der Mann unterschied sich nicht von den anderen Jared. Auch sein Haar war lang und verfilzt, auch sein Gesicht war fast völlig unter einem struppigen Bart verschwunden, und auch er war in Fetzen gekleidet, allerdings in die Fetzen einer hellgrünen Uniform. Sein

Blick aber war leer, und in seinen Augen war kein Erkennen, als er aufsah und die vorübergehende Gruppe musterte.

Charity atmete erleichtert auf, als sie das Kirchenschiff durchquert hatten und einen kleineren Raum betraten. Wozu er einmal gedient hatte, war nicht mehr festzustellen, denn seine gesamte Einrichtung war entfernt worden. Die Wände waren völlig unter einem Muster aus rankenden Pflanzen und den gleichen, grauschwarzen Fäden verborgen, die auch das Netz der Ameisenkönigin bildeten. Als Charity versehentlich einen dieser Stränge berührte, stellte sie überrascht fest, daß er sich warm und lebendig anfühlte, obwohl er schleimig und kalt aussah.

Als sie den Raum durch eine rückwärtige Tür wieder verlassen wollten, sah sie etwas, das sie abermals entsetzt stehenbleiben ließ.

In einem Winkel neben der Tür lag eine Gestalt: ein gewöhnlicher Jared mit Armen und Schultern, doch von den Hüften abwärts begann sich sein Körper zu verändern. Seine Haut war rissig und hart geworden, wie schwarzes Horn, das unter Hammerschlägen zerborsten war. Aus seiner rechten Hüfte wuchs ein dicker, pulsierender Strang, der mit dem lebenden Netz an den Wänden verbunden war, und seine Unterschenkel waren vollständig unter der grauen, pulsierenden Masse verschwunden.

Neben ihr schlug Hartmann entsetzt die Hand vor den Mund. Er begann krampfhaft zu schlucken, als kämpfe er mit aller Macht dagegen an, sich übergeben zu müssen. Felss stieß einen würgenden Laut aus und drehte sich mit einem Ruck um, und selbst Skudder fuhr zusammen und erblaßte. Nur Gurk und Helen zeigten keine sichtbare Reaktion.

»Gott im Himmel!« stieß Hartmann schließlich hervor. »Was . . . was ist hier passiert?«

»Es ist nicht das, was . . . ihr glaubt«, antwortete Gyell, wobei er aber nicht Hartmann, sondern Charity ansah. Er machte eine einladende Geste auf die Tür hinter sich. »Kommt mit. Dann werdet ihr . . . begreifen.«

Hartmann starrte den Jared aus Augen an, die dunkel vor Entsetzen waren. Seine Lippen zitterten, aber seine Stimme versagte; er brachte nur einen krächzenden, unverständlichen Laut hervor. Zitternd hob er die Hand und deutete auf die halb eingesponnene, reglose Gestalt zu seinen Füßen. »Ihr ... verdammten ... Bestien!« stieß er mühsam hervor. »Was habt ihr mit meinen Männern gemacht? Was habt ihr ihnen angetan?«

»Nichts«, antwortete Gyell ruhig. »Du ...«

Plötzlich schrie Hartmann auf, prallte zwei Schritte zurück und versuchte, die Waffe von seiner Schulter zu zerren. Kyle schlug ihm mit einer blitzschnellen Bewegung die Hand herunter, doch Lehmann stürzte sich mit einem wütenden Schrei vor, um seinem Vorgesetzten zu Hilfe zu kommen. Kyle machte eine blitzschnelle Bewegung, und Lehmann schien wie von Zauberhand den Boden unter den Füßen zu verlieren und segelte in hohem Bogen durch den Raum, ehe er mit furchtbarer Wucht gegen die gegenüberliegende Wand prallte. Noch bevor er zu Boden sank, hatte Skudder seine Waffe gezogen und richtete sie drohend auf Felss.

»Bitte, Hartmann«, sagte Charity beschwörend. »Seien Sie vernünftig!«

Hartmanns Blick wanderte unstet zwischen ihr, der reglosen Gestalt auf dem Boden und dem Jared hin und her. Seine Augen flackerten vor Entsetzen, und er zitterte am ganzen Leib. Aber er versuchte nicht noch einmal, seine Waffe zu ergreifen.

»Ihr seid ja wahnsinnig!« stammelte er. »Ich ... ich gehe keinen Schritt mehr weiter. Ich ... ich will hier raus!«

Und damit fuhr er herum und stürzte aus dem Raum. Felss zögerte. Er machte eine Bewegung, als wolle er ihm folgen, drehte sich dann aber herum und ging rasch zu seinem gestürzten Kameraden, um ihm auf die Beine zu helfen. Lehmann war benommen, aber bei Bewußtsein und offensichtlich nicht schwer verletzt. Er blutete aus einer Platzwunde über dem linken Auge, und als er aufzutreten versuchte, verzerrte sich sein Gesicht vor Schmerz. Er wäre gestürzt, hätte ihn Felss nicht gepackt. Auf die Schulter seines Kameraden gestützt, humpelte er hinter Hartmann her.

»Vielleicht ist es besser ... wenn ihr ihnen ... nachgeht«, sagte Gyell langsam. »Sie haben Angst. Ich ... verstehe das. Sie wissen nicht ... was sie ... tun.«

Charity blickte den Jared einen kurzen Moment Verzeihung heischend an, dann drehte auch sie sich ohne ein Wort um und beeilte sich, Hartmann und den beiden Soldaten zu folgen.

11

Glitzernder Chrom. Ein stählerner Raum. Augen, die ihn anstarrten. Ein Finger aus kaltem, hartem Horn, der sein Augenlid anhob. Ein grelles Licht, das grausam in seine Augen schien und ihm Schmerz zufügte. Und dünne Nadeln, die sich wie die Giftzähne metallener Schlangen in sein Fleisch bohrten und ihm noch mehr Schmerz zufügten.

Stone versuchte sich zu bewegen, aber er konnte es nicht. Er lag nackt auf einem Tisch aus kaltem Chromstahl, und obwohl sein Körper vollkommen betäubt und jeder einzelne Nerv abgeschaltet worden war, spürte er doch, daß er an Händen und Füßen gefesselt war.

»Seid Ihr wach, Herr?«

Stone bewegte die Augen – den einzigen Teil seines Körpers, den er noch kontrollieren konnte – und sah Luzifer an. Die riesige *Ameise* stand neben dem Kopfende der Metalliege und starrte auf ihn herab. Wieder bildete sich Stone ein, ein schadenfrohes, böses Glitzern in ihren ausdruckslosen Kristallaugen zu erkennen. Er deutete mit den Augen ein Nicken an.

»Verstehen Sie, was ich sage?«

Ein erneutes Nicken.

»Wir sind zurück«, sagte Luzifer. »Sie brauchen keine Angst mehr zu haben. Sie sind nicht mehr in Gefahr.«

Für einen Moment war Stone beinahe froh, vollständig gelähmt und hilflos zu sein. Wäre es anders gewesen, hätte er schrill und wahnsinnig aufgelacht.

»Alle notwendigen Vorkehrungen sind getroffen«, fuhr Luzifer fort. »Die Techniker haben einige Rückenmarksproben entnommen, um einen neuen Körper zu züchten. Aber der Reifeprozeß wird eine Zeit in Anspruch nehmen. Ich habe Befehl gegeben, Sie in einen Heilschlaf zu versetzen.«

Stone bewegte hektisch die Augen von rechts nach links und wieder zurück, um ein Kopfschütteln zu verdeutlichen.

»Sie wünschen das nicht?« fragte Luzifer.

Nein, signalisierte ihm Stone.

»Es kann lange dauern«, gab Luzifer zu bedenken. »Unter Umständen Wochen Eurer Zeitrechnung, Herr. Und es wird sehr unangenehm sein. Sie werden große Schmerzen ertragen müssen.«

Nein, signalisierte ihm Stone. Er durfte nicht schlafen. Er durfte nicht das Bewußtsein verlieren, nicht zu einem hilflosen Stück Fleisch werden, mit dem sie machen konnten, was sie wollten.

»Wenn es Ihr Wunsch ist, so werde ich dafür sorgen, daß Sie wach bleiben«, sagte Luzifer. »Aber es besteht kein Grund dazu.«

Nein, sagten Stones Augen, und Luzifer widersprach nicht mehr. Er *mußte* wach bleiben. Vielleicht würde er einen Ausweg finden, vielleicht würde ein Wunder geschehen, sein Körper würde sich so weit erholen, daß es nicht nötig war, die Bewußtseinsübertragung vorzunehmen.

Denn wenn das geschah, dann war er so gut wie tot.

Sie fanden Hartmann und seine beiden Begleiter am Fluß. Felss hatte sich in den Sand gesetzt und starrte auf die Wellen hinaus, während Hartmann und Lehmann leise miteinander redeten.

Als Charity, Kyle und Skudder näher kamen, unterbrachen sie ihr Gespräch, und Hartmann drehte sich demonstrativ herum. Lehmann starrte Kyle voller unverhohlenem Haß an, sagte aber nichts.

Charity ging an ihm vorüber und blieb neben Felss stehen. »Alles in Ordnung?« fragte sie, als der junge Soldat mit kalkweißem Gesicht zu ihr aufblickte. Felss zögerte einen Moment, dann nickte er, und Charity wandte sich nach einem flüchtigen Lächeln um und ging die wenigen Schritte zu Hartmann hinüber. Der Leutnant blickte sie einen Moment lang durchdringend an, dann machte er einige Schritte und blieb erst stehen, als er fast bis zu den Knöcheln im Wasser des Flusses stand. Mit einer ruckhaften Bewegung zog er eine Zigarettenschachtel aus der Tasche, ließ sein Feuerzeug aufschnappen und zündete sich eine Zigarette an.

»Geben Sie mir auch eine?« fragte Charity, als er die Packung wieder einstecken wollte.

Hartmann zögerte, hielt ihr aber dann die fast leere Schachtel hin und gab ihr Feuer.

»Ich wußte gar nicht, daß Sie rauchen«, sagte er, als sie den ersten Zug genommen hatte und sich an seine Seite stellte.

Charity unterdrückte ein Husten und antwortete: »Es ist gute fünfzig Jahre her, daß ich damit aufgehört habe.«

Hartmann lächelte flüchtig. »Manche Laster wird man nie los.«

Eine Zeitlang standen sie einfach nebeneinander da, blickten auf den Fluß hinaus und rauchten. Charity spürte, wie die Spannung allmählich aus Hartmann wich. Sie konnte durchaus verstehen, daß er die Beherrschung verloren hatte. Auch sie selbst war für Augenblicke vor Entsetzen wie gelähmt gewesen. »Es war schlimm, nicht?« fragte sie leise. Hartmann sog an seiner Zigarette, blies den Rauch durch die Nase aus und nickte, ohne sie anzusehen.

»Ja. Es . . . tut mir leid.«

»Was?«

»Daß ich mich so habe gehenlassen«, antwortete Hartmann. »Das hätte nicht geschehen dürfen.«

»Wir sind alle nur Menschen.« Charity versuchte zu lächeln, aber sie spürte selbst, wie wenig überzeugend es aussah. »Ich war selbst nahe daran, hysterisch loszubrüllen«, gestand sie schließlich.

Hartmann blickte sie zweifelnd an. »Es tut mir leid«, sagte er noch einmal. »Aber es war einfach zuviel. Ich ... ich dachte, sie würden sie umbringen.«

»Wen?«

Hartmann machte eine Kopfbewegung auf die Kathedrale. »Unsere Männer, die sie verschleppt haben.«

»Dann hatte Felss recht«, sagte Charity. »Er hat den Mann wirklich erkannt?«

Hartmann nickte. »Ja. Und ich glaube, ich habe noch einen oder zwei andere erkannt. Es war einfach zuviel. Ich ... dachte, sie wären tot.«

»Finden Sie es schlimmer, daß sie leben?«

Hartmann nickte. »Sehen Sie, Captain Laird, Sie sind ein Soldat wie ich. Aber es gibt einen Unterschied.«

»So?« fragte Charity. »Welchen?«

»Ich bin vielleicht nur ein einfacher Leutnant«, antwortete Hartmann. »Ich habe nicht gelernt, ein Raumschiff zu fliegen. Ich habe vielleicht nicht einmal Ahnung von moderner Computerstrategie, aber ich habe kämpfen gelernt, seit dieser ganze Wahnsinn begonnen hat. Ich habe Männer sterben sehen und selbst welche getötet. Der Tod ist schlimm, aber er gehört nun einmal zum Leben eines Soldaten. Man akzeptiert ihn, oder man ist kein Soldat.« Er deutete abermals auf den Dom. »Ich ertrage den Gedanken, eines Tages sterben zu müssen. Aber das da drinnen ist ... grauenhaft. Diese Männer dort waren einmal meine Kameraden. Jetzt sind sie keine Menschen mehr. Sie sind ...« Er sprach nicht weiter.

»Ich verstehe, was Sie meinen«, sagte Charity leise. »Aber ich bin nicht sicher, daß sie recht haben.«

»So?« Hartmann lachte humorlos und sehr bitter.

»Nein«, antwortete Charity. »Ich glaube, daß ... hier irgend etwas Gewaltiges vorgeht.« Sie spürte selbst, wie falsch ihre Worte klangen. Aber sie fand keine anderen. Es war ihr unmöglich, wirklich auszudrücken, was sie fühlte.

»Sie glauben all diesen Unsinn wirklich, den Ihnen Gyell erzählt hat, nicht wahr?« fragte Hartmann. »All dieses Zeug von Sehenden und Blinden.«

»Sie nicht?« gab Charity zurück. Hartmann wollte antworten, aber sie hob rasch die Hand und fuhr fort. »Seien Sie ehrlich, Hartmann – im Grunde haben Sie längst begriffen, daß Sie sich geirrt haben. Diese Menschen sind nicht Ihre Feinde.«

»Sie sind keine Menschen mehr«, widersprach Hartmann erregt.

»Das kann sein«, gestand Charity. »Aber sie sind auch nicht das, wofür Sie sie halten.«

»Und was sind sie dann?« fragte Hartmann.

Charity zuckte mit den Achseln. »Ich weiß es nicht«, gestand sie. »Vielleicht eine neue Lebensform, etwas, wofür wir noch keine Worte haben.« Hartmanns Lippen wurden zu einem schmalen, blutleeren Strich. Plötzlich loderte der Zorn in seinen Augen wieder auf. Aber ehe er antworten konnte, stieß Lehmann plötzlich einen überraschten Ruf aus und deutete mit dem Arm über den Fluß.

Charitys Blick folgte der Geste, und einen Moment später sah auch sie, was den jungen Soldaten so erschreckt hatte: Von der anderen Seite des Flusses raste ein silberner Funke heran. Und in das leise Plätschern der Wellen mischte sich ein schrilles Heulen, das Charity wie kaum etwas anderes zu fürchten gelernt hatte.

»Ein Gleiter!« sagte Hartmann. Zornig schleuderte er seine Zigarette ins Wasser und starrte sie an. »Ich glaube, das reicht als Antwort auf die Frage, ob sie unsere Feinde sind oder nicht!«

Charity wollte antworten, aber Hartmann fuhr plötzlich herum, deutete mit einer herrischen Geste auf Felss und Lehmann und sprang mit einem einzigen Satz in die Deckung eines Gebüschs. Die beiden Soldaten folgten ihm einen Moment später, wobei sie ihre Waffen von den Schultern rissen und entsicherten.

Charity zögerte noch einen Moment. Der Gleiter kam rasend schnell näher, aber irgend etwas in ihr weigerte sich einfach, zu glauben, daß Hartmann recht hatte. Trotzdem verschwand auch sie mit einem Satz im nächsten Gebüsch, in dem auch Hartmann und seine beiden Begleiter verschwunden waren. Rechts und links von ihr duckten sich auch Kyle und Skudder unter die überhängenden Zweige.

Als sie sich neben Hartmann auf die Knie sinken ließ, steckte der Leutnant hastig etwas in die Tasche seiner Uniformjacke. Charity konnte nicht genau erkennen, aber für einen winzigen Moment sah Hartmann sie beinahe schuldbewußt an. Ehe sie jedoch den Gedanken weiterverfolgen konnte, war der Gleiter über ihnen.

Das Schiff schoß mit irrsinniger Geschwindigkeit heran, daß sie fast glaubte, es wollte sich geradeweg auf die Kathedrale stürzen. Im letzten Moment bremste es ab, und begann, lautlos zu Boden zu sinken. Neben ihr hob Hartmann das Gewehr und visierte den Gleiter durch das Zielfernrohr an. Charity wußte, daß er nicht schießen würde. Mit einer Maschinenpistole auf einen Moroni-Gleiter zu feuern war reiner Selbstmord.

Der Gleiter befand sich keine zwanzig Meter von ihrem Versteck entfernt. Auf seiner Unterseite öffnete sich eine Luke, und eine glitzernde Metallzunge schob sich heraus. Eine Abordnung stelzbeiniger *Ameisen* marschierte aus dem Schiff und steuerte auf die Kathedrale zu.

»Nicht schießen!« flüsterte Hartmann gepreßt. »Ihr feuert erst auf mein Kommando.«

Die Worte galten offensichtlich Felss und Lehmann, aber Charity hob hastig die Hand und drückte das Gewehr in Hartmanns Armen mit sanfter Gewalt herunter.

»Sind Sie wahnsinnig?« flüsterte sie erschrocken.

Hartmann riß mit einer trotzigen Bewegung sein Gewehr wieder an sich und funkelte sie an. »Warum?« zischte er. »Weil ich es vorziehe, mich zu wehren, statt mich abschlachten zu lassen?«

Charity deutete zornig auf den gelandeten Gleiter. »Sind Sie blind, oder einfach nur dumm?!« erwiderte sie aufgebracht. »Sie sind nicht unseretwegen hier, begreifen Sie das nicht?«

Das wütende Funkeln in Hartmanns Augen verschwand nicht, aber er schwieg zumindest und konzentrierte sich wieder auf den Gleiter.

Tatsächlich machten die *Ameisen* keine Anstalten, sich auf ihr Versteck zuzubewegen, sondern schritten in den Dom hinein. Zwei weitere Insektengeschöpfe waren aus dem Gleiter getreten, die aber reglos neben dem gelandeten Fahrzeug stehenblieben. Die Jared schienen überhaupt keine Notiz von dem

Gleiter zu nehmen. Einige von ihnen hatten sich von ihren Plätzen erhoben, um dem landenden Fahrzeug auszuweichen, die anderen jedoch beschäftigten sich weiter mit den Dingen, die sie vor seiner Ankunft getan hatten. Kaum einer von ihnen machte sich auch nur die Mühe, dem Gleiter einen Blick zuzuwerfen.

»Ihr sauberer Freund hat uns verraten!« sagte Hartmann gepreßt. »Sie werden es sehen. In spätestens fünf Minuten kommen sie zurück. Aber ich werde meine Haut so teuer wie möglich verkaufen.«

Charity verzichtete darauf, überhaupt zu antworten. Sie war fast sicher, daß Hartmann sich täuschte.

»Wo sind Ihre Freunde?« fragte Hartmann plötzlich. Eine Sekunde lang sah er Charity an, dann blickte er sich erschrocken um, als fiele ihm erst jetzt auf, daß Net, Helen und Abn El Gurk nicht bei ihr gewesen waren, als Charity aus dem Dom trat.

»Sie sind im Inneren geblieben«, antwortete Charity. »Helen und Gurk wollten sich um Ihren Mann kümmern, und Net . . .« Sie verstummte erschrocken. *Net würde das Geräusch des landenden Gleiters mit Sicherheit gehört haben!* dachte sie entsetzt. Und wenn sie einen Fehler beging oder gar herauskam, um nachzusehen, was geschah, dann würden die *Ameisen* sie erblicken – und dann war alles aus.

Und als wäre dieser Gedanke ein Stichwort gewesen, tauchte Net im Eingang zur Kathedrale auf.

Charitys Hertz machte einen schmerzhaften Sprung, als sie sah, daß die *Ameisen* die oberste Stufe der Treppe erreicht hatten. Auch Net fuhr erschrocken zusammen. Mit einer hastigen Bewegung prallte sie zurück, zog ihre Waffe – und erstarrte zur Reglosigkeit, als die *Ameisen* ungerührt kaum eine Armeslänge an ihr vorbeimarschierten!

Die Insektenkrieger mußten Net zweifelsfrei erkannt haben, denn in ihrem gefleckten Tarnanzug und mit der schweren Laserwaffe im Arm fiel sie inmitten der zerlumpten Jared so sehr auf, wie es nur möglich war. Aber sie schienen sich überhaupt nicht für sie zu interessieren. Nicht eines der riesigen Geschöpfe wandte auch nur den Kopf, um sie anzusehen.

»Was . . . geht da vor?« flüsterte Hartmann ungläubig.

Ich wollte, ich wüßte es, dachte Charity. Laut, aber mit stockender Stimme sagte sie: »Ich habe Ihnen doch gesagt, Hartmann, sie sind nicht unseretwegen hier.«

»Aber weswegen dann?« murmelte Hartmann.

Ein Geräusch in der Nähe ließ Charity aufsehen. Kyle kam auf Händen und Knien durch das Gebüsch zu ihnen herangekrochen. Ein Ausdruck von Schrecken glitt über sein Gesicht, als er das Gewehr in Hartmanns Händen sah, aber Charity schüttelte rasch und beruhigend den Kopf.

»Die Waffen weg!« flüsterte er. »Sie sind wegen der Königin hier, nicht unseretwegen.«

Hartmann sah den Megamann durchdringend an, senkte das Gewehr aber keinen Millimeter. »Weshalb?«

Kyle deutete mit einer Handbewegung auf den Dom. »Sie wollen zum Nest. Wahrscheinlich wissen sie nicht einmal, daß wir hier sind. Aber wenn wir einen Fehler machen, dann werden sie es sehr schnell herausbekommen.«

»Net ist dort drüben«, sagte Charity, ehe Hartmann Gelegenheit zur Antwort fand. »Kannst du sie holen, ohne daß sie uns bemerken?«

Kyle nickte. Fast lautlos erhob er sich, bog die Zweige vor ihrem Versteck auseinander und richtete sich auf.

»Was haben Sie vor?« fragte Hartmann.

Kyle antwortete nicht, sondern richtete sich weiter auf; er sah sich unauffällig nach allen Seiten um und begann dann langsam auf den gelandeten Gleiter zu zu gehen. Eine gespenstische Veränderung ging mit ihm vor: Sein Haar färbte sich heller, verlor seine glänzende, schwarze Farbe und nahm einen stumpfgrauen, schmutzigen Ton an. Gleichzeitig schien es länger zu werden. Eine zuckende Wellenbewegung lief über seinen schwarzen Anzug. Das Material zog sich zusammen, wurde heller und poröser – und war plötzlich keine hautenge, schwarze Montur mehr, sondern ein zerfetztes Etwas, das sich in nichts von den Lumpen unterschied, die die Jared trugen. Auch Kyles Art zu gehen veränderte sich. Er bewegte sich plötzlich schlurfend und mühsam.

Hartmanns Augen quollen vor Unglaube fast aus den Höhlen, als er sah, was mit Kyle geschah. »Oh, mein Gott!« flüsterte er. »Wie . . . wie hat er das gemacht?«

»Das erkläre ich Ihnen später«, antwortete Charity ausweichend. »Jetzt seien Sie bitte still. Er wird versuchen, Net zu warnen und hierher zu bringen.«

»Aber das . . . das ist doch nicht möglich«, stammelte Hartmann. Er schien ihre Worte gar nicht gehört zu haben. »Das ist Zauberei!«

»Nicht ganz«, sagte Charity.

Gebannt und mit klopfendem Herzen sah sie zu, wie sich Kyle der Flugscheibe näherte und in weniger als fünf Metern Abstand daran vorbeiging. Die Blicke einer der beiden *Ameisen*, die neben dem Gleiter Aufstellung genommen hatten, folgten ihm, aber Kyles Verkleidung täuschte auch diese Geschöpfe. Unbehelligt überquerte er den großen Platz, ging die Treppe zur Kathedrale hinauf und trat auf Net zu. Charity konnte nicht genau erkennen, ob er mit ihr redete oder ihr auf andere Weise zu verstehen gab, was er von ihr wollte, aber nach einer Weile drehten sich beide wieder herum und kamen mit langsamen, fast gemächlichen Schritten die Treppe herab.

Leutnant Hartmann starrte sie durchdringend an. »Ich glaube, wenn das alles hier vorbei ist«, sagte er, »sind Sie mir eine Menge Erklärungen schuldig, Captain Laird.«

»Ja«, entgegnete Charity kalt. »Wenn das alles vorbei ist.«

Ohne weiter auf Hartmanns zornige Blicke zu achten, verfolgte sie gebannt, wie Net und Kyle sich ihrem Versteck näherten. Wie von dem gelandeten Gleiter nahmen die Jared auch von ihnen keinerlei Notiz, und auch diesmal passierten Kyle und die Wasteländerin die Flugscheibe in wenigen Metern Abstand, ohne daß die beiden *Ameisen* ihnen mehr als einen flüchtigen Blick zuwarfen. Sie schlugen einen weiten Bogen zum Fluß hin, bis sie einige Bäume zwischen sich und den Gleiter gebracht hatten und nicht mehr direkt gesehen werden konnten. Die letzten Meter überwanden sie geduckt und in schnellem Tempo. Nets Atem ging schnell, als sie sich neben Charity und Hartmann auf die Knie fallen ließ, während Kyle – der jetzt wieder Kyle war und kein Jared – nicht die geringste Spur von Anstrengung zeigte.

Hartmann musterte den Megamann aus ungläubig geweiteten Augen, ehe er sich wieder an Net wandte. »Wo sind die anderen?«

»Sie sind bei Stern. In einem Raum unter dem Dom. Ich glaube nicht, daß die *Ameisen* sie sehen.«

»Was tun sie dort drinnen?«

Net schüttelte den Kopf. »Ich weiß es nicht«, antwortete sie. »Sie tun irgend etwas . . . mit den Eiern. Ich konnte nicht erkennen, was.«

»Und Sie?!« Das Mißtrauen in Hartmanns Stimme war unüberhörbar. »Wieso haben sie Sie in Ruhe gelassen?«

»Woher soll ich das wissen?« antwortete Net gereizt. »Verdammt, ich bin froh, daß ich noch lebe.«

»Wo ist Gyell?« fragte Charity.

Net machte eine Kopfbewegung auf den Turm. »Bei den *Ameisen.*«

»Konntest du erkennen, was sie tun?«

»Wahrscheinlich ist er gerade dabei, ihnen zu verraten, wo sie uns finden«, sagte Hartmann.

»Ich glaube nicht, daß sie das interessiert«, sagte Net.

»Wieso?«

Net zuckte mit den Schultern. »Ich weiß nicht. Aber ich . . . hatte das Gefühl, daß sie sich nicht besonders für uns interessieren. Sie sind kaum einen Meter an mir vorbeigegangen. Sie hätten mich nur zu packen brauchen.«

»Vielleicht wollen sie uns alle zusammen haben«, knurrte Hartmann.

»Kaum«, antwortete Charity, »es sei denn . . .«

Sie verstummte mitten im Wort, als Kyle die Hand hob und überrascht auf den Gleiter deutete. Die beiden *Ameisen*, die bisher reglos neben dem gelandeten Fahrzeug gestanden hatten, fuhren plötzlich herum und rannten auf wirbelnden Beinen die Rampe hinauf. Die Tür begann sich zu schließen, und plötzlich drang ein hohes Pfeifen aus dem Rumpf des Fahrzeuges.

»Was geht da vor?« fragte Charity erschrocken.

Sie bekam die Antwort auf diese Frage schneller, als ihr lieb war. Aus dem hellen Pfeifen des Gleiters wurde ein schrilles, in den Ohren schmerzendes Heulen, und plötzlich kam auch in die *Ameisen*, die mit Eiern beladen aus dem Dom kamen, hektische Bewegung. Der Gleiter sprang mit einem Satz in die Höhe, während die Jared und die *Ameisen* in allen Richtungen davonstürzten.

»In Deckung!« brüllte Hartmann. Gleichzeitig ließ er sich nach vorn fallen und schlug schützend die Hände über den Kopf. Irgendwo am Himmel hinter ihnen blitzte es rot und unerträglich grell auf, und Charity sah eine dünne Spur aus blutrotem Licht, die einen Riß in den Himmel zu brennen schien, dann warf sich Kyle mit weit ausgebreiteten Armen gleichzeitig auf Net und sie und riß sie beide zu Boden. Im selben Moment traf irgend etwas den Gleiter, warf ihn herum und explodierte. Das Fahrzeug überschlug sich, fand aber wie durch ein Wunder noch einmal auf seinen Kurs zurück und versuchte mit schrill aufheulenden Motoren, erneut an Höhe zu gewinnen. Eine Sekunde lang sah es fast so aus, als würde es dem Piloten tatsächlich gelingen, den Gleiter wieder unter Kontrolle zu bringen, dann gab es eine zweite Explosion, und das Fluggerät stürzte auf die Kathedrale.

Charity schloß geblendet die Augen, als das Fahrzeug explodierte. Trotzdem war der Feuerball so grell, daß sie vor Schmerz aufstöhnte. Der Boden zitterte. Mit einem ungeheueren Donnern und Krachen brach die südliche Wand des Domes zusammen. Charity wälzte sich stöhnend herum, preßte die Hand gegen die Augen und arbeitete sich auf Hände und Knie hoch. In ihren Ohren schien das Donnern der Explosion kein Ende zu nehmen. Erst nach einer Sekunde begriff sie, daß das Krachen und Bersten der Explosion tatsächlich noch anhielt. Überall auf dem weiten Platz vor ihnen flammten grelle, weiße Feuerbälle auf, stießen rote und grüne Laserblitze vom Himmel und rissen die Staubspuren von MG-Salven den Boden auf.

Verzweifelt versuchten die Jared, dem Beschuß auszuweichen, aber Charity sah, wie Dutzende von ihnen getroffen wurden und zu Boden gingen. Und auch unter den *Ameisen* wütete das Laserfeuer.

Entsetzt hob Charity den Blick und starrte die drei Helikopter an, die über der Lichtung kreisten. Es waren schlanke, grün und erdbraun gefleckte Maschinen, deren Rümpfe die Form stählerner Haifische hatten und aus deren Heckturbinen grelle Flammenzungen schossen, während sie mit ruckhaften, unglaublich schnellen Bewegungen über die Lichtung rasten.

»Hartmann!« schrie sie. »Was bedeutet das?!«

Aber Hartmann antwortete nicht, und als Charity sich zu ihm umwenden wollte, stellte sie fest, daß er zusammen mit seinen beiden Begleitern auf die Lichtung gelaufen war, obwohl das Feuer der drei Hubschrauber so wütend und ungezielt war, daß sie sich damit auch selbst in Gefahr brachten.

»Dieser Idiot!« schrie Skudder. »Das war alles geplant! Er hat uns hereingelegt!«

Eine Granate schlug in unmittelbarer Nähe ihres Verstecks ein. Charity duckte sich hastig und riß die Arme über den Kopf, als ein Regen aus Erdreich und brennendem Holz auf sie herunterprasselte. Dann fuhr sie herum und stürmte hinter Hartmann her, wobei sie beide Hände hoch über den Kopf riß und heftig winkte. Überall rings um sie herum explodierten MG-Salven und grelle Laserblitze, und sie betete, daß die Piloten in den Helikoptern ihre blaue Space-Force-Uniform erkannten.

»Hartmann!« schrie sie, so laut sie konnte. »Aufhören! Sie sollen aufhören! Das ist Wahnsinn!«

Der Leutnant hatte die Mitte der Lichtung erreicht und war stehengeblieben. Charity beobachtete, daß er ein kleines Gerät in der Hand hielt, in das er hastig hineinsprach – und plötzlich erinnerte sie sich wieder daran, daß er etwas versteckt hatte, als sie ihn in dem Gebüsch erreicht hatte. Und jetzt wußte sie auch, was es gewesen war. Sie hatte sich Hartmann bis auf zwanzig Schritte genähert, als eine ganze Salve grellroter Laserblitze den Boden vor ihr aufriß und in einen See aus kochender, rotglühender Lava verwandelte. Mit einer verzweifelten Bewegung warf sie sich zur Seite. Ein betäubender Schmerz schoß durch ihr rechtes Bein und ihre Schulter, und einen Moment lang war sie benommen und hatte kaum die Kraft, sich herumzudrehen, um zu Hartmann zu blicken.

Zwei der drei Helikopter machten noch immer Jagd auf die Jared und die wenigen überlebenden *Ameisen*, während sich der dritte dem Dom näherte. Charity schrie entsetzt auf, als sie begriff, was der Pilot vorhatte.

Der Helikopter näherte sich mit heulenden Rotoren dem gewaltigen Tor des Domes. Eine Sekunde hing er reglos in der Luft. Dann zuckte es unter seinen Rotoren grell auf. Während der Pilot die Maschine blitzschnell zur Seite riß, zerriß eine ungeheuerliche Explosion das Innere des Domes. Sämtliche Fenster zerbarsten, die riesigen Torflügel wurden aus den Angeln gerissen, und ein weiteres Stück des ohnehin beschädigten Daches sank krachend herab.

Der Anblick erfüllte Charity mit einem solchen Zorn, daß sie ihre Benommenheit auf der Stelle vergaß und aufsprang, um auf Hartmann zu zu rennen. »Nein!« schrie sie, obwohl sie wußte, daß es längst zu spät war. »Nein! Nicht! Helen und Gurk sind noch dort drinnen!«

Beim Klang ihrer Stimme wandte sich Hartmann um und sah ihr kalt entgegen. Er hörte auf, in sein Funksprechgerät zu reden und machte statt dessen eine befehlende Geste mit der linken Hand. Lehmann hob sein Gewehr und zielte auf sie, aber Charity rannte weiter auf ihn zu. Mit wenigen Schritten erreichte sie Hartmann, packte ihn bei den Schultern und schüttelte ihn so heftig, daß er vor Überraschung sein Sprechgerät fallen ließ und einen Schritt zurücktaumelte. »Sind Sie wahnsinnig?« schrie sie.

Hartmann versuchte vergeblich, sich aus ihrem Griff zu befreien, Charity schüttelte ihn immer heftiger, bis Lehmann hinter sie trat und sie gewaltsam von ihm fort zerrte.

Währenddessen fuhren die beiden Helikopter fort, Jagd auf die Jared zu machen. Auf der Lichtung brannten zahllose Feuer, und dazwischen lagen Dutzende regloser Körper. Viele Jared aber versuchten noch immer vor den heulenden Ungeheuern aus Stahl, die über der Lichtung kreisten, zu fliehen. Plötzlich schwirrte ein schwerer Gegenstand durch die Luft und bohrte sich kaum einen Meter neben Hartmann in den Boden, und dann taumelte einer der Helikopter und trieb hilflos zwanzig, dreißig Meter weit durch die Luft, ehe der Pilot die Kontrolle über die Maschine zurückfand. Aus seiner linken Flanke sprühten Funken.

»Hören Sie endlich auf!« schrie Hartmann. »Wir müssen weg hier, ehe sie uns alle umbringen!«

Charitys Antwort ging im Lärm des dritten Helikopters unter, der keine zehn Schritte neben ihnen zur Landung ansetzte. Hartmann duckte sich, drehte das Gesicht aus dem Wind und hob schützend den linken Arm über den Kopf, während er mit der anderen Hand nach ihr zu greifen versuchte.

Charity wich seinem Griff aus, aber Lehmann, der immer noch hinter ihr stand, versetzte ihr einen Stoß, der sie auf Hartmann und den Helikopter zutaumeln ließ. Sie sah aus den Augenwinkeln, wie sich Skudder drohend zu dem Soldaten umwandte, aber er konnte die Bewegung nicht zu Ende führen, denn im selben Moment hob Felss seine Schockwaffe und streckte ihn mit einem gezielten Schuß nieder.

»Kommen Sie!« schrie Hartmann. »Wir müssen weg!«

Lehmann wollte ihr einen weiteren Stoß in den Rücken versetzen, doch mit einer raschen Drehung wich Charity dem Gewehrlauf aus, packte sein Handgelenk und brachte ihn mit einem harten Ruck aus dem Gleichgewicht. Der Soldat stolperte, fiel hilflos auf die Knie und verlor vollends die Balance, als Charity ihm einen gezielten Hieb verpaßte. Blitzschnell drehte sie sich herum und versuchte die anderen in dem Chaos um sie herum zu entdecken. Net kniete neben dem offenbar bewußtlosen Skudder, verzweifelt darum bemüht, ihn herumzudrehen, damit er nicht erstickte, denn sein Gesicht lag in einer morastigen Pfütze. Ein knappes Dutzend Schritte entfernt kam Kyle herangestürmt, aber plötzlich stemmte sich Lehmann auf, schwenkte seine Waffe herum und drückte ab. Ein greller Laserblitz traf den Megamann in die Schulter, wirbelte ihn herum und ließ ihn hilflos zu Boden taumeln.

Als Charity mit einem Schrei herumfuhr, um sich auf den Soldaten zu stürzen, trat Hartmann hinter sie und versetzte ihr einen Schlag in den Nacken, der sie bewußtlos zusammenbrechen ließ.

12

Sie konnte nicht sehr lange ohnmächtig gewesen sein, denn als sie erwachte, lag sie nicht auf einer Pritsche in irgendeiner unterirdischen Betonkammer, sondern auf dem harten, schaukelnden Boden eines Helikopters, der mit heulenden Turbinen über die Dächer der zerstörten Stadt hinwegraste. Ein hämmernder Schmerz saß in ihrem Rücken. Mühsam öffnete sie die Augen. Sie saß zwischen den beiden ungepolsterten Metallbänken, die den hinteren Teil des Helikopters beanspruchten, und dann sah sie die Mündung einer Schockwaffe, die direkt auf ihr Gesicht zielte. Einen halben Meter hinter dieser Mündung gewahrte sie Lehmann, der nervös am Abzug der Waffe spielte und sie aus zusammengekniffenen Augen anschaute.

»Keine Sorge«, erklang plötzlich Hartmanns Stimme. »Ihnen geschieht nichts, wenn sie vernünftig sind.«

Charity stemmte sich umständlich auf dem schwankenden Boden der Maschine in die Höhe. Ohne auf die Waffe in Lehmanns Händen zu achten, die ihren Bewegungen mißtrauisch folgte, drehte sie sich herum und beugte sich über Skudder, der zusammengesunken auf einer der Bänke lag. Net saß, an Händen und Füßen gefesselt, neben ihm und starrte abwechselnd Hartmann und die beiden anderen Soldaten haßerfüllt an.

Nachdem sie sich davon überzeugt hatte, daß Skudder nicht ernsthaft verletzt war, ließ sie sich auf die Bank sinken und blickte einen Moment aus dem Fenster. Der Helikopter raste so tief über die Ruinenstadt hinweg, daß es Charity fast wie ein Wunder vorkam, daß er nicht längst mit irgend etwas kollidiert war.

Sie löste ihren Blick vom Fenster und sah wieder Hartmann an. »Das war von Anfang an so geplant, nicht wahr?« fragte sie.

»Nein«, antwortete Hartmann. »So war es nicht geplant.«

»Hatten Sie vielleicht nicht vorgehabt, einige von ihnen am Leben zu lassen?«

Hartmann seufzte. »Ich verstehe Ihre Verbitterung, Captain Laird«, sagte er. »Aber ich schwöre Ihnen, daß das nicht geplant war.«

»Ich verstehe«, murmelte Charity. »Ein bedauerlicher Unfall, nicht wahr?«

»Wir haben dieses Nest seit zehn Jahren gesucht«, antwortete Hartmann ernst. »Wir wußten, daß es irgendwo direkt vor unserer Nase sein mußte. Aber wir wußten eben nicht, wo. Und als Ihre Freunde uns mitnahmen, da . . .«

»Da dachten Sie, es wäre eine gute Gelegenheit, ein bißchen zu spionieren«, unterbrach ihn Charity zornig.

»Wenn Sie es so ausdrücken wollen.«

»Diese Helikopter waren die ganze Zeit über in unserer Nähe«, fuhr Charity fort, »habe ich recht?«

»Ja.«

»Das war Mord, Hartmann«, sagte Charity bitter. »Diese Menschen haben uns nichts getan. Im Gegenteil – sie haben einem Ihrer Männer das Leben gerettet.«

»Ich habe das nicht gewollt!« verteidigte sich Hartmann plötzlich fast schreiend. »Aber als ich den Gleiter sah, da dachte ich, er käme unseretwegen. Und danach war es zu spät.«

Charity wollte auffahren, aber plötzlich begriff sie, daß Hartmann die Wahrheit sagte. Wahrscheinlich hatte er einfach nur Angst gehabt, und dann waren ihm die Dinge schlicht und einfach aus den Händen geglitten.

»Die Sache mit dem Mädchen und dem Zwerg tut mir leid«, sagte Hartmann leise. »Ich hoffe, daß sie noch am Leben sind.«

»Ich auch«, sagte Charity ernst. »Doch wenn nicht, dann werde ich Sie persönlich dafür zur Rechenschaft ziehen, das verspreche ich Ihnen.«

»Leutnant?«

Hartmann drehte den Kopf, als die Stimme des Piloten aus der Kanzel herausdrang. »Ja?«

»Kontakt«, sagte der Pilot. »Zwei, vielleicht auch drei Gleiter. Zwanzig Kilometer voraus.«

Hartmann stand auf, machte einen Schritt und drehte sich dann wieder zu Charity herum. »Möchten Sie mich begleiten?« fragte er. Mit einem flüchtigen Lächeln fügte er hinzu: »Als ehemalige Raumfahrerin dürfte die Maschine Sie interessieren.«

Charity spürte, daß Hartmanns Worte nichts als ein ungeschickter Versuch waren, die Spannung zwischen ihnen zu lösen. Wortlos stand sie auf und folgte dem Leutnant. Die Technologie des Helikopters überraschte sie. Die Maschine war im Inneren wesentlich größer, als ihr schlankes Äußeres vermuten ließ, und das Cockpit erinnerte eher an eine Passagiermaschine denn an eine Kampfmaschine. Die Armaturen von Pilot und Funker lagen hinter schweren, völlig undurchsichtigen Visieren verborgen, und trotz der Unzahl von Instrumenten und kleinen LCD-Bildschirmen auf dem Kontrollpult konnte sie nirgendwo ein Steuer entdecken.

Dann begriff sie auf einmal. Die drei Maschinen, die das Lager der Jared angegriffen hatten, waren Stelth-Copter, düsengetriebene Kampfhubschrauber, von denen selbst sie bisher nur Zeichnungen gesehen hatte. Während ihrer letzten Jahre bei der Space-Force hatten sich die Gerüchte gemehrt, daß einer der europäischen Verbündeten in aller Heimlichkeit begonnen hätte, einen Prototyp dieser Rotorflugzeuge zu bauen. Aber sie hatte es damals nur für ein Gerücht gehalten.

Mit einer Mischung aus Verblüffung und widerwilliger Anerkennung sah sie Hartmann an, und für einen Moment leuchtete in den Augen des Leutnants Stolz.

»Eine phantastische Maschine, nicht wahr?« fragte Hartmann.

»Ja«, antwortete Charity grimmig. »Vor allem ihre Vernichtungskapazität. Wirklich beeindruckend.«

»Das war gar nichts, Captain Laird, glauben Sie mir. Ohne diese Maschinen wären wir alle nicht mehr am Leben.« Er wandte sich abrupt um und beugte sich über die Schulter des Piloten. »Wo sind sie?«

»Zwölf ... jetzt noch elf Kilometer voraus. Sollen wir sie runterholen?«

Hartmann überlegte einen Moment, dann schüttelte er den Kopf. »Nein. Landen Sie irgendwo. Wir haben schon genug Aufsehen erregt.«

Ohne daß der Pilot auch nur einen Finger rührte, verlor die Maschine an Geschwindigkeit und ging gleichzeitig tiefer. Einige Sekunden lang kreiste der Helikopter scheinbar unschlüssig über den Ruinen, dann erspähte der Pilot eine Lücke zwischen zwei niedergebrannten Gebäuden. So schnell und sicher, als fahre er seinen Wagen in die Garage hinter einem Haus, in dem er seit zwanzig Jahren wohnte, lenkte der Pilot den Helikopter in die Lücke und setzte auf. Die Turbinen verstummten mit einem letzten, schrillen Aufheulen, und über ihren Köpfen liefen die gebogenen Rotorblätter langsam aus. Das Licht erlosch wie auch die meisten der leuchtenden Kontrollanzeigen.

»Keine Sorge«, sagte Hartmann. »Es ist alles in Ordnung. Aber sie könnten die Wärmestrahlen der Turbinen anmessen, wenn sie nahe genug vorbeifliegen.«

»Sie müßten uns doch längst auf dem Radarschirm haben«, erwiderte Charity.

Hartmann schüttelte den Kopf. »Die Maschinen sind mit Radar nicht zu erfassen«, erklärte er, und wieder hörte Charity einen deutlichen Unterton von Stolz in seiner Stimme.

»Da wäre ich nicht so sicher«, erwiderte sie.

»Sie überschätzen diese Ameisenungeheuer«, antwortete Hartmann. »Ich glaube, sie sind nicht halb so gefährlich, wie die meisten annehmen.«

»Immerhin waren sie gefährlich genug, uns binnen weniger Tage in die Steinzeit zurückzubefördern«, widersprach Charity.

»Das war nichts als Pech«, erwiderte Hartmann beinahe gelassen. »Wir haben sie unterschätzt, wir wußten nicht, womit wir es wirklich zu tun haben. Glauben Sie mir, Captain Laird – wenn wir eine zweite Chance hätten, würden sie sich eine blutige Nase holen.«

Charity zog es vor, nicht weiter mit Hartmann zu streiten. Vielleicht hatte er ja sogar recht. Und vielleicht hatten sie wirklich eine reelle Chance, sich gegen die Invasoren zu erheben und sie sogar zu schlagen.

Neugierig beugte sich Charity vor und musterte das komplizierte Instrumentenpult des Stealth-Copters. Der Pilot neben ihr nahm den Helm ab. Er war sehr jung, vielleicht Mitte Zwanzig, aber Piloten, die solche Hochleistungsmaschinen flogen, *mußten* jung sein, denn nur ihre Reaktionen waren schnell genug, mit den Anforderungen fertig zu werden, die diese Geräte an den Menschen stellten.

»Es ist ein hübsches Spielzeug«, sagte der Pilot stolz.

»Sie würden sich wundern, was man alles damit anfangen kann.«

Eine kleine Kostprobe davon habe ich gerade bekommen, dachte Charity bitter. Aber sie ließ sich von diesem Gedanken nichts anmerken, sondern fragte: »Wo ist der Steuerknüppel?«

Der Pilot wollte antworten, aber bevor er es tun konnte, machte Hartmann eine rasche, befehlende Handbewegung, die Charity nicht entging. Ganz offensichtlich glaubte Hartmann, daß sie nicht wußte, was ein Alpha-Helm war, in Wahrheit war sie wahrscheinlich der erste Mensch auf der Welt gewesen, der einen solchen Helm *getragen* hatte. Manchmal, dachte sie, hatte es vielleicht sogar gewisse Vorteile, wenn selbst Verbündete noch Geheimnisse voreinander hatten.

»Die Maschine . . . braucht kein Steuer«, antwortete der Pilot ausweichend. »Das machen alles die Computer.«

Charity sah ihn zweifelnd an, und dann deutete er mit einem beinahe verlegenen Lächeln auf ein kleines Schaltkästchen, das in der Armlehne seines Sitzes eingelassen war. »Und den Rest erledige ich damit«, sagte er.

Er konnte nicht wirklich glauben, daß sie ihm diese Behauptung abkaufte. Ein Flugzeug, das von seinem Piloten die Reaktionsschnelligkeit einer Katze verlangte, über eine Tastatur steuern zu wollen, die allenfalls zu einem Spielzeugcomputer paßte, war eine geradezu haarsträubende Lüge.

Als Charity etwas entgegnen wollte, deutete Hartmann nach oben. Ein silberfarbener Schatten raste über den Himmel heran. Mit angehaltenem Atem verfolgte sie, wie der Gleiter kaum eine Meile an ihrem Versteck vorüberflog und langsam wieder außer Sicht kam.

Hartmann atmete hörbar auf, nachdem das Fahrzeug verschwunden war. Trotzdem schüttelte er den Kopf, als der Mann im Pilotensitz ihn fragend ansah und seinen Helm wieder aufsetzen wollte. »Noch nicht«, sagte er. »Es ist besser, wir warten noch ein paar Minuten.«

»Wieso?« fragte Charity spöttisch. »Wollen Sie noch ein bißchen Zeit herausschinden, ehe Sie sich vor Ihrem Vorgesetzten verantworten müssen?«

»Verantworten?« wiederholte Hartmann verwundert. »Weswegen?«

»Sie haben drei meiner Begleiter auf dem Gewissen«, sagte Charity.

Hartmann reagierte ganz anders, als sie erwartet hatte. Statt aufzufahren oder ihre Worte mit einer spöttischen Bemerkung abzutun, blickte er sie sehr lange und sehr ernst an. Ein Ausdruck echter Betroffenheit war in seinem Gesicht zu lesen.

»Es tut mir leid, wenn Sie es so sehen«, sagte er schließlich. »Aber glauben Sie mir, ich konnte nichts dagegen tun. Das Mädchen und der Zwerg waren einfach im falschen Moment am falschen Ort. So etwas kommt nun einmal vor, wenn man Krieg führt.«

»O ja!« antwortete Charity höhnisch. »Und für Kyle gilt dasselbe, nicht wahr? Was mußte er auch dort herumlaufen, wo Lehmann mit seiner Waffe hinzielte?«

Hartmann blickte verwirrt. »Wie bitte?«

Charity begriff plötzlich, daß Hartmann gar nicht bemerkt hatte, was Lehmann mit Kyle angestellt hatte. »Er hat ihn niedergeschossen«, erklärte sie schließlich. »Völlig grundlos.«

Ohne ein weiteres Wort verließ Hartmann die Steuerkanzel. Charity folgte ihm. »Ist das wahr?« fragte Hartmann mit mühsam beherrschter Stimme, kaum daß er neben Lehmann angelangt war.

»Was?«

Hartmann deutete anklagend auf Charity. »Captain Laird behauptet, Sie hätten ihren Begleiter niedergeschossen.«

»Ich hatte keine Wahl!« verteidigte sich Lehmann. »Der Kerl hat mich angegriffen!« Ich mußte mich wehren!«

»Angegriffen?« sagte Charity. »Er war mehr als zehn Meter von Ihnen entfernt!«

»Aber er wollte es tun!« sagte Lehmann trotzig. »Er griff nach seiner Waffe. Ich . . . ich war sicher, daß er schießen würde.«

»Hat er auf Sie angelegt?« fragte Hartmann kalt.

Lehmann blickte ihn eine Sekunde lang unschlüssig an, dann schüttelte er kaum merklich mit dem Kopf. »Nein«, sagte er, »aber . . .«

»Das reicht, Unteroffizier Lehmann«, unterbrach ihn Hartmann kalt. »Wir klären die Angelegenheit später.«

In Lehmanns Augen zeigte sich purer Haß. »Ich . . . habe mich nur verteidigt«, antwortete er trotzig.

»Sie haben einen Mann umgebracht, der auf unserer Seite stand«, erwiderte Hartmann zornig.

»Lassen Sie ihn, Leutnant«, mischte sich Charity ein. »Er hat ihn nicht getötet.«

Hartmann drehte sich mit einem fragenden Blick zu ihr um.

»Der Schuß hat ihn nur gestreift«, sagte Charity. »Ich habe es genau gesehen. Kyle wird es überleben.«

»Machen Sie sich nichts vor!« schnauzte Hartmann grob. »Selbst wenn er noch am Leben war, haben ihn diese Dreckfresser längst in Stücke gerissen. Ich glaube nicht, daß sie besonders glücklich über unseren Angriff sind.«

Charity zog es vor, nicht mehr darauf zu antworten. Hartmann hätte schon blind sein müssen, um nicht zu merken, daß mit Kyle irgend etwas nicht stimmte; aber ganz offensichtlich wußte er nicht, was ein Megakrieger war. Das halbe Jahrhundert, das er und seine Männer eingegraben unter den Ruinen dieser Stadt verbracht hatten, hatte ihn offensichtlich auch von allem isoliert, was außerhalb dieser Stadt vorging. Und vielleicht war es für alle besser, wenn es noch eine Weile so blieb.

Das Donnern der Explosionen war längst verklungen. Über ihnen mußte das Gebäude zusammengestürzt sein, denn der Raum hatte minutenlang geschwankt wie ein Boot auf hoher See, und von der Decke waren Steine und Trümmer herabgeregnet. Danach war Ruhe eingekehrt, nur die Decke strahlte plötzlich eine mörderische Hitze aus, als regnete es Feuer. Zuerst war die Hitze nur unangenehm gewesen, aber bald wurde sie zur Qual, und seit einigen Minuten hatte Helen das Gefühl, nicht mehr atmen zu können. In ihrer Lunge saß ein stechender Schmerz, der immer schlimmer wurde.

Sie blinzelte, um die Tränen fortzuwischen, die ihr die Hitze in die Augen trieb. Trotzdem konnte sie kaum etwas sehen. Von den Fackeln, die den Raum erhellt hatten, ehe die Welt über ihren Köpfen zusammenbrach, brannte nur noch eine einzige, und die staubgeschwängerte Luft schien das rötliche Licht aufzusaugen. Mehr als die Hälfte des Kellergewölbes war eingestürzt. Dort, wo der Eingang gewesen war, rieselte noch immer Staub von der Decke, manchmal begleitet vom Poltern eines Steines, und dann und wann von einem tiefen, mahlenden Knirschen.

Unsicher plagte sich Helen auf, fuhr sich mit dem Handrücken über das Gesicht und fühlte warmes Blut. Erst danach spürte sie den brennenden Schmerz. Vorsichtig tastete sie mit den Fingerspitzen über ihre Stirn und fuhr zusammen, als sie die tiefe, heftig blutende Wunde an ihrer linken Schläfe berührte.

»Keine Angst, Schätzchen«, sagte eine quäkende Stimme neben ihr. »Dein Kopf ist noch dran.«

Durch den Staub sah Helen Gurk auf sich zukommen. Der Umhang des Zwerges hing in Fetzen, und auf seiner Glatze prangte eine gewaltige Beule. Mit trippelnden Schritten kam er näher, rieb sich die heftig tränenden Augen und maß Helen mit einem besorgten Blick. »Alles in Ordnung?«

»Ich ... denke schon«, antwortete Helen zögernd. Außer dem verletzten Techniker, Gurk und ihr selbst hatten sich im Augenblick der Katastrophe etwa fünfzehn Jared in dem Gewölbe aufgehalten. Doch niemand schien unverletzt davongekommen zu sein. Die meisten Jared lagen reglos am Boden, von Steinen und Erdmassen getroffen, einige krümmten sich stöhnend, und nur sehr wenige hatten noch die Kraft, auf eigenen Füßen zu stehen.

Hastig drehte Helen sich zu dem bewußtlosen Techniker herum und beugte sich über sein Gesicht. Sie war keine Ärztin, aber das Leben, das sie die vergangenen fünfundzwanzig Jahre geführt hatte, hatte ihr zwangsläufig ein gewisses Wissen vermittelt. Soweit sie das beurteilen konnte, schien der Mann keine schweren Verletzungen davongetragen zu haben.

Ihr Blick löste sich von Sterns Gesicht und heftete sich für einen Moment auf den faustgroßen, grün-schillernden Käfer, der sich in seiner Halsschlagader verbissen hatte. Sein Körper pulsierte im ruhigen Takt von Sterns Herzschlag; zumindest hätte es für jeden anderen so ausgesehen. Doch Helen wußte, daß das nicht so war. Es war das ruhige Pumpen der Käferkreatur, die den rasenden Puls des Verwundeten beruhigt hatte, nicht umgekehrt. Und dieses Tier tat noch sehr viel mehr.

Ihr Blick glitt über Sterns Körper. Sie konnte seinen Oberkörper erkennen – alles, was sich unterhalb seiner Hüften befand, war unter einer Schicht der gleichen, grauweißen Fäden verschwunden, die die Wände und einen Teil der Decke bedeckt hatten, ehe die Explosion erfolgte. Die Jared, die sie hier heruntergeführt hatten, hatten behauptet, es wäre nur eine Art Verband, um die schlimmsten Wunden des Mannes zu bedecken, die er tatsächlich an Beinen und Unterleib davongetragen hatte. Aber Helen spürte, daß das nicht die Wahrheit war; zumindest nicht die *ganze* Wahrheit.

»Nun?« fragte Gurk.

Helen riß sich mühsam von dem schrecklichen Anblick los und sah den Zwerg an. »Ich glaube, er hat noch einmal Glück gehabt«, sagte sie.

Gurk betrachtete sie mit gerunzelter Stirn, dann lachte er leise. »Du bist vielleicht ein Herzchen«, sagte er. »Wir haben keine Ahnung, ob wir die nächsten fünf Minuten überleben, und du hast Angst, daß ihm ein Stein auf den Zeh gefallen ist.«

Helen ignorierte den beißenden Spott in Gurks Worten und sah fragend zu dem Zwerg auf. »Was ist dort oben passiert?«

»Woher soll ich das wissen?« antwortete Gurk grob. Trotzdem legte er den Kopf in den Nacken und blickte die Decke aus eng zusammengekniffenen Augen an, als könne er die Antwort auf Helens Fragen dort ablesen. »Vielleicht ist der ganze Schuppen in sich zusammengebrochen«, sagte er schließlich. »Oder Stones Kanoniere haben endlich unsere neue Adresse herausgefunden und versucht, der Sache ein für allemal ein Ende zu machen. Aber sie haben es wieder einmal verbockt.«

Helen erschrak. Auf den Gedanken, daß die Moroni vielleicht ein neuen Atombombenangriff geflogen waren, war sie bisher nicht einmal gekommen. Dabei sprach einiges dafür: die fürchterliche Explosion, das Beben, die entsetzliche Hitze, die durch den meterdicken Stein zu ihnen herabgedrungen war ...

Sie weigerte sich, den Gedanken zu Ende zu denken.

»Wir sollten versuchen, irgendwie herauszukommen«, sagte Gurk. Mißmutig betrachtete er die wenigen überlebenden Jared, die sich zwar wieder auf die Füße erhoben hatten, aber mit leeren Gesichtern und ausdruckslosen Augen herumstanden, als hätten sie überhaupt nicht begriffen, was geschehen war.

»Ich schätze«, sagte Gurk, »von den Wilden haben wir nicht viel Hilfe zu erwarten.« Er legte den Kopf schräg und sah Helen fragend an. »Kannst du graben?«

»Wieso?

Gurks übergroßer Kahlkopf deutete auf den Eingang, der unter einer Lawine von Steinen und Erdreich verschwunden war. »Weil wir das Zeug da irgendwie zur Seite schaffen müssen«, antwortete er. »Ich weiß ja nicht, wie es dir geht – aber ich habe keine Lust, zu warten, ob sie uns herausholen oder nicht.«

Helen betrachtete den verschütteten Eingang einen Moment lang. Sie glaubte nicht, daß sie es schaffen würden, den Eingang frei zu legen. Trotzdem stand sie auf und folgte Gurk.

Nachdem sie sich davon überzeugt hatten, daß die Decke nicht bei der geringsten Erschütterung vollends zusammenbrechen würde, begannen sie vorsichtig damit, größere Steine und Felsbrocken beiseite zu rollen. Sie kamen überraschend gut voran. Schon nach einer Stunde hatten sie den Schuttberg so weit abgetragen, daß sie die Tür sehen konnten – und Helen registrierte erleichtert, daß der Treppenschacht hinter der geborstenen Eichentür nicht verschüttet war. Von oben drang flackernder Feuerschein herab.

Sie arbeiteten weiter, bis sie auf einen Balken stießen, der gut drei Meter lang war und eine halbe Tonne wiegen mußte. So sehr sie sich anstrengten, es gelang ihnen nicht, ihn auch nur ein winziges Stück von der Tür fort zu zerren. Gurk richtete sich ächzend auf und betrachtete das halbe Dutzend Jared, das ihrem Tun teilnahmslos zusah. »He, ihr stummen Idioten«, keifte er, »wie wär's, wenn ihr aufhört, uns anzugaffen und euch ein wenig nützlich macht? Ihr könntet zum Beispiel . . .« Gurk brach überrascht mitten im Satz ab, als die Jared wie auf ein gemeinsames Kommando hin aus ihrer Starre erwachten. Wortlos, aber mit einer Kraft, die den Gnom erstaunte, stürzten sie vor und begannen gemeinsam, an dem Balken zu zerren. Selbst einige der schwerer verletzten Jared versuchten, auf Händen und Knien zu ihnen zu kriechen, um ihren Kameraden zu helfen.

Gurk trat kopfschüttelnd einen Schritt zurück. »Was ist denn plötzlich in sie gefahren?« wunderte er sich.

»Ich weiß es nicht«, murmelte Helen. »Aber irgend etwas . . . stimmt hier nicht.«

Von einem neuerlichen Schrecken erfüllt, sah sie sich um. Nichts in dem kleinen Kellerraum hatte sich verändert, und doch glaubte sie eine Bedrohung, eine unsichtbare Gefahr zu fühlen.

»Hier stimmt etwas nicht«, sagte sie noch einmal. »Komm! Wir müssen hier raus!«

Sie traten zwischen die Jared und halfen ihnen, den Balken von der Tür weg zu zerren.

Doch obwohl sie mit gemeinsamen Kräften arbeiteten, schafften sie es nicht, aus dem Keller herauszukommen.

Aber dafür kam etwas zu ihnen herein.

13

Auf Hartmanns Befehl hin hatten sie noch gute zehn Minuten abgewartet, ehe die drei Helikopter weitergeflogen waren; sehr tief und so schnell, daß es Charity unmöglich war, die Entfernung zu schätzen, die sie in der folgenden Viertelstunde zurücklegten. Außerdem änderten die Maschinen ständig ihren Kurs und flogen einige großräumige Ausweichmanöver, wenn auf den Radarschirmen Moroni-Gleiter auftauchten.

Die Landschaft wurde hügeliger, nachdem sie das Gebiet der Stadt verlassen hatten. Bald tauchten die ersten Wälder unter ihnen auf, zwischen denen gelegentlich die Ruinen kleinerer Städte vorüberhuschten. Schließlich steuerten die Helikopter auf ein silbernes Funkeln zu, das rasch zu einem kleinen See heranwuchs. Die Maschinen wurden schließlich langsamer. Der Orkan der wirbelnden Rotorblätter peitschte das Wasser, während die drei Helikopter allmählich tiefer sanken. Als sich die Maschinen noch zehn Meter über dem Wasser befanden, sah Charity Hartmann besorgt an.

»Erzählen Sie mir nicht, daß die Dinger auch tauchen können«, sagte sie.

Hartmann lächelte geheimnisvoll. »Lassen Sie sich überraschen«, antwortete er.

Doch noch ehe sie eine weitere Frage stellen konnte, hatten die Maschinen das Wasser berührt – und glitten widerstandslos hindurch.

Für eine Sekunde sah Charity nichts, außer silberne Schleier, die an der Kanzel des Helikopters vorbeizogen, und sie mußte all ihre Willenskraft aufbieten, um nicht in Panik zu geraten.

Dann erlosch das verwirrende Flirren, und sie erkannte, daß sich die Maschine nicht unter Wasser befand. Unter ihnen erstreckte sich der schwarze Lava-Trichter des Sees, auf dessen eingeebnetem Grund eine ganze Anzahl weiterer Stealth-Copter abgestellt war.

Überrascht hob Charity den Kopf und blickte auf. Über ihnen erstreckte sich ein weiteres Flimmern, das sich ihren Blicken immer wieder zu entziehen schien. »Eine . . . Holographie?!« murmelte sie erstaunt.

Hartmann nickte. »Perfekt, nicht wahr? Wir haben verdammt lange daran gearbeitet, das System so zu vervollkommnen, aber es hat sich gelohnt.«

Verblüfft beugte Charity sich über die Schulter des Piloten, um mehr erkennen zu können. Der Krater war ungefähr eine halbe Meile tief; sein Boden bestand aus der gleichen schwarzen Lava wie die Wände, war aber sorgsam geglättet. Zwischen den im Halbkreis abgestellten Helikoptern bewegte sich eine Anzahl winziger Gestalten, die hastig beiseite rannten, um nicht vom Wirbeln der Rotoren von den Füßen gerissen zu werden. Auf der offenen Seite des Halbkreises, den die Maschinen bildeten, führte ein gewaltiges, zweiflügliges Stahltor tiefer in die Erde hinein. Rechts und links davon erkannte Charity eine Anzahl halbrunder Betonkuppeln, aus denen die Läufe großer Laserwaffen ragten. Der vermeintliche See war nicht nur ein geheimer Helikopterhangar, sondern auch eine Festung.

Der Helikopter setzte mit einem leichten Ruck auf. Die große Tür an der Seite der Maschine glitt summend auf, und Hartmann machte eine einladende Handbewegung, schüttelte aber den Kopf, als Charity sich umwenden und zu Skudder zurückgehen wollte. »Man wird sich um Ihren Freund kümmern«, sagte er. »Er wird sofort zu Ihnen gebracht, sobald er das Bewußtsein zurückerlangt, darauf gebe ich Ihnen mein Ehrenwort.«

Mit einem beruhigenden Blick in Nets Richtung stieg Charity schließlich aus. Die Männer, die vor dem landenden Helikopter zurückgewichen waren, kehrten zurück. Charity fiel auf, daß sie ausnahmslos recht jung waren; keiner von ihnen war älter als Felss oder Lehmann. Sie waren alle sehr groß und breitschultrig und bewegten sich sehr hastig. Ihnen allen schien eine sonderbare Spannung anzuhaften, fast als wäre die Landung der drei Helikopter etwas, das sie vielleicht schon tausendmal geübt, aber niemals *wirklich* erlebt hatten.

»Was ist mit Ihrer Freundin?« fragte Hartmann. »Kommt sie nicht mit?«

Charity schüttelte den Kopf. »Nein. Sie möchte . . . bei Skudder bleiben.«

Hartmann lachte leise. »Ich verstehe Ihr Mißtrauen, Captain Laird. Aber glauben Sie mir, es ist durch und durch unberechtigt.«

Sie näherten sich dem Panzertor, das sich einen Spaltbreit öffnete, als sie noch fünf Schritte davon entfernt waren. Charity tat so, als bemerke sie es nicht, aber ihr entging keineswegs, daß eine der Laserkanonen ihren Bewegungen lautlos folgte. Der Mann an den Kontrollen dieser Waffe, dachte Charity spöttisch, mußte sehr mißtrauisch sein – und ein kompletter Idiot. Wenn er diese Kanone hier abfeuerte, dann würde sich dieser getarnte Hangar in einen *wirklichen* Vulkan verwandeln.

Bevor sie das Tor durchschritten, blieb Hartmann stehen und streckte die Hand aus. »Dürfte ich Sie um Ihre Waffe bitten, Captain Laird?« fragte er.

»Wie bitte?« fragte Charity überrascht.

Hartmann zuckte bedauernd mit den Schultern. »Vorschriften – Sie kennen das ja.«

»Nein«, antwortete Charity ruhig, »das kenne ich nicht. Gehört bei Ihnen zu den Vorschriften, Verbündete zu entwaffnen?«

»Eigentlich nicht«, gestand Hartmann, »aber die ganze Anlage wird von einem Computer überwacht, der leider starrsinnig ist. Er glaubt nicht so ohne weiteres, daß Sie zu uns gehören.«

Charity war zu erschöpft, um sich auf einen weiteren Streit mit dem Leutnant einzulassen. Mit einem resignierenden Seufzer nahm sie das Gewehr von den Schultern und reichte es einem der Soldaten, die Hartmann und sie begleiteten.

Sie durchschritten das Tor, hinter dem sich ein halbrunder, vielleicht hundert Meter langer Gang aus nacktem Beton erstreckte. Er war groß genug, auch den Helikoptern Platz zu bieten, sollte ein Notfall es erfordern.

»Was ist das hier?« fragte sie, während sie sich neugierig umsah.

»Das, wonach dieser Stone und seine Kreaturen gesucht haben«, antwortete Hartmann. »Erinnern Sie sich noch, was Sie mir gestern erzählten? Von SS01, dem Bunker in Amerika, aus dem Sie kommen?«

Charity nickte, und Hartmann verschränkte die Hände hinter dem Rücken und ging mit leicht vorgebeugten Schultern neben ihr her, während er weitersprach. »Sie haben ganz recht mit Ihrer Vermutung, Captain Laird. Das hier ist das deutsche Gegenstück, eine Bunkeranlage, in die sich die Regierung und wichtige Persönlichkeiten zurückziehen konnten, wäre es jemals zu einem nuklearen Krieg gekommen.«

Charity sah sich mit unverhohlenem Zweifel in dem gewaltigen Gang um. »Ein wenig groß für einen Regierungsbunker, nicht wahr?«

Hartmann nickte. »Die gesamte Anlage ist auch weit mehr. Wir können ein Jahrhundert hier unten durchstehen, wenn es sein muß.«

»Und ich vermute, Sie haben auch genug Waffen, um danach den Rest der Welt zurückzuerobern – oder das, was davon übrig ist«, sagte Charity.

Hartmann runzelte die Stirn, als wäre er sich nicht ganz darüber im klaren, wie sie diese Worte meinte. Dann grinste er plötzlich. »Vielleicht«, sagte er knapp.

Sie hatten das Ende des Tunnels erreicht, und Charity erlebte eine neuerliche Überraschung. Sie hatte ein Gewirr von Gängen und Katakomben erwartet, wie es SS01 in den amerikanischen Rocky Mountains gewesen war, aber vor und unter ihr erstreckte sich eine gewaltige Höhle, die offenbar natürlichen Ursprungs war. Eine Unzahl riesiger Natriumdampflampen tauchten sie in blendende Helligkeit. Auf dem Boden der Höhle erhob sich eine Stadt aus unterschiedlich großen Gebäuden, die aus gleichförmigen Kunststoffteilen errichtet war. Manche Bauwerke waren kaum größer als ein Einfamilienhaus, andere wiederum gewaltige Hallen, groß genug, ein Flugzeug aufzunehmen. Hunderte von Gestalten in grünen Uniformen bewegten sich zwischen diesen Gebäuden, dazwischen flitzten winzige Elektrowagen hin und her, wie summende kleine Insekten, die geschäftig ihrer Wege gingen.

»Beeindruckend, nicht wahr?« fragte Hartmann stolz.

Charity nickte widerwillig. Die unterirdische Station war nicht halb so groß wie SS01, aber während die amerikanische Anlage ein unterirdisches System von Kammern und endlosen Gängen und Treppen gewesen war, in denen man tagelang herumirren konnte, war diese Basis eine wirkliche Stadt, die man eine Meile weit unter die Erde gebaut hatte.

»Wie viele Männer haben Sie hier?« fragte Charity.

»Ich fürchte, zu viele«, sagte Hartmann.

»Wie meinen Sie das?«

»Sie werden es bald verstehen«, antwortete Hartmann ausweichend. Er machte eine einladende Handbewegung auf einen offenen Lastenaufzug, der zum Boden der Höhlenstadt herabführte. »Kommen Sie. Ich stelle Sie Generalmajor Krämer vor, unserem Kommandanten. Er erwartet Sie bereits.«

Der Laserstrahl hatte ihn getroffen und zu Boden geschleudert, und er hatte – ungewöhnlich genug – für Minuten das Bewußtsein verloren. Zwar brachte Kyle es fertig, den Schmerz abzuschalten und die Blutung zu stillen, doch war es ihm nicht mit gewohnter Schnelligkeit gelungen, die Wunde in seiner Schulter zu schließen. Seine Zellen regenerierten sich längst nicht so schnell, wie es notwendig gewesen wäre. Er hatte zehn Minuten gebraucht, bis er wieder soweit bei Kräften war, daß er aufstehen konnte.

Vielleicht verlor er seine schier übermenschlichen Fähigkeiten allmählich, dachte er. Vielleicht hatten sie während seiner

Gefangenschaft in Paris irgend etwas mit ihm getan, das ihn vom Übermenschen wieder zu einem ganz normalen Mann werden ließ. Voller plötzlichem Schrecken begriff Kyle, daß er kaum mehr in der Lage sein würde, einen Kampf mit einem anderen Megamann zu bestehen.

Eine Bewegung bei den gelandeten Gleitern riß ihn aus seinen Gedanken. Kyle erhob sich vorsichtig hinter seiner Deckung und spähte zu den silbernen Flugscheiben hinüber. Es waren fünf, drei kleinere Jagdschiffe, wie sie sie aus Paris her kannten, und zwei größere, mattgraue Kriegsschiffe. Es war das erste Mal, daß Kyle einen dieser Zerstörer aus der Nähe sah. Aber während seiner Ausbildung zum Megakrieger hatte er genug über sie gelernt, um zu wissen, daß ein einziges Kriegsschiff in der Lage war, eine Stadt in Schutt und Asche zu legen.

Kyles Blick löste sich von den gelandeten Schiffen und wanderte zum Dom hinüber. Nachdem die Flammen erloschen waren und sich der Rauch verzogen hatten, konnte man sehen, daß das riesige Gebäude weniger schwer beschädigt worden war, als es im ersten Moment den Anschein gehabt hatte. Ein Teil des Daches war eingestürzt, und einer der beiden großen Türme hatte einen Riß bekommen, ansonsten hatte der Titan aus Stein den Explosionen getrotzt. Hunderte von Jared und eine Unzahl von *Ameisen* bewegten sich zwischen den Trümmern hin und her. Während die Jared damit beschäftigt waren, ihre verwundeten Kameraden zu versorgen, bildeten die *Ameisen* eine Kette zwischen dem zerborstenen Tor und den Gleitern. Schnell und mit der Präzision von Maschinen reichten sie die Eierkokons weiter, die den Raketenangriff des Helikopters überstanden hatten.

Kyle war sehr sicher, daß diese Eier der einzige Grund waren, aus dem er und alle anderen hier überhaupt noch lebten. Hätte es die ungeschlüpfte Brut nicht gegeben, deren Schutz absoluten Vorrang hatte, dann hätten die Piloten der beiden Kampfschiffe keine Sekunde gezögert, den Angriff auf den Gleiter mit gnadenloser Härte zu bestrafen. Es gehörte zur Taktik Morons, jeden Widerstand im Keim zu ersticken.

Kyle lauschte einen Moment in sich hinein und stellte fest, daß sich sein Körper weiter von den erlittenen Verletzungen erholt hatte. Behutsam veränderte er sein Aussehen und paßte auch Farbe und Aussehen des Chamäleon-Anzugs der zerfetzten Lumpenkleidung der Jared an, bis ihn äußerlich nichts mehr von einem der Barbaren unterschied. Es fiel ihm noch immer schwer, sich zu bewegen, als er hinter seiner Deckung hervortrat, aber das war im Moment eher von Vorteil. Viele der Jared, die den Platz vor dem Dom bevölkerten, waren verwundet, so daß ein weiterer, humpelnder Mann zwischen ihnen kaum mehr auffallen konnte.

Trotzdem hatte er das Gefühl, aus Hunderten von kalten Insektenaugen mißtrauisch angestarrt zu werden, als er sich mit schlurfenden Schritten dem Tor näherte. Auf dem Weg dorthin passierte er eines der Kriegsschiffe. Er sah, daß der Kommandant des Schiffes ausgestiegen war, es war nicht irgendeine *Ameise*, sondern ein Inspektor, eine zweieinhalb Meter große, vierarmige Kreatur, deren Chitin-Panzer von strahlend weißer Farbe war.

Der Anblick des Insektengeschöpfes erschreckte Kyle erneut. Was um alles in der Welt hatte Charity Laird in jenem Bunker in Paris gefunden, daß die Herren der Schwarzen Festung selbst ihr Domizil am Nordpol verließen, um sie zu jagen?

Gebeugten Hauptes schlurfte Kyle an dem Schiff vorbei. Der Inspektor redete mit schriller Stimme und heftig gestikulierend auf einen Jared ein, den Kyle nach einigen Augenblicken als Gyell erkannt. Ohne daß er selbst sagen konnte warum, erfüllte ihn der Anblick des Jared mit Erleichterung. Er war sehr froh, daß Gyell den heimtückischen Angriff überlebt hatte.

Kyle ging weiter, schlug einen respektvollen Bogen um die *Ameise*, die ihm mit Kokons beladen entgegenkamen, und betrat schließlich den Dom. Der Anblick der Zerstörung, der sich ihm bot, war erschreckend. Die beiden Raketen, die der Helikopter in das Gebäude gefeuert hatte, waren an der rückseitigen Wand explodiert und hatten sie vollständig zerstört. Das Nest unter der Decke war zerfetzt, und die Königin selbst lag unter einem ganzen Berg von Trümmern und geschwärzten Balken begraben. Dutzende von *Ameisen* bemühten sich hektisch um das riesige Geschöpf, das leise, wimmernde Schreie ausstieß.

Kyle glaubte nicht, daß sie es überleben würde. Er wußte, wie unglaublich zäh diese gigantischen Gebärmaschinen waren, aber das Geschöpf hatte furchtbare Verletzungen davongetragen. Zwei seiner sechs Beine waren abgerissen, und die Strümpfe bluteten heftig.

Kyle senkte hastig den Kopf, als ein Auge der Königin sich für einen Moment auf ihn richtete. Plötzlich hatte er das Gefühl, daß die Kreatur ihn erkannte; daß sie ganz genau wußte, wer er wirklich war und was er hier tat.

Dann hörte er den Schrei.

Er war sehr leise. Keiner der anderen Jared und auch keine der anwesenden *Ameisen* nahmen ihn wahr; aber Kyles überscharfes Gehör registrierte ihn deutlich – und er erkannte auch die Stimme.

Der Kopf der Königin ruckte im gleichen Moment herum. Der Blick ihres riesigen Facettenauges richtete sich auf eine schmale Tür in der zerstörten Rückwand des Domes. Dann erscholl der Schrei erneut, und Kyle hörte andere, schrille Schreie, nicht die von Menschen, sondern das wütende Pfeifen von Tieren, gefolgt von den unverkennbaren Lauten eines heftigen Kampfes.

Ohne auch nur einen weiteren Gedanken an seine Sicherheit zu verschwenden, rannte er los. Zwei, drei *Ameisen* blickten mißtrauisch auf, wandten ihre Aufmerksamkeit dann aber wieder der verletzten Königin zu, die im gleichen Moment heftig zu zittern begonnen hatte. Ein Teil des Trümmerberges, unter dem sie eingeklemmt war, geriet ins Rutschen, als sie sich aufbäumte.

Kyle erreichte die Tür und stürmte hindurch. Der Lärm des Kampfes verstärkte sich. Kyle blieb eine halbe Sekunde stehen, um sich zu orientieren, und lief dann auf eine Tür zu, hinter der sich eine steinerne Treppe in engen Windungen in die Tiefe schraubte.

An ihrem Ende befand sich eine Holztür, hinter der er ein flackerndes, rotes Licht und hektische Bewegungen ausmachte. Kyle sprengte die Tür mit einem Fußtritt auf und stürmte hindurch.

In dem Kellergewölbe tobte ein erbitterter Kampf. Ein halbes Dutzend Jared wehrte sich verzweifelt mit Stöcken oder Steinen gegen eine Übermacht riesiger, graubrauner Ratten, die mit wütenden Pfiffen auf sie eindrangen und mit Zähnen und

Klauen nach ihnen schnappten. Die Barbaren kämpften mit einer Erbitterung und einem Mut, der selbst Kyle überraschte; trotzdem sah er auf den ersten Blick, daß es am Ausgang des Kampfes keinen Zweifel gab, denn aus einem Loch an der gegenüberliegenden Wand strömten immer mehr Ratten nach.

Kyle sah sich suchend um und entdeckte schließlich Gurk, der breitbeinig über einer reglosen Gestalt stand, ein rostiges Eisenstück schwang und sich mit überraschendem Erfolg gegen die Ratten zur Wehr setzte. Dann sah Kyle, um wen es sich bei der reglosen Gestalt handelte, und sprang mit einem Schrekkensruf los.

Er kam nur einen Schritt weit. Ein Nager sprang ihn an und verbiß sich in seiner Schulter. Mit einer einzigen, wütenden Bewegung schüttelte er die Ratte ab, riß sie in die Höhe und warf sie mit aller Kraft gegen die Wand. Er stürmte weiter, aber sofort griffen ihn weitere Tiere an. Kyle trat zornig um sich, nahm zwei, drei weitere schmerzhafte Bisse in Hände und Oberschenkel hin und zog seine Waffe. Er wagte es nicht zu schießen, aber der Kolben der kleinen Pistole gab eine passable Keule ab. Mit zwei, drei weiteren wuchtigen Hieben verschaffte er sich Luft, kämpfte sich auf den Eingang des Tunnels zu, aus dem die Ratten herausquollen, und feuerte. Die lautlose Lichtflut aus der Mündung der kleinen Pistole verwandelte ein halbes Dutzend der riesigen Bestien in Staubwolken. Kyle konzentrierte den Strahl auf den Eingang des Tunnels und hielt den Finger fast eine halbe Minute auf dem Auslöser, bis er sicher war, daß in dem Loch nichts mehr lebte. Dann fuhr er herum, steckte die Waffe wieder ein und stürzte sich mit bloßen Händen wieder in den Kampf.

Sein Eingreifen hatte die Situation schlagartig geändert. Die Ratten waren den Jared noch immer überlegen, aber jetzt, wo sie keinen Nachschub mehr erhielten, wurden die Barbaren leichter mit ihnen fertig. Immer mehr und mehr der Riesennager fielen tot oder schwer verwundet zu Boden, und schließlich waren es nur noch drei oder vier, die angstvoll zurückwichen und sich in einer Ecke des Raumes zusammendrängten.

Kyle zog seine Pistole und legte auf sie an, doch in diesem Moment fiel ihm einer der Jared, der zuvor noch mit einem Stein auf die Ratten eingedroschen hatte, in den Arm und schüttelte den Kopf. Kyle stieß ihn zur Seite, aber der Jared vertrat ihm blitzschnell wieder den Weg.

Verblüfft ließ Kyle die Waffe sinken und blickte abwechselnd auf die Jared und die Ratten, die sich in der Ecke zusammendrängten.

Der Jared wandte sich zu den Tieren um, hob langsam die Hand, deutete erst auf sie und dann in einer übertriebenen Geste auf den Tunnel, aus dem die Ungeheuer gekommen waren. Ungläubig und vollkommen verwirrt beobachtete Kyle, wie sich die Ratten langsam umwandten und eine nach der anderen wieder in der Öffnung verschwanden.

Ein leises Wimmern ließ den Megamann herumfahren. Gurk war auf die Knie herabgefallen und preßte stöhnend die Hände gegen den Oberkörper. Er blutete aus einem Dutzend tiefer Wunden, und sein Gesicht war schmerzverzerrt. Aber Kyle schenkte ihm nur einen flüchtigen Blick, dann ließ er sich neben Helen auf die Knie sinken und drehte sie vorsichtig herum.

Er erschrak zutiefst, als er sie ansah. Ihre Augen waren starr. Eine Ratte hatte ihr die Kehle durchgebissen.

»Nein!« flüsterte er entsetzt.

»Kannst du ihr helfen?« fragte Gurk.

Mühsam schüttelte Kyle den Kopf. Helen war tot. Er konnte eine Menge tun, aber er konnte keine Toten zum Leben erwecken.

»Was ist passiert?« flüsterte Kyle. Plötzlich packte er den Zwerg und schüttelte ihn wild. »Warum hast du sie nicht beschützt?!«

Gurk befreite sich aus seinem Griff und schob seine Hände fast behutsam zur Seite. »Sie hatte keine Chance«, sagte er leise. »Sie war die erste, über die sie herfielen. Ich konnte nichts tun.«

Kyle traten Tränen in die Augen. Zärtlich nahm er Helen in die Arme, berührte ihr Gesicht und schloß ihre Augen. Die Wunde in Helens Kehle sah winzig aus, fast lächerlich gegen die tiefen Biß- und Rißwunden, die Gurk und die Jared davongetragen hatten. Und es kam Kyle so ungerecht vor, so grausam – von ihnen allen hatte dieses Mädchen am wenigsten mit ihrem Krieg gegen Stone und seine Heerscharen zu tun. Warum mußte sie sterben?

Als er den Blick nach einer Weile wieder hob, bemerkte er, daß Gyell und andere Jared das Gewölbe betreten hatten und begannen die Körper ihrer toten oder verletzten Kameraden herauszutragen. Ihre Bewegungen waren dabei so präzise und zugleich teilnahmslos, daß sie fast an Maschinen erinnerten.

Gyells Blick glitt über Helens reglose Gestalt. Dann sah er den Megamann an. »Willst du, daß sie lebt?«

Kyle hörte, wie Gurk neben ihm scharf die Luft einsog. Einen Herzschlag lang starrte er den Jared mit einer Mischung aus Unglaube und Schrecken an, dann sah er auf den verletzten Techniker herab. So entsetzlich der Anblick war, der Mann *lebte*, auf eine andere, völlig unbegreifliche Art zwar, aber er lebte.

Ohne ein Wort hob Kyle Helen auf, und Gyell interpretierte sein Schweigen als die Zustimmung, die es darstellte.

14

Generalmajor Krämer war ein kleiner, untersetzter Mann mit grauen Haaren. Er trug eine maßgeschneiderte Uniform, aber die Art, auf die er sich bewegte, ließ sie trotzdem so aussehen, als wäre er in den Anzug seines großen Bruders geschlüpft. Seine Stimme war leise und hätte angenehm geklungen, hätte er nicht die Angewohnheit gehabt, sich mit knappen, fast abgehackt wirkenden Sätzen auszudrücken.

Allerdings hatte Charity selbst fast die meiste Zeit geredet; die gleiche Geschichte, die sie seit ihrem Erwachen schon unzählige Male erzählt hatte und die Krämer garantiert bereits kannte, denn er hatte das Gespräch gleich mit der Bemerkung eröffnet, daß Leutnant Hartmann ihn bereits über Funk über das Wichtigste informiert hatte. Trotzdem hatte er aufmerksam zugehört, während sie ihm erzählte, was sie seit ihrem Erwachen in den Ruinen von SS01 erlebt hatte.

». . . und jetzt sind wir hier«, schloß Charity. »Ich kann nicht unbedingt sagen, daß mich die Art Ihrer Einladung besonders erfreut hat.«

»Die äußeren Umstände waren unglücklich«, gestand Krämer. Er warf Hartmann, der hinter Charity stand, einen Blick zu. »Ist es wahr, was Captain Laird über Lehmann sagt?«

Hartmann antwortete mit einem knappen »Ja.«

»Dann verhaften Sie ihn«, sagte Krämer.

Hartmann wollte widersprechen. »Aber . . .«

»Er steht unter Arrest«, unterbrach ihn Krämer. »Sobald ich Zeit dazu finde, wird er sich vor mir persönlich verantworten müssen. Ich lasse keine Selbstjustiz in meiner Truppe zu.«

»Wahrscheinlich hat er einfach die Nerven verloren«, hörte sich Charity fast zu ihrer eigenen Überraschung sagen. »Es ging alles so furchtbar schnell und . . . er war sehr nervös.«

Krämer zog überrascht die Augenbrauen zusammen. »Sie verteidigen ihn?« fragte er. »Das überrascht mich. Er hat einen Ihrer Freunde erschossen.«

Charity schüttelte den Kopf. »Kyle ist nicht tot«, sagte sie leise. Einige Sekunden lang blickte Krämer sie nachdenklich an, dann wedelte er mit der Hand, um Hartmann fortzuschicken, und stand mit einem Ruck auf. Charity unterdrückte ein Lächeln, als sie sah, daß Krämer dadurch *kleiner* wurde. Er war kaum größer als Gurk, offenbar hatte er auf einem sehr hohen Stuhl gesessen.

»Ich nehme an«, begann er, nachdem Hartmann sie alleingelassen hatte, »Sie und Ihre Freunde erwarten jetzt Hilfe von uns.«

Charity zögerte einen Moment, dann schüttelte sie den Kopf. »Eigentlich nicht«, sagte sie.

Krämer blickte sie mit einem Ausdruck leichter Überraschung, aber auch deutlicher Erleichterung an. »Nein?«

»Das alles hier ist . . . sehr beeindruckend«, antwortete Charity zögernd. »Aber ich vermute, wenn Sie die Macht hätten, die Moroni zu schlagen, hätten Sie es bereits getan.«

»Das stimmt«, bestätigte Krämer. »Ich schätze, wir können ihnen einen Denkzettel verpassen, an den sie sich noch in hundert Jahren erinnern, aber wir können sie nicht besiegen.« Er seufzte hörbar. »Wir haben fünfzig Jahre hier überstanden, aber wissen Sie auch warum? Weil wir uns ganz ruhig verhalten haben.«

»Aber Hartmann sagte . . .«

Krämer unterbrach sie. »Hartmann denkt, was er denken soll, Captain Laird. Er denkt, wir hätten eine Chance. Er denkt, wir bräuchten nur lange genug abzuwarten, bis irgendwann der Tag kommt, an dem wir es ihnen zeigen.«

»Aber der wird nicht kommen«, sagte Charity.

Krämer nickte. »Es ist nichts als ein Spiel, Captain Laird. Wir schießen ab und zu einen von ihren Gleitern ab, und sie erwischen ab und zu eine von unseren Außenstationen oder eine Patrouille.«

»Ein sonderbares Spiel«, sagte Charity düster.

»Aber es funktioniert«, widersprach Krämer. »Und solange wir uns an die Regeln halten, tun sie es auch. Wir sind hier unten sicher, solange wir ihnen keinen zu großen Schaden zufügen. Ich bin nicht sehr glücklich über das, was in Köln geschehen ist, glauben Sie mir. Und nicht nur wegen Ihrer Freunde. Sie hätten das Nest nicht zerstören dürfen. Aber ich kann die Piloten verstehen. Wenn überhaupt, dann war es mein Fehler.«

»Wieso?«

»Ich sagte doch bereits, es ist ein Spiel. Aber wenn diese Königin tot ist oder stirbt, dann werden sie es nicht mehr dabei belassen, ein paar von unseren Patrouillen aufzulauern. Sehen Sie – wir sitzen hier isoliert vom Rest der Welt. Wir wissen lediglich, was sich unmittelbar in unserer Nähe abspielt, ansonsten haben wir über die Welt nur wenig Informationen.«

»Aber Sie wußten, daß es diese zweite Königin gibt?«

Krämer nickte. »Das ja«, antwortete er. »Aber wir wußten nicht wo. Meine Männer haben die letzten zehn Jahre nach ihrem Nest gesucht.«

»Aber wozu?« wunderte sich Charity. »Wenn Sie ohnehin nicht vorhatten . . .«

»Irgendeine Aufgabe brauchen sie, oder?« unterbrach sie Krämer. »Sie sind Soldaten, Captain Laird, und Soldaten brauchen eine Aufgabe. Sie können einen Mann nicht irgendwo hinsetzen und im Ernst von ihm verlangen, daß er ein Jahr lang die Hände in den Schoß legt. Nicht, wenn Sie sich nach diesem Jahr noch auf ihn verlassen wollen.«

»Doch was geschieht jetzt mit uns?« fragte Charity unvermittelt. »Mit Skudder, Net und mir?«

»Geschehen?« Krämer klang ehrlich verwundert. »Nichts«, sagte er. »Ich sagte Ihnen bereits – die Männer waren ein wenig übereifrig. Wenn Sie wert darauf legen, entschuldige ich mich offiziell für ihr Verhalten. Sie und Ihre Begleiter sind unsere Gäste, solange Sie wollen. Sie können bleiben – oder gehen.«

»Aber wir haben keine Hilfe von Ihnen zu erwarten«, vermutete Charity.

»Das kommt darauf an, was Sie unter dem Wort Hilfe verstehen«, antwortete Krämer. »Ausrüstung, Waffen, Verpflegung haben wir genügend, aber mehr können wir Ihnen nicht anbieten.«

»Das heißt, Sie wollen weitere fünfzig Jahre hier sitzen und abwarten, was geschieht?«

»Wenn es sein muß, auch fünfhundert«, antwortete Krämer ungerührt. »Obwohl ich es dann nicht mehr sein werde, der hier sitzt.«

»Das stimmt«, erwiderte Charity bissig. »Wahrscheinlich wird es eine zwei Meter große Spinne sein. Oder ein intelligenter Riesenskorpion.« Sie machte eine ärgerliche Handbewegung, als Krämer auffahren wollte. »Ich verstehe Sie ja. Aber sehen Sie, ich war dort draußen. Ich habe mit eigenen Augen gesehen, was sie mit diesem Planeten machen. Und ich gebe Ihnen mein Wort darauf, daß sie sich nicht damit zufriedengeben, ihn erobert zu haben. Sie verändern ihn. Sie haben bereits damit begonnen.«

»Ich weiß«, sagte Krämer leise. »Glauben Sie, ich wäre blind? Aber was soll ich tun? Ich habe ein Dutzend Hubschrauber und Panzer, und noch zwei oder drei andere Überraschungen, mit denen Ihr Freund Stone wahrscheinlich nicht rechnet. Aber das ist zu wenig, um einen ganzen Planeten zu befreien, meinen Sie nicht auch?«

»Es wäre auch zu wenig, wenn Sie hundertmal so viele Waffen hätten«, erwiderte Charity. »Sie haben uns schon einmal besiegt, und damals haben uns alle Armeen der Welt nichts genutzt.«

»Ich weiß«, sagte Krämer. »Ich war dabei.«

Charity sah ihn eine Sekunde lang überrascht an, dann fiel ihr wieder ein, was Hartmann erzählt hatte. Aber bevor sie eine entsprechende Frage stellen konnte, meldete sich das altmodische Telefon auf Krämers Schreibtisch. Der General nahm ab, lauschte einen Moment schweigend und hängte dann wortlos wieder ein.

»Ihr Freund ist wach geworden«, sagte er. »Ich glaube, er wünscht Sie zu sehen.«

Charity stand auf. »So wie ich Skudder kenne, ist er gerade dabei, Ihre halbe Basis kaputtzuschlagen«, vermutete sie.

In Krämers Augen erschien ein flüchtiges Lächeln. »Sagen wir, er versucht es«, sagte er. »Aber vielleicht ist es wirklich besser, wenn Sie hingehen und mit ihm reden.« Er machte eine Bewegung auf seinen Schreibtisch. »Ich habe hier noch einige Kleinigkeiten zu erledigen, wie Sie sich vielleicht denken können. Aber danach stehe ich Ihnen voll und ganz zur Verfügung. Bis dahin wird sich Leutnant Hartmann um Sie kümmern.

Charity verließ in Hartmanns Begleitung die kleine Baracke. Krämers Hauptquartier war eines der kleinsten Gebäude der unterirdischen Stadt. Bei den meisten anderen handelte es sich um große, fensterlose Hallen, zwischen denen sich niedrige, aus Beton gegossene Kuppeln verbargen, einige von ihnen so klein, daß sie eigentlich nur der Einstieg zu anderen, tiefer gelegenen Ebenen der Bunkerfestung sein konnten.

Skudder und Net waren in einem dreistöckigen Gebäude nur wenige hundert Schritte entfernt untergebracht. Charity hörte die Stimme des Hopis schon, als sie in den Gang traten, an dessen Ende sich sein Zimmer befand. Das Gebäude diente offensichtlich als Krankenhaus, das im Moment aber so gut wie keine Patienten zu haben schien; fast alle Türen standen offen und gewährten Charity Einblick in kleine, aber freundlich eingerichtete Zimmer mit zwei, manchmal drei Betten.

Vor der Tür, durch die Skudders wütende Stimme drang, standen zwei Soldaten Wache. Als sie Hartmann erkannten, traten sie respektvoll einen Schritt zur Seite, und der Leutnant öffnete die Tür.

Skudder war ans Bett gefesselt. Er starrte sie ärgerlich an, und dann schlug der Ausdruck in seinem Blick in puren Zorn um, als er Hartmann erkannte, der vorsichtig hinter Charity das Krankenzimmer betrat. »Hartmann!« schnappte er. »Was soll das? Ist das Ihre Art, Verbündete zu behandeln?«

»Nein.« Hartmann drehte sich ärgerlich zu den beiden Soldaten draußen im Gang um und winkte sie herein. »Wer hat Befehl gegeben, diesen Mann zu fesseln?« fragte er zornig.

»Niemand, Herr Leutnant«, antwortete einer der beiden stockend. »Wir dachten nur ... nun, er ... er sah gefährlich aus, und wir ...«

»Sie sollen nicht *denken*«, sagte Hartmann bissig. »Tun Sie einfach, was man Ihnen befielt. Und jetzt binden Sie ihn los!«

Der Soldat beeilte sich, seinen Befehl auszuführen, wobei er sich aber alle Mühe gab, Skudder nicht zu nahe zu kommen.

»Es tut mir leid«, sagte Hartmann, nachdem der Soldat zurückgetreten war. »Ich entschuldige mich für diese Idioten. Sie sind unser Gast, nicht unser Gefangener.«

Skudder rieb sich mit finsterem Gesichtsausdruck die Handgelenke, starrte abwechselnd ihn, die beiden Soldaten und Charity an und stand schließlich auf. »Wenn das so ist«, sagte er, »dann bringen Sie mich zu Ihrem Kommandanten. Ich habe ein paar Worte mit ihm zu reden.«

»Generalmajor Krämer wird in wenigen Minuten hier sein«, sagte Hartmann. »Ich habe Captain Laird bereits alles erklärt. Glauben Sie mir, was passiert ist, tut mir sehr leid.«

»Ja«, knurrte Skudder. »Man sieht es Ihnen direkt an.«

Bevor Hartmann eine ärgerliche Entgegnung machen konnte, trat Charity zwischen die beiden Männer und fragte: »Wo ist eigentlich Net?«

»Nebenan«, knurrte Skudder und wies zur Tür. »Sie duscht.«

»Duscht?« wiederholte Charity. Überrascht sah sie Hartmann an. »Sie haben eine Dusche hier und warmes Wasser?«

»Ja«, antwortete Hartmann spöttisch. »Sogar richtige Seife.«

Charity lachte überrascht auf. »Ich habe seit Monaten keinen Wasserhahn mehr gesehen, der funktioniert.«

Hartmann lächelte. »Ich verstehe Ihre Überraschung gut.«

Charity zögerte einen Moment, dann fragte sie: »Glauben Sie, daß noch Zeit genug ist, um auch ...«

»Selbstverständlich«, unterbrach sie Hartmann, der zu spüren schien, daß ihr die Frage unangenehm war. »Und ehe Sie fragen – das Wasser ist nicht rationiert. Die Basis liegt unter einem unterirdischen Fluß.«

Mit einem sanften Lächeln wandte Charity sich zur Tür.

Nach Monaten, in denen sie nur selten aus ihrem Anzug herausgekommen war, tat das warme Wasser unendlich gut. Charity genoß die wechselnden heißen und eisigen Schauer, die über ihre Haut liefen. Sie blieb sehr lange in der Duschkabine, selbst als das Stück Seife, das sie vorgefunden hatte, schon längst aufgebraucht war. Dann klopfte jemand vorsichtig gegen die Milchglasscheibe.

Sie drehte das Wasser ab, fuhr sich mit den Händen durch das Gesicht und erkannte einen verzerrten Umriß auf der anderen Seite der Tür. »Ja?«

»Bist du fertig?«

»Nein«, antwortete Charity fröhlich. »Komm in einer Woche wieder.«

Skudder bewegte sich unruhig auf der anderen Seite der Milchglastür. »Dieser komische General«, sagte er, »wartet schon eine ganze Weile.«

»Dann kann er auch noch zehn Minuten länger warten«, erwiderte Charity. Sie öffnete die Tür einen Spaltbreit und streckte den Arm hinaus. »Irgendwo dort draußen muß ein Handtuch liegen. Bis du so nett und bringst es mir?«

Skudder hantierte eine Zeitlang lautstark im Zimmer herum, dann drückte er ihr ein flauschiges Tuch in die Hand und verschwand blitzschnell wieder von der Tür. Charity trocknete sich sorgsam und übertrieben lange die Haare ab, dann wickelte sie sich in das Tuch und trat aus der Kabine heraus.

Einen Moment lang blickte Skudder sie durchdringend an, dann drehte er sich mit einem verlegenen Ruck um.

»Sei nicht albern«, sagte Charity. »Sieh lieber nach, ob du irgend etwas Sauberes zum Anziehen für mich findest.« Sie stieß mit dem Fuß nach ihrem Anzug, der unordentlich zusammengeknüllt auf dem Boden lag. »Das Zeug stinkt, als hätte eine ganze Ziegenherde darin überwintert.«

Während Skudder rasch und ohne Erfolg die beiden Schränke in der Wand neben der Tür durchsuchte und dann den Raum verließ, begann sie, die Taschen ihrer Uniform zu leeren und den breiten Instrumentengürtel zu entfernen. Nach wenigen Augenblicken schon kehrte der Hopi zurück, eine saubere Uniform über dem linken Arm und ihre beiden Gewehre unter den rechten geklemmt.

»Glaubst du, daß wir die brauchen?« fragte Charity ihn mit einer Geste auf die Waffen, während sie die Kleidungsstücke an sich nahm.

Skudder zuckte mit den Achseln und lehnte die Gewehre an die Wand neben die Tür. »Ich weiß nicht«, murmelte er. »Ich fühle mich einfach sicherer so.«

»Du scheinst dich sowieso nicht besonders wohl zu fühlen, wie?«

»Ich war noch nie gern eingesperrt«, antwortete er mit einer wegwerfenden Handbewegung.

»Krämer hat mir versichert, daß wir alles tun und lassen können, was wir wollen.«

Skudder warf Charity einen spöttischen Blick zu. »Diese ganze Anlage ist ein einziges riesiges Gefängnis. Ich komme mir vor wie lebendig begraben.«

Sie verstand sehr gut, was er meinte. Doch trotz der unglücklichen Umstände ihrer Ankunft war ihr Aufenthalt in dieser Station doch so etwas wie eine Heimkehr für sie: Für Skudder hingegen mußte es alles neu und erschreckend sein. »Ich glaube nicht, daß wir allzu lange hierbleiben«, sagte sie achselzuckend.

»Was ist mit Helen und dem Zwerg?« fragte Skudder plötzlich. »Glaubst du, daß sie noch leben?«

Charity überlegte einen Moment, ehe sie nickte. »Ja, ich glaube, daß wir sie recht bald wiedersehen.« Sie machte einen Schritt auf die Tür zu und blieb wieder stehen. »Du hast nicht nach Kyle gefragt.«

»Ihm passiert schon nichts. Er ist ja eine Art Übermensch.«

»Du magst ihn nicht besonders, wie?«

»Nein«, gestand Skudder. »Muß ich ihn mögen?«

»Natürlich nicht«, antwortete Charity. »Aber es wäre besser. Immerhin . . .«

»Weiß keiner von uns, was er wirklich vorhat«, unterbrach sie Skudder. »Daß er uns bisher geholfen hat, kann ein Trick sein.«

»Unsinn!« widersprach Charity.

»Vielleicht hat er noch nicht gefunden, wonach er sucht.«

Charity wollte erneut widersprechen, aber statt dessen blickte sie Skudder eine ganze Weile schweigend an und fragte schließlich: »Was hast du wirklich gegen ihn? Bist du eifersüchtig?«

»Habe ich Grund dazu?«

»Nein«, antwortete Charity. Dann drehte sie sich um und verließ das Zimmer.

Krämer, Hartmann und Net standen draußen auf dem Gang und unterhielten sich leise. Als Hartmann sie sah, maß er sie mit einem kurzen, eindeutig bewundernden Blick und nickte anerkennend. »Die Uniform steht Ihnen gut, Captain Laird«, sagte er.

»Ich melde mich trotzdem nicht freiwillig bei Ihnen«, antwortete Charity lächelnd. Sie machte eine Handbewegung zum Ausgang. »Gehen wir?«

»So eilig?«

»Wir haben eine Menge zu besprechen«, antwortete Charity. »Zum Beispiel, was wir wegen Kyle, Gurk und dem Mädchen unternehmen.«

»Im Moment, fürchte ich, können wir gar nichts tun«, antwortete Krämer. »Dort oben ist im Augenblick der Teufel los, wie Sie sich wahrscheinlich selbst denken können. Es wäre zu riskant, die Station jetzt zu verlassen.«

Charity schluckte die scharfe Entgegnung herunter, die ihr auf der Zunge lag. Von seinem Standpunkt aus hatte Krämer wahrscheinlich recht – die *Ameisen* würden den Tod der Königin nicht so ohne weiteres hinnehmen. Aber um so wichtiger war es, Helen, Kyle und den Zwerg zu finden – bevor Stones Truppen es taten.

»Und außerdem haben wir im Augenblick wirklich Wichtigeres zu tun«, fuhr Krämer fort.

»Zum Beispiel?« erkundigte sich Charity.

Krämers Gesicht verdüsterte sich. »Ich will Ihnen nichts vormachen«, sagte er. »Außerdem müßten Sie schon blind sein, um nicht selbst zu merken, daß wir . . . Probleme haben.«

»Ich kann mir nicht vorstellen, daß es etwas gibt, womit Typen wie ihr nicht spielend fertig werdet«, warf Skudder spöttisch ein.

Charity warf ihm einen warnenden Blick zu, aber die Worte des Hopi schienen Krämer eher zu amüsieren als zu ärgern. »In gewissem Sinne sind sie nicht ganz unschuldig daran, mein Lieber.«

»Ich?«

Krämer schüttelte den Kopf. »Sie alle, oder besser gesagt, die Umstände Ihrer Ankunft hier.«

»Sie haben Angst, daß Ihr kleines Versteck auffliegen könnte, wenn die *Ameisen* zu intensiv nach uns suchen«, vermutete Skudder.

»Keineswegs«, erwiderte Krämer ruhig. »Sie suchen uns seit fünfzig Jahren, ohne uns zu finden. Und wenn wir keinen Fehler machen, werden sie noch weitere fünfzig Jahre nach uns suchen.« Er wandte sich um und begann, langsam auf die Treppe zuzugehen. Charity und die anderen folgten ihm.

Charity hatte erwartet, daß Krämer seine Worte präzisieren würde, aber er beließ es bei einigen Belanglosigkeiten, bis sie das Gebäude verließen und wieder in die Höhle hinaustraten. »Was waren das für Probleme, von denen Sie gerade gesprochen haben?« fragte Charity schließlich.

»Probleme ist vielleicht nicht das richtige Wort«, erwiderte Krämer ausweichend. »Sagen wir, ich habe über zwei, drei Dinge nachgedacht. Unter anderem darüber, weshalb die *Ameisen* sich solche Mühe machen, Sie umzubringen.«

»Wir haben ihnen ziemlichen Ärger bereitet«, sagte Skudder.

Krämer schüttelte nur den Kopf. »Das glaube ich Ihnen gern«, sagte er. »Aber Ihre Tapferkeit und den Schaden, den Sie ihnen zugefügt haben, in Ehren, Mister Skudder – ich glaube, *wir* haben ihnen in den letzten fünfzig Jahren eine Menge mehr Ärger bereitet. Und trotzdem werfen sie uns keine Atombombe auf den Kopf.«

»Vielleicht tun sie es ja noch«, sagte Skudder.

»Vielleicht«, antwortete Krämer ungerührt. »Aber das glaube ich eigentlich nicht.« Er machte eine weit ausholende Handbewegung. »Um diese Basis zu zerstören, müßte man schon sehr genau wissen, wo sie ist – oder eine Waffe einsetzen, die die Hälfte dieses Kontinents unbewohnbar macht. Und das werden sie nicht tun. Sie brauchen diese Welt. Sie werden nicht fünfzig Jahre Kolonisationsarbeit wegwerfen, nur weil ein paar Rebellen ein paar ihrer Flugzeuge abschießen.« Er blieb nun selbst stehen, sah Charity eine Sekunde lang durchdringend an und schüttelte schließlich den Kopf, ehe er weiterging. »Nein, es muß etwas anderes sein. Sie haben mir erzählt, wieviel Mühe Sie darauf verwendet haben, sich Zugang zum NATO-Bunker in Paris zu verschaffen. Dort unten muß irgend etwas gewesen sein, das unvorstellbar wichtig für sie ist.«

»Wahrscheinlich«, sagte Charity achselzuckend. »Aber ich gebe Ihnen mein Wort, daß ich nicht weiß, was es ist.«

»Ich glaube Ihnen«, antwortete Krämer. »Aber unsere Freunde von Moron offensichtlich nicht. Und vielleicht ist das sogar gut so.«

»Wieso?« wunderte sich Charity.

»Weil Sie uns so möglicherweise einen entscheidenden Hinweis gegeben haben«, antwortete Krämer. Charity sah ihn verwirrt an, und er fügte hinzu: »Es kann sein, daß wir das, von dem sie anzunehmen scheinen, daß wir es wissen, doch noch finden.«

»Sie machen Scherze«, sagte Charity alarmiert. »Der Bunker wurde völlig vernichtet.«

Krämer nickte. »*Dieser* eine Bunker. Aber sehen Sie, es gab drei gleichartige Anlagen in ganz Europa. Eine befand sich in London. Soviel wir wissen, wurde sie bereits in den ersten Tagen der Invasion zerstört. Die zweite haben Sie selbst in die Luft gejagt. Und die dritte . . .«

»Ist hier?« vermutete Charity ungläubig.

Krämer nickte. »Richtig, Captain Laird. Was immer in den Computern der NATO-Basis in Paris gespeichert war – wir wissen es auch.«

Charity blieb stehen und starrte den kleinwüchsigen Generalmajor verblüfft an. »Ist Ihnen klar, was Sie da sagen?«

»Natürlich«, sagte er. »Was immer die Invasoren in Paris gesucht haben – wir haben es auch.«

15

Die Königin tobte. Die Schreie der riesigen Kreatur ließen den Boden zittern und die *Ameisen*, die sich um sie hatten kümmern wollen, sich wie unter Schlägen ducken. Ihr riesiger, aufgedunsener Hinterleib zuckte und warf sich wild hin und her, wobei er unentwegt weiter Eier ausstieß, wie eine gewaltige, beschädigte Maschine, die nicht mehr in der Lage war, in ihrer Arbeit innezuhalten.

Kyle spürte, daß es nicht nur der körperliche Schmerz war, der dieses Wesen in Raserei versetzte. Es war das erste Mal, daß er einer Königin so nahe gegenüberstand, aber es war nicht das erste Mal, daß er eine von ihnen sah. Und doch unterschied sich diese Königin von allen anderen, die er je zu Gesicht bekommen hatte. In ihren riesigen Facettenaugen loderte eine gewaltige Intelligenz, gepaart mit der Bosheit eines finsteren Gottes.

Es kostete Kyle all seine Kraft, den Blick von den gewaltigen Facettenaugen der *Ameisen*königin zu lösen und einen Schritt zurückzutreten. Im Inneren des zerstörten Domes befanden sich eine Unzahl Jared und *Ameisen*; in einiger Entfernung gewahrte er die schimmernde weiße Gestalt des Inspektors. Er stand reglos da, aber sein Blick war so unverwandt auf Kyle gerichtet, daß ihm klar war, daß er ihn erkannt hatte. Aus einem Grund, der Kyle unbegreiflich war, hatte er bisher darauf verzichtet, seinen Kriegern Befehl zu geben, ihn anzugreifen.

Langsam drehte der Megamann sich herum und ging zu Gurk zurück, der unter der Tür stehengeblieben war und sich mit schmerzverzerrtem Gesicht die Ohren zuhielt. »Wo ist Gyell?« fragte Kyle.

Gurk nahm eine Hand herunter und deutete hinter sich. Seine Lippen bewegten sich, aber Kyle verstand überhaupt nichts. Jeder Laut ging im Kreischen der tobenden Königin unter. Als er der Geste des Zwerges folgte, erkannte er Gyell zwischen höchst aufgeregten Jared.

Während sich Kyle durch das Durcheinander in der Kathedrale auf den Jared zu arbeitete, war er sich die ganze Zeit der bohrenden Blicke des Inspektors bewußt, die jede seiner Bewegung verfolgten. Als er Gyell endlich erreicht hatte, zerrte er ihn unsanft an der Schulter. »Wo ist Helen?!« herrschte er ihn an. »Was habt ihr mit ihr gemacht?«

Der Jared hob den Arm und schob Kyles Hand mit erstaunlicher Kraft beiseite. »Jetzt nicht«, sagte er.

Er wollte sich wieder herumdrehen, aber Kyle ergriff ihn so fest am Arm, daß jeder andere vor Schmerz aufgeschrien hätte. In Gyells Gesicht zuckte nicht einmal ein Muskel. »Du wirst mir jetzt sofort . . .«

Gyell berührte ihn beinahe sanft an der Schulter, und ein furchtbarer Schmerz schoß durch Kyles Körper und ließ ihn mit einem Schrei zurücktaumeln. Hilflos sank er zu Boden und kämpfte einen Moment lang mit verzweifelter Kraft gegen die dunklen Schleier, die vor seinen Augen tanzten und sein Bewußtsein verschlingen wollten. Gyells Gestalt begann vor seinen Augen zu verschwimmen, als er den Kopf hob.

»Wir werden für das Mädchen tun, was getan werden muß«, sagte Gyell ruhig. »Aber nicht jetzt. Die Königin stirbt.«

»Ich weiß«, stöhnte Kyle. »Aber was hat das mit . . .«

»Wenn sie stirbt, sterben auch wir«, sagte Gyell.

Kyle blickte ihn verwirrt an.

»Und auch das Mädchen«, fügte der Jared hinzu.

Während der Jared sich herumdrehte und mit ruhigen Schritten zu seinen Brüdern zurückging, plagte sich Kyle taumelnd in die Höhe. In seinem Kopf drehte sich noch immer alles, und er hatte das Gefühl, daß seine Knie das Gewicht seines Körpers kaum zu tragen vermochten.

»Was ist passiert?« fragte Gurk aufgeregt, während er abwechselnd ihn und den Jared anstarrte.

»Ich habe keine Ahnung«, murmelte Kyle. Selbst das Sprechen fiel ihm schwer. Kein Schmerz lähmte ihn, sondern vielmehr das Gefühl von Schwäche. Es war, als hätte der Jared ihm etwas von seiner Lebenskraft geraubt.

»Was ist los mit dir?« wiederholte Gurk seine Frage. Als er auch diesmal keine Antwort bekam, legte er den Kopf in den Nacken und blinzelte nachdenklich zu Kyle empor. »Anscheinend bist du doch nicht ganz so unverwundbar, wie ich dachte.«

»Möglich«, antwortete Kyle einsilbig. Wieder suchte sein Blick den Inspektor. Die riesenhafte, weiße *Ameise* war näher gekommen und starrte ihn noch immer unverwandt an. Neben den zahllosen Arbeiterinnen, die das zerstörte Kirchenschiff nach Eiern durchsuchten, die den Angriff überlebt hatten, gewahrte Kyle jetzt ein gutes Dutzend Soldaten. Die meisten waren mit Lasergewehren bewaffnet, aber einige trugen auch die kleinen, plump aussehenden Strahlenpistolen, von denen Kyle eine in Paris erbeutet hatte. Ein Schuß aus dieser Waffe würde auch ihn töten.

»Es scheint allmählich brenzlig zu werden«, sagte Gurk neben ihm. Auch er hatte die Soldaten bemerkt. »Ergeben wir uns, oder gehen wir mit fliegenden Fahnen unter?« fragte er spöttisch.

Kyle antwortete nicht. Er hatte das sichere Gefühl, das alles, was jetzt geschah, längst nicht mehr in ihrer Entscheidung lag. Daß die Soldaten ihn bisher nicht angegriffen hatten, lag wahrscheinlich einzig an der gefährlichen Nähe der Königin, in der sie sich aufhielten. Ein einziger fehlgeleiteter Schuß könnte die Kreatur töten.

Unsicher sah Kyle sich nach Gyell um. Der Jared und ein Dutzend seiner Brüder näherten sich vorsichtig der tobenden

Königin. Anders als zuvor den *Ameisen* gestattete sie es ihnen, nahe an sie heranzutreten. Kyle beobachtete mit einer Mischung aus Verwirrung und Faszination, wie die Jared einen Halbkreis um den riesenhaften Kopf des gigantischen Insekts bildeten. Ihre Hände vollführten langsame beschwörende Bewegungen, und Kyle glaubte, ein monotones Summen zu hören.

»Was tun sie da?« flüsterte Gurk.

Kyle achtete nicht auf den Gnom. Auch ihn verwirrte das Tun der Jared zutiefst – aber er glaubte zumindest zu wissen, was die sonderbaren Jared da taten. Zehn Minuten vergingen, in denen Gyell und die anderen einfach reglos da standen, mit den Händen Muster in die Luft zeichneten und dieses unmelodische Summen von sich gaben. Das Toben der Königin beruhigte sich allmählich, aber ihr gigantischer Leib zuckte noch immer vor Schmerz, und der Blick ihrer riesigen Augen wurde trüb.

Schließlich ließen die Jared einer nach dem anderen erschöpft die Arme sinken. Einige brachen kraftlos dort zusammen, einige andere taumelten noch ein paar Schritte zurück, ehe sie sich müde auf den Boden setzten. Auch Gyell wankte mit erschöpften Bewegungen zur Seite und griff blind und haltsuchend um sich. Kyle war mit einem Satz bei ihm und fing ihn auf, ehe er zusammenbrechen konnte. Instinktiv wartete er auf den gleichen, grausamen Schmerz, den er bei Gyells erster Berührung verspürt hatte. Aber diesmal geschah etwas völlig anderes. Für einen Moment hatte er das Gefühl, in einen Abgrund zu stürzen, einen bodenlosen, finsteren Schacht, in dem er all seine Kraft verlor. Dann trafen sich ihre Blicke, und der Jared las den Schrecken in Kyles Augen, und im gleichen Sekundenbruchteil erlosch die saugende Kraft.

»Tu es«, sagte Kyle leise.

Gyells Blick wurde fragend. *Du weißt, was es bedeutet?*

Kyle antwortete auf die gleiche, lautlose Art, und Gyells Hand schloß sich fester um seine Finger. Erneut spürte er, wie ein Strom unsichtbarer, pulsierender Kraft von ihm auf den Jared überging, wie sein eigener Körper an Stärke verlor, während sich die erschlafften Züge des Jared wieder strafften.

Eine Sekunde, bevor Kyle einfach zusammenbrechen konnte,

hörte er auf, und plötzlich war es Gyell, der ihn stützen mußte, damit er nicht fiel.

»Ich danke dir«, sagte Gyell. »Du hast diesen Körper gerettet. Er wäre gestorben.«

Kyle befreite sich mühsam aus seinem Griff und mußte für eine Sekunde seine letzten Energiereserven mobilisieren, um überhaupt noch auf den eigenen Füßen stehen zu können. Gyell wäre gestorben, hätte er ihm nicht geholfen. Kyle mußte nicht einmal den Blick wenden, um zu wissen, daß keiner der anderen Jared noch am Leben war.

»Jetzt geht!« sagte Gyell.

Kyle deutete über die Schulter zurück auf die weiße Gestalt des Inspektors. Die Zahl der Soldaten in seiner Begleitung war auf fast zwei Dutzend angewachsen; sie bildeten eine breite, undurchdringliche Kette zwischen ihnen und dem Ausgang. Und selbst wenn es ihm gelungen wäre, ihre Front zu durchbrechen – er wußte, daß draußen weitere Soldaten auf sie warteten. »Sie werden es nicht zulassen.«

»Ihr steht unter unserem Schutz«, entgegnete Gyell. »Sie lassen euch gehen.«

»Und . . . Helen?«

»Das Mädchen?«

Kyle nickte. Gyell antwortete nicht darauf, aber sein Schweigen war beredt genug.

»Ihr müßt gehen«, sagte Gyell noch einmal. »Sie werden euch nichts tun, solange die Königin lebt. Aber wenn sie stirbt, werden sie auch euch töten.«

»Wäre einer der Herren vielleicht so freundlich, mir zu erklären, worum es überhaupt geht?« mischte sich Gurk ein.

Kyle ignorierte ihn. Sein Blick wanderte zwischen Gyells ausdruckslosem Gesicht, den riesigen, allmählich verlöschenden Kristallaugen der Königin und der kalten, weißen Gestalt des Inspektors hin und her. »Aber es muß einen Weg geben, sie zu retten!« protestierte er.

»Ihre Verletzungen sind zu schwer«, antwortete Gyell mit ausdrucksloser Stimme. Auch der Tod schien dem Jared keine Angst einzujagen. »Geht!« sagte er noch einmal. »Solange wir euch noch schützen können.«

Verwirrt und von einem Gefühl völliger Hilflosigkeit erfüllt, wandte sich Kyle um, machte einen Schritt auf die Front der *Ameisen* zu und blieb wieder stehen. Wieder glitt sein Blick über den riesigen, zuckenden Leib der Königin, die furchtbaren, tödlichen Verbrennungen auf ihrem Hinterleib und die riesigen Augen, in denen das Leben nur noch als schwacher Funke glomm. Und jetzt endlich begriff er, was die Jared wirklich waren.

Eine faltige Greisenhand ergriff plötzlich seine Finger. »Komm«, sagte Gurk leise. Anders als gewohnt war seine Stimme sanft, fast warm, und auch das spöttische Glitzern war aus seinen Augen verschwunden. Das Mitgefühl, mit dem er Kyle ansah, war nicht gespielt. »Wir können nichts mehr für sie tun.«

»Helen wird sterben«, murmelte Kyle.

Gurk schüttelte ganz sacht den Kopf. »Sie ist schon tot«, sagte er. »Ich weiß, daß es weh tun, aber die Wahrheit tut manchmal weh.«

»Ich . . . werde ihr helfen«, sagte Kyle.

Gurk lächelte schmerzlich. »Das kannst du nicht, mein Freund«, sagte er sanft. »Ich weiß, du kannst eine Menge – aber eine Tote wirst auch du nicht erwecken können. Und du hilfst Helen nicht, wenn du dich selbst umbringst.«

Kyle rührte sich nicht. Fast eine Minute lang starrte er den Zwerg an, ohne ihn wirklich zu sehen, dann hob er noch einmal den Blick, sah den Inspektor und die Armee schwarzer, riesiger *Ameisen* hinter ihm an, und drehte sich dann ganz langsam zu Gyell und der Königin herum. Die Bewegungen der gigantischen *Ameise* waren fast nicht mehr wahrzunehmen. Eine klare, zähe Flüssigkeit sickerte aus ihrem halbgeöffneten Maul, und ihr gewaltiger Hinterleib hatte aufgehört, unentwegt Eier auszustoßen.

Kyles Blick begegnete Jared. Eine unausgesprochene Frage stand in Gyells Augen, kein Fordern, nicht einmal eine Bitte – nur die bloße Bestätigung, daß es möglich war.

»Vielleicht täuscht du dich, Zwerg«, sagte Kyle endlich, während er langsam an Gyells Seite trat und dann zusammen mit ihm auf die Königin zuging.

Die Computerzentrale der Eifel-Basis war kleiner als die Anlage in Paris. Aber hier war der halbrunde Saal mit der riesigen Monitorwand keine tote Gruft, sondern von pulsierendem Leben erfüllt. Die meisten Computerpulte auf der anderen Seite der Glasscheibe waren zwar im Moment unbesetzt, aber nur weil Krämer die meisten Männer hinausgeschickt hatte, als sie angekommen waren. Ansonsten wurde hier an jedem Computer gearbeitet.

Charity ahnte auch, warum sich für sie ein so großes Empfangskomitee eingefunden hatte. Sie waren nicht einfach nur Fremde, die ein Zufall hierhergebracht hatte und die in einigen Tagen wieder verschwinden würden, sondern sie stellten wahrscheinlich die ersten Menschen dar, die jemals von außen in diese Welt aus Beton und Neonlicht eingedrungen waren. Die ersten Überlebenden der großen Katastrophe, die die Männer und Frauen hier unten seit einem halben Jahrhundert zu Gesicht bekamen. Mit einem erschöpften Seufzer fuhr Charity sich mit beiden Händen durch das Gesicht. Ihre Augen brannten vom langen, angestrengten Starren auf den Bildschirm, und wenn sie die Lider schloß, dann sah sie noch immer grüne Leuchtschrift. Sie war ziemlich sicher, daß Krämer mit seiner Vermutung recht hatte. Irgendwo in den unergründlichen Datenspeichern dieser Rechneranlage war etwas verborgen, was für die Moroni entweder von ungeheurer Wichtigkeit – oder ungeheuer gefährlich war. Aber sie wußten nicht was, und solange sie nicht wenigstens einen Anhaltspunkt hatten, war ihre Suche vollkommen aussichtslos.

Plötzlich stand Hartmann neben ihr. »Sind Sie weitergekommen?« fragte er mit einer Geste auf den Monitor.

Charity schüttelte stumm den Kopf, schaltete das Terminal mit einer resignierenden Bewegung aus und drehte sich mit dem Stuhl herum. »Keinen Schritt«, gestand sie und ballte zornig die rechte Hand zur Faust. »Ich weiß einfach nicht, wonach ich suchen soll.«

Hartmann sog an seiner Zigarette, hustete und wedelte hektisch mit der Hand vor dem Gesicht in der Luft herum, um den Rauch zu vertreiben. Er stand auf und warf der Klimaanlage unter der Decke einen zornigen Blick zu. »Irgendwann nehme ich mir eine Handgranate und sprenge das ganze verdammte Ding in die Luft!« versprach er.

»Anscheinend funktioniert hier unten doch nicht alles so einwandfrei, wie Sie gesagt haben.«

»Das verdammte Ding hat noch nie funktioniert. Wie wäre es, haben Sie Lust mit mir ein wenig hinauszugehen? So wie Sie aussehen, müssen Sie totmüde sein.«

Charity sah auf ihre Uhr – und erschrak. Sie hatte mehr als vier Stunden vor dem Computerterminal verbracht. Kein Wunder, daß sie kaum noch in der Lage war, die Augen offenzuhalten. Sie stand auf, warf dem erloschenden Monitor des Terminals einen letzten, fast vorwurfsvollen Blick zu und folgte Hartmann aus dem Raum.

Die Computerzentrale befand sich in einem speziell abgesicherten Raum zwanzig Meter unter der Höhlenstadt. Mit einem Aufzug fuhren sie nach oben und durchquerten einen langen, vollständig kahlen Gang, unter dessen Decke die mißtrauischen Videoaugen einer vollautomatischen Überwachungsanlage ihren Schritten folgten. Obwohl Charity wußte, daß die Computer nur auf nichtautorisierte Eindringlinge ansprechen würden, konnte sie sich eines unbehaglichen Gefühls nicht erwehren, während sie hinter Hartmann durch den Gang schritt. Sie atmete erst wieder auf, als sie durch die dreifach gesicherte Schleuse nach draußen traten. Obwohl ihr ihre Logik sagte, daß es völliger Unsinn war, hatte sie wirklich das Gefühl, hier draußen freier atmen zu können.

»Sind Sie müde?« fragte Hartmann mit beinah sanfter Stimme.

»Nein, nur enttäuscht«, antwortete Charity.

»Was haben Sie erwartet?«

Charity zuckte mit den Schultern. »Ich weiß es nicht«, gestand sie. »Irgendwie hatte ich wohl die naive Vorstellung, nur ein paar Tasten drücken zu müssen, um auf alles Antworten zu bekommen.«

»Wahrscheinlich haben Sie nur nicht die richtigen Fragen gestellt.«

»Wissen Sie sie denn?«

Hartmann schüttelte den Kopf, griff in die Jackentasche und zündete sich eine neue Zigarette an. »Nein«, sagte er. »Und ich bin nicht sicher, ob ich sie überhaupt wissen will.«

Ein leises, aber durchdringliches Piepen drang aus Hartmanns Brusttasche. Der Leutnant griff in sein Hemd, zog ein rechteckiges Gerät hervor und blickte eine Sekunde lang stirnrunzelnd darauf. Dann drückte er einen Knopf auf seiner Oberseite, und das Piepen verstummte. Charity sah ihn fragend an.

»Mein Herr und Meister ruft«, sagte Hartmann spöttisch.

»Krämer?«

Hartmann nickte. »Ja. Es ist besser, wenn ich gleich hingehe. Begleiten Sie mich?«

Charity zögerte. Sie hatte im Grunde keine Lust, Krämer wiederzusehen, aber die Vorstellung, allein hier zurückzubleiben, gefiel ihr noch viel weniger. Nach einigen Augenblicken nickte sie, und Hartmann drehte sich herum und deutete auf das kleine Gebäude am anderen Ende der Höhle, in dem Krämers Büro lag.

»Wie viele Männer haben Sie hier unten?« erkundigte sich Charity.

Hartmann zögerte, gerade lange genug, daß Charity begriff, daß er nicht sicher war, ob er ihr diese Auskunft wirklich geben durfte. Dann zuckte er ganz sacht mit den Schultern und sagte: »Normalerweise ungefähr sechshundert.«

»Was soll das heißen – normalerweise?«

Hartmann wiederholte sein Achselzucken. »Sechshundert Mann ist die Zahl, die wir brauchen, um diese Station ständig bemannt zu halten«, antwortete er. »Ich habe Ihnen das System doch erklärt – ein Jahr Wache, zehn Jahre Schlaf.«

Charity sah ihn leicht überrascht an. »Sie meinen, Sie haben *sechstausend* Männer hier unten?«

Hartmann schüttelte den Kopf. »Nein. Es sind nicht ganz zehntausend.« Er zog eine Grimasse und seufzte hörbar. »Krämer wird mir den Kopf abreißen, wenn er erfährt, daß ich es Ihnen erzählt habe. Aber früher oder später erfahren Sie es ja doch.«

»*Zehntausend Mann?!* Aber das ist . . . eine ganze Armee!«

»Was haben Sie erwartet?« Hartmann lächelte flüchtig. »Das hier ist eine militärische Einrichtung. Sie war ursprünglich dafür gedacht, einen Atomschlag zu überstehen und anschließend als Zentrum des Wiederaufbaus zu dienen.«

»Damit der ganze Wahnsinn von vorn losgeht?«

»Ohne diesen *ganzen Wahnsinn*«, sagte Hartmann betont, »wären Sie wahrscheinlich nicht mehr am Leben, Captain Laird.«

Sie legten die Hälfte des Weges schweigend zurück, ehe Charity abermals stehenblieb und mit einer Mischung aus Überraschung und Schrecken auf einen der kleinen Elektrokarren blickte, die beständig zwischen den einzelnen Gebäuden hin- und herfuhren. Auf der Ladefläche des kleinen Gefährts erhob sich ein Käfig aus verchromten Gitterstäben, in dem ein braungraues Pelzbündel hockte und sie aus dunklen, haßerfüllten Augen anstarrte.

»Keine Sorge, Miss Laird«, sagte Hartmann amüsiert, dem ihr Schrecken natürlich nicht entgangen war. »Diese Käfige sind völlig ausbruchsicher.«

Verwirrt blickte Charity dem Wagen nach, bis er im Tor einer der großen Hallen verschwunden war, das sich lautlos hinter ihm schloß. Erst dann sah sie Hartmann wieder an.

»Sie haben unsere kleinen Schoßtierchen ja schon kennengelernt«, fügte Hartmann hinzu.

»Ihre – *was*?« wiederholte Charity verblüfft.

»Vielleicht wäre Ihnen ein anderer Ausdruck lieber.« Hartmann forderte sie mit einer Geste auf weiterzugehen. »Ich hoffe, Sie gehören nicht zu denen, die schreiend auf einen Tisch springen, wenn sie eine Maus sehen. Wir haben nämlich eine ganze Anzahl von diesen kleinen Biestern hier unten.«

»Aber wozu?«

Hartmann seufzte. »Ich sagte Ihnen doch bereits – wir sind ziemlich viele hier unten. Was glauben Sie, wovon wir leben?« Er lachte leise.

»Ich glaube nicht, daß ich ... verstehe, was Sie meinen«, sagte Charity zögernd.

»Sie sind unsere Schöpfung«, entgegnete der Leutnant. »Sie müssen zugeben – sie sind nicht unbedingt hübsch, aber sie sind uns gelungen.«

»Wollen Sie damit sagen, sie haben sie *erschaffen*?« stieß Charity erschrocken hervor.

»In gewissem Sinne«, sagte Hartmann. »Wir haben sie sozusagen ein wenig verändert. Sie haben gesehen, wie sie sich auf die Biester gestürzt haben, die Sie und Ihre Freunde in dem Kanalisationsschacht angegriffen haben.«

Charity starrte ihn schockiert an. Die Erinnerung an die rasende Wut, mit denen sich die mutierten Riesenratten auf die

Kreatur von Moron gestürzt hatten, stand ihr noch deutlich vor Augen. Sie hatte den Haß *gefühlt*, den die Ratten empfanden, ein Haß von solcher Intensität, daß ihr selbst bei der bloßen Erinnerung daran ein eisiger Schauer über den Rücken lief.

»Sie haben sie genetisch verändert?«

Hartmann tat so, als müsse er einen Moment über dieses Wort nachdenken. »Fragen Sie mich bitte nicht nach Einzelheiten – aber es läuft darauf hinaus, daß die Biester gar nicht mehr anders können, als alles anzugreifen, was mehr als vier Beine hat und nicht von diesem Planeten stammt.«

»Das ist unglaublich«, murmelte Charity.

»Keineswegs. Ich bin nur ein einfacher Soldat, der außer Schießen nicht besonders viel gelernt hat, aber die Jungs in den Labors behaupten, daß es nicht einmal besonders schwer war. In den letzten Jahrzehnten sind immer mehr Mutationen aufgetreten. Es muß irgend etwas damit zu tun haben, was sie mit der Erde machen. Einige Spezies haben sich angepaßt, einige sind ganz verschwunden, und die Ratten sind ein bißchen größer geworden. Und ein bißchen schlauer.«

»Hören Sie auf, den Trottel zu spielen!« sagte Charity ärgerlich. »Diese Biester sind *intelligent*, Hartmann. Und Sie wissen das verdammt gut.«

Hartmann nickte. »Ein Grund mehr, sie auf unsere Freunde aus dem Weltraum abzurichten, finden Sie nicht?«

Sie hatten Krämers Gebäude erreicht, und Hartmann zog eine kleine Ausweiskarte aus Plastik aus der Tasche und schob sie in einen Schlitz neben der Tür, hinter der sie zwei bewaffnete Posten erwarteten. Der Generalmajor erwartete sie in dem kleinen Büro, in dem Charity auch das erste Mal auf ihn getroffen war. Net und Skudder waren bei ihm, und obwohl Krämer und der Hopi ihr Gespräch sofort unterbrachen, als Charity eintrat, hatte sie das sichere Gefühl, in eine Diskussion hineinzuplatzen, die kurz davor stand, in einen Streit auszuarten.

Als er sie erkannte, drehte sich Krämer mit einem Ruck herum, musterte sie kurz und fast feindselig und deutete dann mit einer abgehackten Kopfbewegung auf Skudder. »Captain Laird!« begann er im Befehlston. »Vielleicht würden Sie Ihrem Freund erklären, daß im Moment niemand die Station verlassen kann.«

»Gern«, antwortete Charity nach einem raschen, beruhigenden Blick in Skudders zorngerötetes Gesicht. »Wenn Sie es zuvor mir erklären.«

Krämers Miene verdüsterte sich noch mehr. »Ich glaube nicht, daß jetzt der richtige Moment für Scherze ist, Captain Laird«, antwortete er eisig. »Wir haben verdammt große Probleme, und Sie sind nicht ganz unschuldig daran. Das mindeste, was ich von Ihnen erwarten kann, ist ein wenig Kooperation.«

»Selbstverständlich«, antwortete Charity betont gelassen. »Aber Kooperation beruht immer auf Gegenseitigkeit. Wieso ist alles unsere Schuld? Wir haben nicht darum gebeten, von Ihren Männern entführt zu werden!«

»Das ganze verdammte Land dort draußen befindet sich in Aufruhr!« entgegnete Krämer in scharfem Ton. »Ihretwegen.«

»Und Ihre ganze schöne Station dazu«, sagte Charity.

Krämer erbleichte sichtlich. Einen Herzschlag lang starrte er sie durchdringend an, dann fuhr er herum und wandte sich wütend an Hartmann. »Sie verdammter . . .«

»Er hat kein Wort gesagt«, unterbrach ihn Charity ruhig.

Krämer blickte sie lauernd an. »Woher wissen Sie dann, was hier geschieht?«

»Man müßte schon ziemlich dumm sein, um nicht zu merken, daß hier irgend etwas nicht in Ordnung ist, antwortete Charity freundlich. »Was ist passiert?«

Krämer biß sich unentschlossen auf die Unterlippe. Dann sagte er: »Sie haben recht. Wir haben tatsächlich Schwierigkeiten. Es hat mit den Bomben zu tun, die sie geworfen haben.«

Charity sah ihn fragend an, worauf Krämer sich nervös mit der Hand über sein Gesicht fuhr. »Sie sind ein bißchen zu nahe an der Station explodiert.«

»Und?« fragte Charity verwirrt.

»Das hier ist eine militärische Einrichtung, Captain Laird, haben Sie das noch immer nicht begriffen?« fragte Krämer schneidend. »Unter normalen Umständen haben wir hier nur eine Mindestbesatzung, gerade genug, diesen Riesenkomplex vor dem Verfall zu bewahren. Neunundneunzig Prozent der

Arbeit wird von Computern verrichtet. Und die reagieren auf eine ganz bestimmte Weise auf einen Angriff mit Nuklearwaffen.«

Charity starrte ihn an. Sie verstand, was Krämer mit diesen Worten sagen wollte – aber es dauerte volle zehn Sekunden, bis sie wirklich *begriff*, was sie bedeuteten. Ein eisiger, ungläubiger Schrecken machte sich in ihr breit.

»Das hier ist nicht nur eine Überlebensstation, nicht wahr?« fragte sie mit leiser, fast tonloser Stimme.

Krämer antwortete nicht, aber Charity wußte, daß sie recht hatte.

»Sie können alles andere, als sich bloß zu verteidigen, Krämer! Und Ihre verdammten Computer haben einen Gegenschlag ausgelöst!«

»Immer mit der Ruhe«, sagte Krämer. »Wir haben die . . .«

»Wovon redet ihr?« mischte sich Skudder ein. Seine Stimme klang alarmiert.

Charity drehte sich fast zornig zu ihm herum. Anklagend deutete sie mit der Hand auf Krämer. »Davon, daß uns diese Idioten um ein Haar alle in die Luft gesprengt hätten! Wenn sie es nicht noch tun!«

»Ich sagte bereits«, unterbrach sie Krämer scharf, »daß wir das Programm gestoppt haben.«

»Oh, wie beruhigend!« sagte Charity sarkastisch. »Lief der Countdown für die Raketen schon?«

»Ich habe diese Anlage nicht entworfen!« verteidigte sich Krämer.

»Nein!« antwortete Charity aufgebracht. »Aber Sie hätten es bestimmt mit Freuden getan, wenn Sie gekonnt hätten, nicht wahr?« Sie machte eine wütende Handbewegung. »Allmählich beginne ich mich zu fragen, wieso wir uns nicht schon hundertmal selbst in die Luft gesprengt haben, bevor Sie gekommen sind.«

»Ich sagte bereits zweimal – wir haben das Programm gestoppt«, sagte Krämer zornig. »Es ist absolut nichts passiert.«

»Dann verstehe ich nicht, worüber Sie sich aufregen.«

»Die Raketen wurden nicht gestartet«, sagte Krämer. »Aber die ganze Basis befindet sich in Alarmbereitschaft. Ich bin nicht sicher, ob Sie begreifen, was das bedeutet. Wir haben über zehntausend Soldaten hier, Eliteeinheiten, die sich im Tiefschlaf befinden. Und die sind gerade dabei aufzuwachen.«

»Und wo ist das Problem?« erkundigte sich Skudder.

Krämer maß ihn mit einem Blick, als zweifele er an seinem Verstand, aber Hartmann kam ihm mit der Antwort zuvor.

»Wir haben weder den Platz noch die nötigen Vorräte, um eine so große Zahl von Männern länger als einige Tage zu beherbergen«, sagte er ruhig.

»Dann schalten Sie Ihre Computer ab und lassen Sie sie weiterschlafen«, schlug Skudder vor.

Hartmann schüttelte beinahe traurig den Kopf. »Das geht nicht«, sagte er. Er zögerte einen Moment, wobei er Krämer einen Blick zuwarf, als müsse er sich seine Erlaubnis einholen, weiterzureden. »Sehen Sie, Captain Laird, diese Soldaten befinden sich nicht in Schlaftanks, wie Sie oder ich oder die Männer, die Dienst in den Horchstationen draußen tun. Sie wissen, wie kompliziert und aufwendig die Winterschlaftechnik ist. Es wäre völlig unmöglich gewesen, ausreichend Geräte für eine so große Anzahl von Menschen bereitzustellen. Wir benutzen eine andere Technik. Bitte ersparen Sie mir, Ihnen zu erklären, wie sie funktioniert – genau weiß ich es selbst nicht. Aber sie ist riskant. Nicht alle von ihnen werden wieder aufwachen. Und wir haben nicht die Möglichkeit, sie erneut in Tiefschlaf zu versetzen.«

»Das heißt, wenn diese Männer einmal wach sind, bleiben sie es auch«, sagte Charity. »Im Klartext: Sie haben sie am Hals.«

»Wenn das alles wäre . . .« sagte Hartmann leise.

»Was soll das heißen?« fragte Net.

Krämer atmete hörbar aus. »Zeigen Sie es ihnen Hartmann«, sagte er.

16

Als die Panik allmählich verebbte, war es zu spät. Er war erwacht, den Bruchteil einer Sekunde, ehe eine unsichtbare Kralle aus Stahl nach seinen Gedanken und seiner Seele gegriffen und beides aus seinem zerstörten Körper herausgerissen hatte, und vielleicht hätte die Zeit noch ausgereicht, einen Befehl zu schreien, sie daran zu hindern, diese fürchterliche Maschine einzuschalten, und ihm damit ein neues Leben zu schenken und gleichzeitig sein Todesurteil auszusprechen. Aber er war vor Angst wie gelähmt gewesen, und als er begriff, daß Luzifer ihn belogen hatte und die Zeit, die ihm noch blieb, nicht mehr nach Wochen, nicht einmal mehr nach Stunden, sondern nur noch nach Augenblicken gezählt wurde, da waren die letzten kostbaren Augenblicke auch bereits verstrichen, und das letzte, zu dem er fähig gewesen war, war ein gellender Entsetzensschrei.

Was danach kam, war nichts als ein böser Traum. Stone wußte, daß er nichts von alledem, woran er sich zu erinnern glaubte, wirklich erlebt hatte. Und doch würde er diese entsetzlichen Bilder nie wieder vergessen. Etwas hatte seinen Geist aus seinem Körper herausgerissen und in die Unendlichkeit geschleudert, in der es kein Hier und Jetzt, keine Zeit, in der es überhaupt *nichts* gab. Für Ewigkeiten war er in einem Universum voller Schwärze und Einsamkeit gefangen, bis er gespürt hatte, daß etwas Kaltes und Maschinenhaftes nach ihm griff und seine Gedanken sondierte und jeden Augenblick seiner Existenz erforschte. Und schließlich war der schwarze Abgrund der Unendlichkeit einem anderen, noch dunkleren Gefängnis gewichen.

Er wußte nicht, wie lange er in jenem Gefängnis gewesen war, das seine Gedanken und Gefühle zu einer bloßen Aneinanderreihung gespeicherter Informationen reduzierte, ein Computerprogramm mit dem Namen Daniel Stone, das darauf wartete, aktiviert zu werden. Seine nächste bewußte Erinnerung war das Gefühl, wieder einen Körper zu haben. Er öffnete die Augen und sah Luzifers Gesicht über sich. Als er versuchte, sich aufzusetzen, wurde er mit einem schmerzhaften Ruck zurückgerissen. Sein Körper war mit einer Unzahl von Schläuchen, Drähten, Anschlüssen und dünnen Kabeln versehen.

»Was ist passiert?« fragte er. »Wo bin ich?« Noch einmal, aber sehr viel vorsichtiger jetzt, drehte er den Kopf und sah seinen Adjutanten an. »Du hast mich belogen!« herrschte er Luzifer an.

»Ich hatte keine andere Wahl, Herr«, antwortete die *Ameise*. »Es gab Komplikationen. Einige Ihrer wichtigsten Körperfunktionen versagten plötzlich. Sie drohten zu sterben.«

»Du hättest es mir sagen müssen!«

Luzifer deutete ein Nicken an. »Ich weiß. Ich bin bereit, die Strafe für mein Fehlverhalten auf mich zu nehmen. Aber der Schutz Ihres Lebens hat oberste Priorität. Es blieb keine Zeit, Sie zu informieren.«

Stone starrte die *Ameise* mit einer Mischung aus brodelndem Zorn und einer vagen Hoffnung an. Der devote Ton, in dem Luzifer sprach, war nicht der, in dem er sich mit einem Verräter unterhielt. Möglicherweise wußte er noch nicht, was Daniel getan hatte.

»Mach mich los«, verlangte er.

Luzifer zögerte. »Es wäre besser, wenn ...«

»Mach diese verdammten Dinger ab!« unterbrach ihn Stone zornig. »Sofort!«

Gehorsam trat das riesige Insektengeschöpf näher und löste die zahllosen Anschlüsse, mit denen Stones neuer Körper mit den Computeranlagen verbunden war. Was Luzifer tat, war sehr schmerzhaft, aber Stone verbiß sich jeden Laut. Sein Blick wanderte über die glitzernden Apparaturen und blieb an dem riesigen, rechteckigen Schirm haften, der wie ein starrendes blindes Auge auf den Tisch herabblickte. Er hatte eine ähnliche Anlage vor nicht einmal allzu langer Zeit in Paris gesehen. Sie hatte jede Erinnerung, jedes Bild aus dem Gedächtnis des gefangenen Megamannes gezeigt.

Nachdem Luzifer die letzte Nadel aus seiner Vene gezogen hatte, befahl er ihm barsch, ihm etwas zum Anziehen zu besorgen, und setzte sich vorsichtig auf. Luzifers Warnung war nicht übertrieben gewesen, ihm wurde sofort schwindelig, und seine Glieder fühlten sich so schwach an, daß er Mühe hatte, auf der Kante des Operationstisches sitzen zu bleiben. Er wartete, bis der Raum aufgehört hatte, sich um ihn herum zu drehen, dann stand er sehr behutsam ganz auf, hielt sich mit der linken Hand an der Kante des Tisches fest und blickte forschend an seinem neuen Körper herab.

Nichts schien sich verändert zu haben. Es war der gleiche Körper, mit allen Vor- und Nachteilen, all den kleinen Unzulänglichkeiten, über die er sich manchmal geärgert hatte – aber die Spuren, die das Leben an ihm hinterlassen hatte, waren verschwunden. Trotz der Schwäche, die wie ein unsichtbares Bleigewicht auf ihm lastete, spürte er eine Energie in sich, wie er sie seit Jahren nicht mehr empfunden hatte.

Es war ein unheimliches Gefühl. Er war in diesen Leib geschlüpft wie in einen maßgeschneiderten Anzug, aber es war ein Anzug, der ihm nicht gehörte. Der, der ihn eigentlich hatte tragen sollen, war niemals zum Leben erwacht. Sie hatten eine einzelne Zelle genommen und diesen neuen Körper daraus erschaffen, aber sie hatten nicht erlaubt, daß das Leben in ihm erwachte.

Wieder glitt sein Blick über die fremdartigen Gerätschaften neben dem Tisch. Die Vorstellung, daß sich eine perfekte Kopie seiner Erinnerungen nun in diesen Apparaturen befand, entsetzte ihn. Man hatte aus dem Individuum, das er gewesen war, ein reproduzierbares Wesen gemacht. Großer Gott, dachte er, wenn sie in der Lage waren, so etwas zu tun – warum produzierten sie dann ihre Krieger nicht einfach am Fließband?

Aber vielleicht taten sie es ja.

Luzifer kam zurück und brachte ihm die verlangten Kleider. Obwohl es gegen Stones Stolz ging, mußte er sich von seinem Adjutanten dabei helfen lassen, sich anzuziehen.

»Wieviel Zeit ist vergangen?« fragte er. »Und was ist mit den Rebellen? Habt ihr sie endlich?«

Luzifer verneinte. »Es gab unvorhersehbare Probleme. Die Eingeborenen verletzten eine Königin. Wir mußten die Suche nach den Rebellen unterbrechen, bis sie außer Gefahr war. Aber wir kennen ihren Aufenthaltsort.«

Stone hielt überrascht inne und starrte die *Ameise* an. »Ungefähr – oder genau?«

»Genau«, antwortete Luzifer. »Es handelt sich um ein Rebellenversteck in Deutschland. Es ist uns seit längerer Zeit bekannt, aber das Risiko eines direkten Angriffs wurde bisher als zu hoch angesehen.«

»Du machst Scherze«, vermutete Stone. »Ein paar dahergelaufene Rebellen mit . . .«

»Verzeihung, Herr, aber das sind sie nicht«, unterbrach ihn Luzifer. »Es handelt sich um eine voll ausgerüstete Militärbasis aus der Zeit vor der Besetzung dieses Planeten. Sie ist mit Nuklearwaffen ausgestattet. Ein Angriff könnte einen atomaren Gegenschlag der Rebellen provozieren. Der dabei zu erwartende Schaden steht in keinem Verhältnis zu dem, den die Rebellen bisher verursacht haben.«

»Und wieso habt ihr niemanden bei ihnen eingeschleust?«

»Wir haben es versucht«, antwortete Luzifer. »Mehrmals. Aber sie sind sehr aufmerksam.«

Gegen seinen Willen mußte Stone lachen. »Ich hätte nicht gedacht, daß es noch funktioniert.«

»Das *was* funktioniert?« fragte Luzifer.

»Das System«, antwortete Stone. »Weißt du, mein Freund, wir haben es fünfzig Jahre lang ausprobiert – den Wahnsinn als Methode. Natürlich hat es niemand zugegeben, aber es lief darauf hinaus, daß wir damit gedroht haben, uns selbst in die Luft zu sprengen, wenn man uns nicht in Ruhe ließ. Und du siehst, es klappt heute noch.«

Luzifer sah ihn irritiert an, und Stone begriff, daß er gar nicht verstand, worüber er überhaupt sprach. Abrupt wechselte er das Thema. »Habt ihr wenigstens dafür gesorgt, daß sie festgenommen wird, sobald sie dieses Rattenloch verläßt?«

»Selbstverständlich.«

»Dann bring mich dorthin«, verlangte Stone.

Diesmal war er sicher, ein deutliches Erschrecken zu bemerken; ein Gefühl, von dem er bisher gar nicht gewußt hatte, daß die *Ameise* überhaupt imstande war, es aufzubringen. »Sie wollen zurück nach . . . Europa?«

Stone nickte. Spricht irgend etwas dagegen?«

»Ich würde davon abraten«, sagte Luzifer. »Sie fühlen sich jetzt vielleicht im Vollbesitz Ihrer Kräfte, aber es wird eine Weile dauern, bis Sie Ihren neuen Körper wirklich vollkommen beherrschen. Es könnte Komplikationen geben.«

Stone deutete mit einer übertrieben fröhlichen Geste auf die Ansammlung bizarrer Apparaturen hinter dem Tisch. »Aber du hast mir doch gerade bewiesen, daß mir nichts passieren kann, mein Freund«, sagte er. »Ich nehme an«, fügte er lauernd hinzu, »ihr könnt das hier jederzeit wiederholen?«

Luzifer antwortete nicht, was Stones Mißtrauen verstärkte. Vielleicht wußten sie doch schon alles, vielleicht war Luzifer gar nicht hier, um ihm das Kommando über die Stadt und diesen ganzen Planeten zurückzugeben, sondern um ihn auszuhorchen. Aber dann begriff er, wie absurd dieser Gedanke war – wenn sie wußten, was er getan hatte, dann wußten sie *alles.*

Er ging zur Tür, blieb noch einmal stehen und ließ seinen Blick lange und sehr nachdenklich auf den Apparaten hinter dem Tisch ruhen. »Ein sonderbares Gefühl«, murmelte er in einem Ton, als spräche er zu sich selbst.

Luzifer sah ihn fragend an und schwieg, und Stone fuhr nach einer Sekunde fort. »Es ist irgendwie unheimlich, kannst du das verstehen?«

»Ich fürchte, nein.«

Stone deutete auf den riesigen Bildschirm. »Der Gedanke,

daß alles, was ich jemals erlebt habe, dort drinnen aufgeschrieben ist. Mein ganzes Leben – das ist doch so, oder?«

Luzifer nickte.

»Ich könnte hingehen und mir mein ganzes Leben noch einmal ansehen«, murmelte Stone. Er tat so, als betrachte er gedankenverloren die verwirrenden Apparaturen, hielt Luzifer dabei aus dem Augenwinkel aber scharf im Blick. »Könnte ich hingehen, und mir alles noch einmal anschauen?«

»Theoretisch ja«, antwortete Luzifer.

Stone sah die *Ameise* überrascht an. »Und praktisch?«

»Der Zugriff auf diese Daten ist nur den Inspektoren gestattet.«

Es kostete Stone alle Mühe, sich seine Überraschung nicht zu deutlich anmerken zu lassen. »Du meinst«, fragte er mit geheuchelter Verwirrung, »nicht einmal ich selbst könnte sie mir ansehen?«

»Nein«, erwiderte Luzifer.

»Aber wieso?« wunderte sich Stone und lachte leise.

»Die Gründe für diesen Befehl sind mir nicht bekannt«, antwortete Luzifer. »Und eine solche Frage wie die Ihre wurde auch noch nie gestellt.«

Stone lächelte unsicher. »Vielleicht ist es ganz gut, wenn man das eine oder andere vergißt, nicht wahr?«

Luzifer blickte ihn aus seinen ausdruckslosen Insektenaugen an, und Stone wandte sich endgültig um und öffnete die Tür. »Komm«, sagte er.

»Ich will sofort zurück nach Europa. Sieh zu, ob du eine Transmitterverbindung findest.«

Luzifer folgte ihm aus dem Raum, aber Stone spürte deutlich sein Zögern. Er blieb stehen und sah ihn abermals fragend an. »Was ist denn noch?«

»Ich würde dringend davon abraten, im Moment dorthin zurückzukehren«, sagte Luzifer nach einem spürbaren Zögern. »Die Lage ist sehr kompliziert. Es könnte sein, daß ein *Sprung* bevorsteht.«

Stone erstarrte. »Jetzt schon? Aber das ist . . . viel zu früh.«

»Es geht sehr schnell«, bestätigte Luzifer. »Einige Inspektoren wurden gerufen, um die Lage zu beurteilen und zu entscheiden, was zu tun ist.«

»Aber das ist unmöglich«, protestierte Stone. »Ihr seid erst seit fünfzig Jahren hier, und . . .«

»Es ist ungewöhnlich«, unterbrach ihn Luzifer. »Aber es ist schon vorgekommen. Die einheimischen Lebensformen dieser Welt sind von einer ungewöhnlichen Vitalität.«

»Könnt ihr es aufhalten?« fragte Stone alarmiert.

»Das weiß ich nicht«, antwortete Luzifer. »Die kritische Grenze wurde erreicht, aber noch nicht überschritten. Die Inspektoren tun, was sie können, eine endgültige Entscheidung ist jedoch nicht vor Ablauf von fünf oder sechs Tagen zu erwarten.«

»Fünf oder sechs Tage . . .« Stones Blick wanderte gegen seinen Willen zu der geschlossenen Tür hinter Luzifer, der Tür zu dem Raum, in dem er erwacht war. Irgendwo dort drinnen waren seine Erinnerungen gespeichert, all seine kleinen und großen Geheimnisse – und dieser eine verfluchte Moment, der ihn vielleicht das Leben kosten konnte.

Aber vielleicht, dachte er, hatte er doch noch eine Chance. Sie war winzig, und allein der Gedanke an das Risiko, das er damit einging, bereitete ihm fast körperliche Schmerzen. Er kam sich vor wie ein Mann auf einem brennenden Schiff, der nicht schwimmen konnte.

Hätte sie es nicht besser gewußt, dann hätte sie geschworen, daß der Mann tot war. Er saß aufrecht und stocksteif auf der Kante der schmalen Pritsche, die die gesamte Einrichtung der Kammer auf der anderen Seite der Glasscheibe darstellte. Seine Augen waren so leer wie die der Jared, nur daß in ihnen nicht zugleich dieses tiefe, verborgene Wissen schlummerte. Seine Brust hob und senkte sich im Rhythmus schwerer, gleichmäßiger Atemzüge.

»Das ist . . . grauenhaft«, flüsterte Charity. Ihr Blick war starr auf das bleiche Totengesicht des jungen Mannes gerichtet, und obwohl sie wußte, daß die Glasscheibe nur von einer Seite her durchsichtig war, konnte sie sich des unheimlichen Gefühls nicht erwehren, daß diese toten Augen sie anstarrten.

»Was habt ihr mit ihm gemacht?« fragte Skudder gepreßt. Charity konnte in einer Reflexion auf der Glasscheibe vor sich erkennen, wie er herumfuhr und zornig einen Schritt auf Hartmann zu machte.

Mühsam riß sie sich vom Anblick der bleichen Gestalt im Nebenzimmer los und drehte sich herum. »Skudder – bitte«, sagte sie.

Skudder blieb stehen, aber seine Augen flammten vor Zorn. Es hätte Charity in diesem Augenblick nicht gewundert, wenn er sich kurzerhand auf den kleineren Mann gestürzt hätte.

»Wir haben überhaupt nichts mit ihnen *gemacht*«, sagte Hartmann matt. Auch ihm war deutlich das Entsetzen anzusehen, mit dem ihn der Anblick der Gestalt auf der Pritsche erfüllte. »Ich sagte Ihnen bereits – es gibt gewisse Schwierigkeiten.«

»Schwierigkeiten!« Skudder lachte schrill und deutete anklagend auf den Soldaten.

»Schwierigkeiten nennen Sie das?!« Das ist ein ... ein verdammter Zombie, Hartmann!«

Mit einer müden Geste wandte Charity sich an Hartmann. »Was ist passiert?«

»Ich weiß es nicht«, gestand Hartmann. Aber einige von denen, die aufwachen, sind ... so.«

»Einige?« hakte Charity nach. Das heißt, nicht alle?«

»Nein«, antwortete Hartmann. »Etwa ein Drittel.«

Charity schloß mit einem lautlosen Seufzen die Augen. Ein Drittel ... das bedeutete nichts anderes, als daß es in dieser unterirdischen Festung mehr als dreitausend Männer in diesem entsetzlichen Zustand gab.

»Haben Sie das gewußt?« fragte sie leise.

Hartmann schüttelte den Kopf. »Daß es ein Risiko gab, war uns klar. Jeder einzelne dieser Männer hat sich freiwillig hierher gemeldet, Captain Laird. Und jeder einzelne wurde darüber aufgeklärt, daß seine Chancen, wieder zu erwachen, bestenfalls bei achtzig Prozent lagen. Aber diese Entwicklung konnte niemand voraussehen.«

»Auch wenn Sie es gewußt hätten, hätten Sie es in Kauf genommen, nicht wahr?« fragte Skudder böse. »Immerhin bleiben Ihnen ja noch zwei von drei Männern.«

»Wir wußten es nicht!« verteidigte sich Hartmann. »Verdammt, wir haben auch früher schon Männer aufgeweckt, aber *so etwas* ist noch nie vorgekommen!«

»Was ist mit ihnen geschehen?« fragte Charity hastig, ehe Skudder etwas einwerfen konnte. »Ich nehme doch an, Sie haben sie untersucht?«

»Natürlich«, antwortete Hartmann mit einem letzten, bösen Blick auf den Hopi. »Organisch sind sie völlig gesund. Sie sind nur völlig katatonisch. Sie reagieren kaum auf äußere Reize. Nicht einmal auf Schmerz.«

»Vielleicht liegt es an der Technik, mit der Sie sie in Tiefschlaf versetzt haben«, warf Net mit einer Sachlichkeit ein, die Charity überraschte.

Hartmann sah die Wasteländerin eine Sekunde lang fast hilflos an, ehe er mit den Achseln zuckte. »Das ist möglich, aber nicht wahrscheinlich. Ich sagte bereits: nur acht von zehn wachen überhaupt wieder auf. Aber das da ist . . . völlig unerklärlich.«

Während Net und Hartmann weiter diskutierten, trat Charity wieder an die Glasscheibe heran und betrachtete den jungen Mann auf der anderen Seite. Der Soldat bewegte sich. Langsam, wie eine Marionette, an deren Fäden ein unerfahrener Spieler zog, stemmte er sich in die Höhe, machte einen unbeholfenen Schritt auf die Glasscheibe zu und hob die Arme.

Charity wich instinktiv ein Stück von der Scheibe zurück, und hinter ihr verstummte das Gespräch abrupt.

»Was zum Teufel . . .?« murmelte Skudder.

Der Soldat prallte mit einem hörbaren Laut gegen die Glasscheibe, die von seiner Seite aus ein Spiegel war, und preßte die Hände dagegen. Der Blick seiner leeren, erloschenen Augen suchte Charity.

»Charity! Hilf . . . uns . . .« flüsterte er.

Skudder sog hörbar die Luft ein, während Charity das erschlaffte Gesicht auf der anderen Seite der Scheibe fassungslos anstarrte.

»Hilf . . . uns«, wiederholte die flüsternde Stimme.

»Aber das ist doch unmöglich!« stammelte Hartmann. »Er . . . kann Sie nicht gesehen haben. Und er kann Ihren Namen nicht kennen!«

Der Soldat taumelte. Seine Hände glitten mit einem furchtbaren Geräusch an der Glasscheibe herunter, während er ganz langsam in die Knie brach, als wiche jede Kraft aus seinem Körper, aber sein Blick hielt Charity weiter fest, und obwohl es noch immer die leeren, toten Augen waren, spürte Charity deutlich die verzweifelte Bitte, die in ihrem Blick lag.

Und plötzlich wußte sie es. Von einer Sekunde auf die andere begriff sie, woran sie diese Augen erinnert hatten. Und sie begriff auch, wie entsetzlich sie sich alle geirrt hatten.

Noch bevor der Soldat völlig zusammengebrochen war, fuhr sie herum und stürmte aus der Tür.

»Sie sind ja völlig verrückt!« sagte Krämer. Er bemühte sich krampfhaft, wenigstens äußerlich die Ruhe zu bewahren. Eine Sekunde lang starrte er Charity an, als warte er auf irgendeine Reaktion auf seine Worte, dann ließ er den Stift, den er in den Händen hielt, mit einem Ruck fallen und sprang auf. »Ich habe Ihnen erklärt, daß im Moment niemand diese Station verlassen darf. Und Sie verlangen von mir, daß ich Ihnen einen Hubschrauber zur Verfügung stelle, damit Sie zurück zu jenen Wilden fliegen, aus deren Gewalt unsere Leute Sie gerade mit Mühe und Not befreit haben?«

»Das ist nicht ganz die Version, die ich abgeben würde«, sagte Charity, aber Krämer unterbrach sie mit einer zornigen Geste. »Und Sie wollen mir nicht einmal den Grund verraten!« fuhr er aufgebracht fort. »Ich bitte Sie, Captain Laird – was würden Sie an meiner Stelle tun?«

»Das weiß ich nicht«, gestand Charity. »Aber ich würde zumindest darüber nachdenken.«

»Worüber?« Krämer versuchte spöttisch zu lächeln, aber es wurde nur eine Grimasse daraus.

»Über diese . . . diese völlig verrückte Geschichte, die Sie da erzählen?«

»Ich weiß, daß sie sich verrückt anhört«, sagte Charity. »Aber ich weiß auch, daß ich recht habe. Was immer mit Ihren Soldaten geschehen ist, es hat etwas mit den Jared zu tun. Und ich fürchte, es wird eine Katastrophe geschehen, wenn wir nichts unternehmen.«

Krämer lachte hart. Er schien auffahren zu wollen, beließ es aber dann bei einem neuerlichen Kopfschütteln und ließ sich in seinen gepolsterten Ledersessel zurücksinken, der unter der

Bewegung heftig zu wippen begann. »Selbst wenn ich es wollte, Miß Laird, ich *kann* Sie im Moment nicht gehen lassen.«

»Was soll das heißen?« fuhr Skudder auf. »Sind wir Ihre Gefangenen?«

»Natürlich nicht«, antwortete Krämer eine Spur zu hastig. »Niemand kann im Moment aus der Station heraus. Das gilt nicht nur für Sie, sondern für alle. Selbst für mich.«

»Wieso?« fragte Charity.

Krämer seufzte. »Ich weiß nicht genau, was dort draußen vorgeht«, sagte er. »Aber ich habe niemals zuvor so viele Gleiter gesehen. Glauben Sie mir – wenn wir auch nur die Nase ins Freie strecken, schießen sie uns über den Haufen.«

»Dann vergessen Sie die Idee mit dem Hubschrauber«, schlug Charity vor.

»Geben Sie uns irgendein Fahrzeug.«

»Das hätte keinen Sinn«, entgegnete Krämer. »Sie kämen nicht einmal in die Nähe der Stadt. Außerdem – vergessen Sie nicht, daß Sie mit einem Helikopter hergebracht wurden. Der Flug hat vielleicht nur zehn Minuten gedauert, aber wir sind hier über hundert Kilometer vom Stadtzentrum entfernt. Und die Straßen sind in einem miserablen Zustand. Sie würden zwei Tage brauchen, um zur Stadt zu kommen.«

»Das ist unser Problem, oder?« fragte Skudder.

»Nein«, antwortete Krämer ruhig. »Nicht, wenn es um die Sicherheit meiner Leute und dieser Station hier geht. Ich fürchte, Sie begreifen immer noch nicht. Das hier ist vielleicht der letzte Ort auf der Welt, bis zu dem sich ihre Herrschaft noch nicht erstreckt.«

»Sie haben Angst, daß wir Sie verraten? Das ist lächerlich.«

»Hören Sie auf!« unterbrach ihn Krämer ärgerlich. »Sie sind dort draußen aufgewachsen, oder? Muß ich ausgerechnet Ihnen erklären, daß Sie Mittel und Wege haben, alles aus jedem herauszuholen? Ich zweifle weder an Ihrer Loyalität noch an Ihrer Tapferkeit, aber Sie würden ihnen keine zehn Minuten standhalten. Und das wissen Sie genausogut wie ich!«

Skudder schürzte zornig die Lippen, und Charity warf ihm einen raschen Blick zu, um ihn zum Schweigen zu bringen. »Sie haben natürlich völlig recht«, sagte sie. »Aber glauben Sie mir – wir haben gar keine andere Wahl, als mit Gyell zu reden.

Wie viele von Ihren Soldaten befinden sich in diesem Zustand? Zweitausend? Dreitausend?«

Krämer schwieg, aber der Ausdruck auf seinem Gesicht sagte ihr, daß diese Schätzung eher noch zu vorsichtig gewesen war.

»Sie werden sterben, wenn Sie nichts unternehmen«, fuhr sie fort. »Wollen Sie das?«

»Nein«, antwortete Krämer. »Das will ich ganz gewiß nicht. Aber ich bin darüber hinaus noch für achttausend *gesunde* Männer hier unten verantwortlich. Wollen Sie, daß ich ihr Leben aufs Spiel setze – auf eine bloße *Vermutung*?«

»Ihnen bleibt gar nichts anders übrig«, sagte Skudder. Kampflustig beugte er sich vor, stemmte die Fäuste auf den Schreibtisch und blickte auf den Generalmajor hinab. »Wir werden nämlich gehen – ob es Ihnen paßt oder nicht.«

»Nein«, sagte Krämer. »Das werden Sie ganz bestimmt nicht.« Er wandte sich mit einer Kopfbewegung an Hartmann. »Nehmen Sie sie fest, Leutnant.«

Hartmann sah überrascht auf. Dann machte er einen Schritt in Skudders Richtung und blieb wieder stehen, als sich der Hopi zu ihm herumdrehte und die Fäuste hob.

»Ich bitte Sie, Mister Skudder«, sagte Krämer. »Ich weiß, daß Sie Leutnant Hartmann körperlich überlegen sind. Aber Sie sollten auch wissen, daß Sie hier nicht herauskommen. Nicht, wenn ich es nicht will.«

»Ach?« fragte Skudder lauernd.

»Und es hätte auch sehr wenig Sinn, sich auf mich zu stürzen und mich als Geisel zu nehmen«, fuhr Krämer mit einem milden Lächeln fort. »Glauben Sie mir – wir haben auch diese Möglichkeit vorausgesehen und entsprechende Vorkehrungen getroffen.«

Skudder sah ganz so aus, als wollte er ausprobieren, was an Krämers Behauptung dran war, aber Charity hielt ihn mit einer Handbewegung zurück. Der Generalmajor gehörte nicht zu den Männern, die blufften.

Plötzlich öffnete sich die Tür hinter ihnen, und zwei bewaffnete Soldaten betraten den Raum. Krämer deutete mit einer Handbewegung auf Charity, Net und Skudder. »Bringen Sie unsere Gäste in ihre Quartiere. Sie stehen unter Arrest. Behandeln Sie sie mit dem nötigen Respekt – aber sie dürfen ihre Räume nicht verlassen.«

Charity starrte Krämer fassungslos an. »Ich hoffe, Sie bedauern diese Entscheidung nicht noch, Krämer.«

»Das hoffe ich auch«, antwortete Krämer.

Als Charity sich erhob, begannen überall in der Station die Alarmsirenen zu heulen. Krämer fuhr zusammen und blickte erschrocken auf die Monitorwand hinter sich. Auf den Bildschirmen war nichts Außergewöhnliches zu erkennen, aber in der gleichen Sekunde summte das Telefon. Krämer riß den Hörer von der Gabel, lauschte einen Moment, und plötzlich erbleichte er. Die Bewegung, mit der er nach einigen Sekunden den Hörer wieder einhängte, war von erzwungener Ruhe.

»Was ist passiert?« fragte Charity.

»Etwas, das vielleicht sogar Sie davon überzeugen wird, daß wir uns in Gefahr befinden«, antwortete Krämer. Seine Stimme zitterte leicht. »Wir haben den Kontakt zu allen unseren Außenstationen verloren.«

17

Die Stille fiel ihm auf. Er war noch nie zuvor hiergewesen, aber es war nicht das erste Nest, das er sah. Er hatte die Berichte über das, was in den vergangenen achtundvierzig Stunden passiert war, aufmerksam studiert. Der Platz und das Gebäude hätten vor Jared und *Dienern* nur so wimmeln müssen. Er hatte das Pfeifen und Klicken Tausender Insektenstimmen und das Starten und Landen von Gleitern erwartet und die aggressive Nervosität eines Nestes, dessen Königin im Sterben lag.

Statt dessen schlug ihm eine unheimliche Ruhe entgegen.

Der riesige Platz vor der Kathedrale bot einen Anblick der Verwüstung. In zahllosen Explosionskratern lagen tote Jared und die Kadaver von Ameisenkriegern. Auch die Kathedrale selbst war in Mitleidenschaft gezogen. Ein großer Teil des Daches war eingestürzt. Aber so schrecklich dieser Anblick war, die Stille, die über allem lastete, war schlimmer. Nirgendwo war auch nur eine Spur von Leben zu entdecken. Nicht einmal Aasfresser waren gekommen, um über die Leichen herzufallen.

Stone sah Luzifer alarmiert an. Auch der Moroni wirkte angespannt, fast nervös. Stones Blick tastete über die reglosen Gestalten der Jared und über das ausgeglühte Schiffswrack. Für einen Moment spürte selbst er Angst. Sie war so intensiv, daß er beinahe zum Schiff zurückgerannt wäre. Gleichzeitig fühlte er, daß er vor der Gefahr, die er spürte, nicht weglaufen konnte.

Mit klopfendem Herzen ging Stone weiter und zögerte noch einmal, ehe er mit kleinen, mühsamen Schritten die Treppe zum Portal hinaufging.

Drinnen angekommen, blieb er einen Moment mit geschlossenen Augen stehen, um sich an das Dämmerlicht zu gewöhnen. Als er die Lider wieder hob, bot sich ihm ein Anblick völliger Zerstörung. Was noch vor wenigen Tagen ein intaktes Nest gewesen war, der Ursprung eines neuen Volkes, war zerrissen und ausgebrannt. Hunderte von aufgeplatzten Eiern lagen auf dem Boden, dazwischen Dutzende von Jared und reglosen *Ameisen.*

Aber die Königin lebte.

Stone hielt erschrocken den Atem an, als er die schweren Verletzungen sah, die sie davongetragen hatte. Doch in ihren riesigen, schimmernden Facettenaugen glühte noch immer jenes unheimliche Feuer, das Stone jedes Mal aufs neue erschauern ließ, wenn er einer dieser gigantischen Kreaturen gegenüberstand. Und im gleichen Moment, als hätte sie seine Schritte gehört, hob sie den Kopf und starrte ihn an.

Die Bewegung brach den Bann, der für einen Moment von Stone Besitz ergriffen hatte. Er ging weiter und gewahrte erst jetzt die beiden riesigen, weiß schimmernden Ameisengestalten, die neben dem verstümmelten Leib der Königin standen. Der Anblick überraschte ihn. Ärgerlich wandte er sich zu Luzifer um. »Wieso hast du mir nicht gesagt, daß die Inspektoren hier sind?«

»Ich wußte es nicht«, antwortete Luzifer.

Stone blickte ihn einen Herzschlag lang fast haßerfüllt an und schüttelte zornig den Kopf, als Luzifer ihm folgen wollte. Der Moroni zog sich lautlos zurück, während Stone weiterging. Innerlich fast einer Hysterie nahe, trat der Governor den beiden

Inspektoren entgegen und deutete ein Kopfnicken an. Eines der beiden Wesen reagierte gar nicht, aber das andere fuhr herum, musterte ihn eine Sekunde lang mit seinen kalten Kristallaugen. »Wer hat Ihnen erlaubt, hierher zu kommen?«

»Niemand«, antwortete Stone ruhig. »Aber es hat auch niemand gesagt, daß ich es nicht darf. Darüber hinaus glaube ich nicht, daß ich Befehle von Ihnen entgegenzunehmen habe.«

Der Inspektor deutete auf Luzifer: »Ihr Stellvertreter wurde darüber unterrichtet, daß wir mit der Möglichkeit eines verfrühten *Sprunges* rechnen müssen. In diesem Falle sind all Ihre Befugnisse außer Kraft gesetzt, Gouvernor Stone.«

»Wer sagt das?« erkundigte sich Stone in fast beiläufigem Ton.

»Vorgänge, die das Schicksal des *Volkes* angehen, antwortete der Inspektor, »unterliegen nicht der Entscheidungsgewalt des jeweiligen Planetengovernors. Das sollten Sie wissen.«

Stone zuckte mit den Achseln und ging gelassen an dem Inspektor vorbei. »Vielleicht habe ich es vergessen.«

Drei Schritte vor der Königin blieb er stehen und betrachtete das riesige Geschöpf mit einer Mischung aus Ekel und Faszination. Er verstand wenig von Medizin – aber nach allem, was er sah, hätte die Königin gar nicht mehr leben *dürfen*.

»Was ist hier passiert?« fragte er.

»Wir wissen es nicht«, erklärte der Inspektor.

»Alles deutete auf einen bevorstehenden *Sprung* hin. Aber das ist eigentlich unmöglich. Es ist viel zu früh. Das Feld kann sich noch nicht so weit aufgebaut haben. Die Bevölkerungspopulation beträgt noch nicht einmal ein Zwanzigstel des erforderlichen Limits.«

Hinter Stone erklang plötzlich ein meckerndes Lachen. »Sieht so aus, als hättet zur Abwechslung mal Ihr eine Menge Ärger am Hals, wie?«

Stone erkannte die Stimme, noch bevor er sich herumdrehte und auf den glatzköpfigen Zwerg mit dem Greisengesicht herabblickte, der hinter ihm aufgetaucht war.

»Du?« fragte er überrascht.

Gurk zog eine Grimasse und begann auf den Zehenspitzen zu wippen. »Ich dachte, du freust dich, mich wiederzusehen.«

»Wo sind die anderen?«

»Nicht hier«, antwortete Gurk trotzig. »Und ehe du fragst – ich weiß auch nicht, wo sie sind.«

»Du würdest es mir sagen, wenn du es wüßtest«, sagte Stone spöttisch.

»Selbstverständlich«, erwiderte Gurk. »Davon abgesehen – ich glaube nicht, daß Charity und ihre Leute im Augenblick deine größte Sorge sind.« Er deutete mit einer Kopfbewegung auf die Königin, die begonnen hatte, leise, schmerzerfüllte Töne auszustoßen. »Ein hübscher Anblick, nicht wahr? Schau ihn dir nur gut an. Vielleicht ist es das letzte Mal, daß du so etwas zu sehen bekommst. Jedenfalls auf diesem Planeten. Aber keine Sorge«, fügte er gehässig hinzu, »ich bin sicher, daß deine Herren einen anderen Job für dich finden. Die Galaxis wimmelt von Planeten, die darauf warten, unterdrückt und ausgebeutet zu werden.«

Stone fuhr mit einer ärgerlichen Bewegung herum und wandte sich an den Inspektor.

»Wo sind die anderen?« Er machte eine herrische, weit ausholende Handbewegung. »Wo sind sie alle? Wieso ist hier niemand? Sie können unmöglich alle bei dem Angriff ums Leben gekommen sein!«

»Ich sagte bereits, Governor Stone«, antwortete der Inspektor, »daß Ereignisse, die das Schicksal des *Volkes* betreffen, nicht in ...«

»Das hier geht mich sehr wohl etwas an!« unterbrach ihn Stone aufgebracht. »Verdammt, glaubt ihr, ich sehe tatenlos zu, wie hier alles in die Brüche geht? Wo sind sie? Wo sind die Jared? Die Krieger? Die Schiffe?«

»Fort«, erwiderte der Inspektor stur.

Gurk kicherte böse. »Er hat recht. Sie sind alle weg. Vor einer Stunde. Einfach ...« Er schnippte mit den Fingern. »... so.«

Stone blickte abwechselnd den Zwerg und die beiden Inspektoren feindselig an. »Ihr verschweigt mir irgend etwas:«

Die beiden Moroni antworteten nicht, aber Gurk ließ abermals dieses böse, schadenfrohe Kichern hören. »Das kannst du laut sagen. Willst du wissen, was?«

Stone fuhr blitzschnell herum, packte den Zwerg am Kragen und schüttelte ihn. Der Gnom begann zu strampeln, hörte aber trotzdem nicht auf, wie irr zu lachen. Schließlich stellte Stone ihn grob wieder auf die Füße zurück und machte eine auffordernde Handbewegung.

Ein paar Augenblicke lang gefiel sich Gurk noch darin, mit vor der Brust verschränkten Armen dazustehen und den Beleidigten zu spielen, dann seufzte er tief, drehte sich um und schlurfte gemächlich auf die Königin zu. Nach kurzem Zögern folgte ihm Stone. Obwohl er nicht hinsah, konnte er fühlen, wie die Blicke der Königin ihm folgten. Er begann sich immer unwohler zu fühlen.

Gurk blieb stehen, wedelte auffordernd mit der Hand und deutete auf einen unförmigen Umriß herab, den Stone auf den ersten Blick für ein weiteres, zerstörtes Ei gehalten hatte. Dann sah er, daß er dafür zu groß war. Und als er einen weiteren Schritt machte und sich vorbeugte, erkannte er, was es wirklich war.

»O mein Gott!« stöhnte er, und Gurk ließ ein wahnsinniges Lachen ertönen.

18

»Ich hätte ihm den Schädel einschlagen sollen!« sagte Skudder. »Dann wüßten wir jetzt wenigstens, warum wir gefangen sind!« Zornig versetzte er der Tür einen Fußtritt, der sie in den Angeln erzittern ließ. Eine Sekunde später öffnete sich eine schmale Klappe in der Tür, durch die ein dunkles Augenpaar zu ihnen hereinsah. Skudder starrte es einen Moment lang zornig an, dann sprang er vor, riß die Arme in die Höhe und machte: »Buh!« Sofort verschwand das Augenpaar hastig aus der Öffnung.

»Laß das, Skudder«, sagte Charity. »Der Blödsinn hilft uns hier auch nicht raus.«

»Nein«, antwortete Skudder. »Aber er erleichtert.«

Zum ungefähr dreißigsten Mal innerhalb der letzten halben Stunde sah sie auf die Uhr. Das Heulen der Alarmsirenen war längst verstummt, aber dafür glaubte sie manchmal ein dumpfes Grollen zu hören, und zweimal innerhalb der letzten zehn Minuten hatte der Boden unter ihren Füßen spürbar gezittert, als liefen irgendwo riesige Maschinen an – oder als wäre etwas explodiert.

»Wenn wir wenigsten wüßten, was draußen los ist!« sagte Net.

Wie zur Antwort erzitterte der Boden in diesem Moment ein drittes Mal – doch diesmal folgte der Vibration ein dumpfes Grollen.

Skudder fuhr erschrocken herum und hob in einer sinnlosen Abwehrbewegung die Arme, und auch Charity richtete sich alarmiert auf. »Was . . .?«

Eine vierte und noch nähere Explosion verschluckten den Rest ihrer Worte. In der Decke entstand ein gezackter Riß, aus dem Staub und kleine Steine auf sie herabrieselten, und plötzlich begannen die Alarmsirenen erneut mit ihrem schrillen, mißtönenden Gesang.

»Um Gottes willen!« keuchte Skudder. »Der ganze Laden bricht zusammen!« Mit einem Schrei fuhr er herum und begann mit den Fäusten gegen die Tür zu hämmern.

Charitys Blick hing wie gebannt an der Decke. Der Riß hatte sich nicht verbreitert, schickte jetzt aber kleine Arme in alle Richtungen, aus denen mehr und mehr Staub herabrieselte.

»Aufmachen!« schrie Skudder. »Macht auf! Hier bricht alles zusammen!«

Nach seinem albernen Benehmen zuvor hatte Charity kaum damit gerechnet – aber die Luke in der Tür wurde tatsächlich wieder geöffnet, und der Posten blickte zu ihnen herein. Dann hörte sie das scharrende Geräusch des Riegels, und die Tür flog mit einem Ruck auf.

Und im gleichen Moment brach die Decke herab.

Charity sah es wie in einer bizarren Zeitlupenaufnahme: die tonnenschwere Betondecke verwandelte sich in ein Spinnennetz aus ineinanderlaufenden Sprüngen und Rissen und stürzte in die Tiefe. Doch im gleichen Moment fuhr Skudder herum, packte Net und sie gleichzeitig mit beiden Händen und stürzte sich einfach nach vorn. Charity spürte, wie ein gewaltiger Steinsbrocken hinter ihr zu Boden krachte, dann fiel sie über Skudder, riß instinktiv die Arme in die Höhe und rollte sich ab. Hustend und benommen kam sie wieder auf die Füße. Ihre Augen tränten, und im ersten Moment konnte sie nichts anderes erkennen außer Staubwolken und Schatten, die sich in den grauen Schwaden bewegten: Skudder, der Net mühsam auf die Beine zog, und die beiden Soldaten, die vor der Tür Wache gehalten hatten. Einen von ihnen hatten sie bei ihrem verzweifelten Sprung umgerissen, der andere stand zwei Schritte hinter ihr und blickte abwechselnd sie, Skudder und den zusammengestürzten Raum hinter der Tür fassungslos an.

»Was ist passiert?« fragte Charity.

Der Soldat zuckte hilflos mit den Achseln. Im nächsten Augenblick ließ eine weitere Explosion den gesamten Tunnel erbeben.

»Ich weiß es nicht«, schrie der Soldat. »Wir werden angegriffen. Aber ich weiß nicht, von wem!«

»Aber ich«, brüllte Charity gegen das Grollen und Dröhnen. »Bringen Sie uns zu Krämer! Schnell!«

Der junge Mann zögerte. »Ich . . . darf Sie nicht . . .«

»Verdammt, ich weiß, was das alles zu bedeuten hat!« unterbrach ihn Charity. »Und ich weiß auch, wie wir es beenden können!«

Entschlossen drehte der Soldat sich herum und deutete den Gang hinab. »Okay. Kommen Sie.«

Sie stürmten in Richtung auf den Aufzug los. Aber sie hatten nicht einmal die Hälfte der Strecke hinter sich gebracht, als eine weitere, ungeheuerliche Explosion erscholl und fast die gesamte Wand neben ihnen zusammenbrach.

Die Erschütterung schleuderte sie alle von den Füßen. Charity riß die Arme über den Kopf, als ein Regen von Steinsplittern und Trümmern auf sie herabstürzte. Für Sekunden war der Staub so dicht, daß sie nicht einmal Skudder erkennen konnte, der unmittelbar neben ihr lag. Sie hustete qualvoll, stemmte sich umständlich in die Höhe und blinzelte ein paarmal, um durch die tobenden Staubschwaden hindurch etwas zu erkennen.

Auf der anderen Seite der zusammengebrochenen Wand lag eine gewaltige, gut zehn Meter hohe Halle, die durch eine Unzahl gläserner Wände in ein Labyrinth kleiner, rechteckiger Räume unterteilt wurde. In jeder dieser kleinen Kavernen stand eine Liege, auf der eine ausgestreckte, reglose Männergestalt lag. Charity schätzte die Zahl dieser Liegen auf weit über tausend. In dem riesigen Saal befand sich ein Teil von Krämers schlafender Armee.

Ein großer Teil der gläsernen Wände war zerborsten, so daß zahlreiche Männer Verletzungen davongetragen hatten. Und zwischen den schier endlosen Reihen von Liegen bewegten sich andere Gestalten; Schatten, die Charity im ersten Moment in den treibenden Staubschleiern allesamt für menschlich hielt, bis sie das Aufblitzen von Strahlenschüssen sah. Die Moroni griffen die Basis nicht einfach an, dachte sie entsetzt. Sie waren bereits *hier.*

Skudder sog plötzlich scharf die Luft ein und ergriff sie so heftig am Arm, daß Charity mit einem Schmerzlaut zusammenfuhr. Sein ausgestreckter Arm deutete auf die gegenüberliegende Wand der Halle.

Aus den Trümmern wand sich eine riesige, schwarze Gestalt.

Es dauerte eine Sekunde, bis Charity sie erkannte.

Der Wurm war ungefähr dreißig Meter lang. Sein Leib war mit schwarzen, glitzernden Panzerplatten bedeckt, und wo er den Boden berührte, begannen die Kunststoffplatten zu schmelzen. Charity konnte weder Augen noch andere Sinnesorgane entdecken, aber der vordere Teil seines Körpers hatte sich aufgerichtet und pendelte beständig hin und her, wie der Kopf einer angreifenden Kobra. Charity sah, wie einige der Soldaten das Feuer auf die gigantische Kreatur eröffneten. Aber die Lasersalven prallten wirkungslos von seinem Leib ab.

Aus dem gut drei Meter durchmessenden Tunnel, den der Wurm in den Fels gebrannt hatte, quollen vierarmige Gestalten. Es mußten bereits Dutzende von *Ameisen* sein, die die wenigen Verteidiger mit wütenden Feuerstößen zurücktrieben; und aus dem Tunnel rückten immer mehr Moronikrieger nach.

Aber nicht nur sie.

Zwischen den glitzernden, vierarmigen Umrissen der Moroni bewegten sich kleinere, helle Gestalten, Gestalten mit nur zwei Armen und langem, verfilztem Haar – Jared.

Charity plagte sich auf. Einer der beiden Soldaten in ihrer Begleitung wollte seine Waffe heben und auf die Moroni anlegen, aber Charity drückte hastig seinen Arm herunter. »Nicht«, sagte sie. »Sie wollen nichts von uns! Sehen Sie doch!«

Sie deutete auf die Jared, die die *Ameisen* begleiteten. Die

Insektenkrieger trieben die wenigen Soldaten, die ihren Feuerüberfall bisher überlebt hatten, gnadenlos vor sich her, aber die Jared schienen sich für den Kampf überhaupt nicht zu interessieren. Ohne die Explosionen auch nur zu beachten, die den Saal rings um sie herum in eine Hölle verwandelten, näherten sie sich den schlafenden Soldaten auf den Liegen und knieten neben ihnen nieder. Charity konnte nicht genau erkennen, was sie taten, aber sie sah, wie einige der Gestalten sich zu regen begannen, als die Jared sie berührten.

»Was . . . was tun sie da?« stammelte der Soldat.

»Ich weiß es nicht«, antwortete Charity. »Aber sie wollen nichts von euch, verstehen Sie? Sie wollen nur sie!«

Der Mann starrte aus entsetzt geweiteten Augen auf das unglaubliche Bild. Er antwortete nicht.

»Bringen Sie uns zu Krämer!« schrie Charity. *»Schnell!«*

Der Soldat reagierte immer noch nicht, so daß Charity ihn kurzerhand an der Schulter ergriff und herumriß. Die Berührung brach den Bann. Instinktiv streifte er ihre Hand ab – und deutete dann heftig gestikulierend auf den Lift. »Dort entlang! Schnell!«

Sie rannten los. Zwei, drei Energieschüsse zuckten in ihre Richtung, als die *Ameisen* das halbe Dutzend fliehender Gestalten erspähten, aber keine von ihnen traf. Unbehelligt erreichten sie den Aufzug und sprangen in die Kabine.

Die Türen begannen sich mit quälender Langsamkeit zu schließen. Eine weitere Explosion ließ die gesamte Kabine erbeben, und einen Sekundenbruchteil, bevor sich die Türen wirklich schlossen, sah Charity die zwei Meter große Gestalt einer *Ameise*, die mit grotesk aussehenden Sprüngen über die zusammengebrochene Wand setzte und auf sie zurannte. Aber dann schlossen sich die Türen, und der Lift setzte sich summend in Bewegung.

Zehn Sekunden lang.

Dann traf die Faust eines Riesen den Aufzug, schleuderte ihn zwei oder drei Meter weit in die Höhe und ließ ihn dann wieder zurückfallen.

Die Erschütterung schmetterte Charity und die anderen mit furchtbarer Wucht zu Boden. Für Momente blieb sie benommen liegen und lauschte auf das schreckliche Geräusch der überanspruchten Stahlseile, an denen die Liftkabine hing. Aber das Wunder geschah – die Trossen hielten, und die Kabine stürzte nicht haltlos in die Tiefe.

Vollkommene Dunkelheit umgab sie. Blind tastete sie um sich, fühlte einen Körper, über dem sie zusammengebrochen war, und hörte ein unterdrücktes Stöhnen.

»Bist du verletzt?« fragte sie.

»Ja«, antwortete Net. »Aber nicht schwer. Ich ... glaube jedenfalls nicht.«

Einer der Soldaten schaltete eine Taschenlampe ein und ließ den Strahl durch die winzige Kabine gleiten. In seinem bleichen Licht erkannte Charity, daß sie tatsächlich alle mehr oder minder unverletzt davongekommen waren. Bis auf Net und sie selbst hatten sich alle wieder erhoben, und auch die Wasteländerin richtete sich mit schmerzverzerrtem Gesicht auf.

Der Lift aber war schwer beschädigt worden. Die Türen hatten sich verzogen und ließen sich wahrscheinlich nicht einmal mehr mit einer Brechstange öffnen. Aus der Schalttafel an der Kabinenwand kräuselten sich dünne, graue Rauchfahnen. Trotzdem trat einer der Soldaten heran und drückte mehrmals auf den obersten Knopf – aber nichts geschah.

»Mist!« fluchte Skudder.

»Sieht so aus, als säßen wir fest.«

»Es gibt noch einen Weg!« sagte der Soldat und deutete mit dem Lauf seines Gewehres nach oben. »Können Sie klettern?«

Skudder sah ihn fragend an.

»Die Trossen«, sagte der Soldat. »Es ist nicht leicht, aber es geht. Und es sind nur sieben oder acht Meter.«

Statt direkt zu antworten, richtete sich Skudder auf und hob die Arme. Er erreichte spielend die Decke der Liftkabine. Charity sah, wie sich seine Muskeln spannten, als er mit aller Macht dagegendrückte. Das Metall knirschte, gab aber nicht nach.

Enttäuscht ließ er die Arme sinken und trat zurück. »Wir bräuchten etwas, um ...« murmelte er.

Ein dumpfer Schlag traf die Liftkabine. Einen Augenblick später hörte Charity das Geräusch harter Krallen, die über Metall kratzten.

Einer der beiden Soldaten feuerte auf die Tür. Die Geschosse blieben im Metall stecken, aber dennoch erscholl von draußen ein wütendes Zischeln und Pfeifen – und ein zweiter, noch heftigerer Schlag, der die Lifttür traf.

Der Soldat zielte abermals auf die Kabinentür, besann sich dann aber eines Besseren und riß die Waffe plötzlich in die Höhe, um den Rest des Magazines in die Decke zu feuern.

»Jetzt!« schrie er, während er zurücktrat und das Magazin auswechselte. »Versuchen Sie es noch mal!«

Skudder hob abermals die Arme, und diesmal gab das Metall nach, als der Hopi zornig mit der Faust dagegen schlug.

Ein weiterer Hieb traf die Lifttür – und durchschlug sie. In einem handlangen, gezackten Riß tauchte für eine Sekunde eine Insektenklaue auf, die sich aber blitzschnell zurückzog, als der Soldat einen weiteren Schuß aus seiner MP durch die Tür jagte.

»Beeilt euch!« sagte er. »Ich versuche sie aufzuhalten – aber ich weiß nicht, wie lange ich es schaffe.«

Skudder schwang sich mit einer kraftvollen Bewegung auf das Dach der Kabine und streckte die Hände herab, um erst Net und dann Charity zu sich heraufzuhelfen.

Charity blickte aus eng zusammengepreßten Augen in den vollkommen schwarzen Liftschacht.

»Wir brauchen Licht!« rief sie in die Kabine hinunter.

Einer der beiden Soldaten kletterte umständlich zu ihnen herauf, während der zweite zurückblieb und in fast regelmäßigen Abständen einen Schuß auf die Tür abgab.

Der Mann schaltete seine Taschenlampe ein und ließ den Strahl an den Stahltrossen hinaufwandern, an denen der Lift hing. Schließlich blieb er an den geschlossenen Türen des Ausgangs hängen – ungefähr zehn Meter über ihnen, wie Charity erschrocken erkannte.

»Schaffst du das?« fragte Skudder besorgt. Die Frage galt eher Net als Charity, aber sie beantwortete sie trotzdem mit einem Nicken, warf einen letzten, nervösen Blick in die Kabine zurück und begann an dem Stahlseil hinaufzuklettern.

Es war sehr viel schwerer, als sie erwartet hatte. Die Trosse war straff gespannt und vibrierte unter ihren Händen, als wolle sie jeden Moment zerreißen. Sie war zudem so dick mit Schmiere und Öl eingerieben, daß Charity immer wieder den Halt verlor. Sie war in Schweiß gebadet, als sie endlich die Tür erreichte.

»Rechts neben der Tür!« drang die Stimme des Soldaten zu ihr herauf. »Drücken Sie den roten Knopf!«

Charity sah nicht einmal die Tür wirklich, geschweige denn einen roten Knopf. Behutsam löste sie eine Hand von ihrem Halt und tastete mit gepreizten Fingern über die Wand neben der Tür. Nach Augenblicken ertastete sie einen rechteckigen Umriß und drückte entschlossen mit der ganzen Handfläche darauf. Ein hörbares Klicken erscholl – aber das war auch alles.

»Sie geht nicht auf!«

»Versuchen Sie es noch einmal! Die Notautomatik *muß* funktionieren! Und beeilen Sie sich!« Wie um die Worte des Mannes zu unterstreichen, drang aus der Liftkabine wieder ein kurzer, hämmernder Feuerstoß herauf. Ein furchtbarer Schlag, der die Liftkabine im nächsten Augenblick traf, ließ den gesamten Liftschacht erbeben. Aus dem Schalter neben der Tür drang ein hörbares Klicken, und die Aufzugtüren glitten auf.

Mit einem erleichterten Seufzen schwang sich Charity aus dem Liftschacht. Vor der Tür sank sie auf die Knie herab und blieb sekundenlang mit geschlossenen Augen sitzen, um Atem zu schöpfen, ehe sie es wagte, den Kopf zu heben und sich umzusehen.

Sie befand sich im Inneren eines der kleinen Gebäude von Krämers Höhlenstadt. Draußen erklangen Schreie, und manchmal erscholl das Echo einer schweren Explosion. Langsam, ihre zerschundenen Hände unter die Achseln gepreßt, stand sie auf und ging zur Eingangstür des Gebäudes. Behutsam öffnete sie sie einen Spaltbreit und spähte hinaus.

Die Höhlenstadt befand sich in heller Aufregung. Das Heulen der Sirenen war längst verstummt, aber der gewaltige unterirdische Dom hallte wider von den Schritten Hunderter von Männern, die scheinbar ziellos hin und her hasteten, sich Befehle zuschrien oder den Ausgängen entgegenstrebten. Charity sah, daß sich vor dem Tunnel zum Landeplatz eine gewaltige Stahlplatte herabgesenkt hatte. Die Türen der meisten Gebäude standen offen und entließen Männer ins Freie. In einer der großen, fensterlosen Hallen hatte sich ein gewaltiges Tor geöffnet, aus dem hintereinander ein halbes Dutzend riesiger, stählerner Ungetüme herausrollte: Panzer, wie Charity und Skudder sie schon in Paris gesehen hatten.

Sie hörte ein Geräusch, drehte sich herum und erkannte Skudder, der geschickt an der Stahltrosse emporgeklettert kam, so schnell und scheinbar mühelos, daß Charity ein absurdes Gefühl von Neid empfand.

»Alles in Ordnung hier oben?« fragte Skudder schwer atmend.

Charity nickte. »Ja. Aber ich weiß nicht, wie lange noch.« Sie fuhr erschrocken zusammen, als ihr Blick auf Skudders zerschundene Hände fiel, »O verdammt, wie sehen deine Hände aus?«

Skudder blickte einen Herzschlag lang mit gerunzelter Stirn auf seine Hände herab. Zwischen Fett und Öl schimmerte helles Blut. Schließlich zuckte er mit den Schultern und rieb sich die Handflächen an den Hosenbeinen sauber.

Dann kam Net heftig keuchend und am Ende ihrer Kraft den Schacht herauf, und kurz nach ihr einer der beiden Soldaten.

»Wo ist ihr Kamerad?« fragte sie, als der junge Mann erschöpft neben der Lifttür zusammenbrach.

»Er ... kommt nach«, keuchte er. »Irgend etwas ... ist durch die Tür gekommen. Er ... wollte es aufhalten.«

Charity tauschte einen erschrockenen Blick mit Skudder, beugte sich in den Liftschacht – und fuhr so hastig wieder zurück, daß sie Skudder beinahe von den Füßen gerissen hätte.

An dem Drahtseil kletterte eine Gestalt hinauf. Aber es war nicht der Soldat, sondern ein Ameisenkrieger. Neben ihr schrie der Hopi überrascht auf, packte aber im gleichen Moment gedankenschnell die Waffe des Soldaten und gab einen Feuerstoß in den Liftschacht ab. Es war nicht zu erkennen, ob er traf, aber aus dem Schacht drang ein wütendes Zischeln und Pfeifen herauf, und plötzlich begann das Stahlseil zu vibrieren. Ein dürres, vielgelenkiges schwarzes Bein erschien in der Tür und versuchte sich festzuklammern. Skudder drehte die Maschinenpistole herum und schlug mit dem Kolben zu. Das Bein verschwand, aber eine halbe Sekunde später tauchte ein glotzendes Augenpaar in der Öffnung auf, und zwei, drei riesige Beine schleuderten Skudder, Charity und Net in einer einzigen, wütenden Bewegung zu Boden.

Der Hopi fiel hilflos auf den Rücken, aber er besaß genug Geistesgegenwart, die Waffe abermals herumzudrehen und den

Abzug durchzudrücken. Der winzige Raum schien unter dem Dröhnen der MP-Salve auseinanderzubersten. Charity sah aus den Augenwinkeln, daß die Salve das Monster traf. Das Ungeheuer kreischte und stürzte haltlos in den Schacht zurück. Wenig später erscholl ein krachender Aufprall, und dann zerriß das Stahlseil endgültig. Polternd stürzte die Liftkabine in die Tiefe.

Charity überzeugte sich hastig davon, daß keiner von ihnen schwer verletzt war, dann kroch sie auf Händen und Knien zurück zur Tür. Der Liftschacht lag vollkommen dunkel unter ihr, aber sie glaubte trotzdem einen huschenden, mißgestalteten Schatten zu sehen, der sich langsam zu ihr hinaufarbeitete. Sie war ziemlich sicher, daß *diese* Kreatur kein Stahlseil brauchte, um den Liftschacht hinaufzuklettern ...

»Wir müssen die Tür schließen!« rief sie. »Helft mir!«

Sie schafften es mit vereinten Kräften und buchstäblich im letzten Augenblick. Die beiden Türhälften hatten sich kaum geschlossen, als etwas von innen mit solcher Wucht dagegenhämmerte, daß Charity erschrocken zurücktaumelte.

»Die Tür hält höchstens ein paar Minuten!« sagte Skudder. »Raus hier – *schnell*!«

Erst als Charity bereits an der Tür war, fiel ihr auf, daß der Soldat keine Anstalten machte, ihnen zu folgen. »Was ist los!« fragte sie ungeduldig. »Worauf warten Sie?«

»Ich ... kann nicht mehr«, stöhnte der Soldat. Er stand zitternd an der Wand neben der Lifttür. Sein Gesicht war bleich, und Charity sah erst jetzt die rasch größer werdende Blutlache, die sich unter seinem rechten Bein bildete. »Das Vieh hat mich erwischt, als ich ... am Seil hing«, stöhnte er. »Verschwindet! Ich ... versuche sie einen Moment aufzuhalten.«

Charity zögerte. Alles in ihr sträubte sich dagegen, den Mann hier zurückzulassen. Aber sie sah auch, daß er wirklich schwer verletzt war – und die Tür neben ihm erzitterte immer heftiger unter den Schlägen des Ungeheuers. Schließlich nickte sie Skudder zu. Der Hopi nahm das Gewehr von der Schulter und warf es zu seinem rechtmäßigen Besitzer zurück. Der junge Soldat fing es auf, schob mit zusammengebissenen Zähnen ein neues Magazin in den Schaft und humpelte einige Schritte von der Lifttür weg.

»Viel Glück«, sagte Charity. »Und spielen Sie nicht den Helden. Wenn sie durchkommen, verschwinden Sie!«

Obwohl die Entfernung bis zu Krämers Befehlszentrale kaum zweihundert Meter betrug, brauchten sie fast zehn Minuten, um sie zurückzulegen. Die Höhlenstadt hatte sich in ein Irrenhaus verwandelt. Der Boden unter ihren Füßen erzitterte immer öfter unter schweren Explosionen, von denen einige eindeutig aus der *Tiefe* der Station heraufdrangen. Charity schätzte, daß die Bunkerfestung dem Angriff keine halbe Stunde mehr Stand halten würde.

Zu ihrem Erstaunen trafen sie weder vor noch in dem kleinen Gebäude auf Wachen. Aber als sie sich Krämers Büro näherten, ging die Tür auf, und Hartmann trat heraus.

Ein ungläubiger Ausdruck erschien auf seinem Gesicht, als er sie erkannte. »Wie zum Teufel kommen Sie hierher?« fragte er fassungslos.

»Ist Krämer dort drinnen?« herrschte ihn Charity an.

Hartmann nickte. »Ja, aber ...«

»Sie sind hier!« unterbrach ihn Charity. »Sie sind bereits in der Station, Hartmann!«

Sämtliche Monitore in der Wand hinter Krämers Schreibtisch waren zum Leben erwacht, als sie in den Raum stürmten. Jeder zeigte einen anderen Ausschnitt der unterirdischen Basis. Trotzdem ähnelten sich die Bilder auf schreckliche Weise: Fast alle zeigten eine Armee schwarzer, vielarmiger Insektenkrieger, die die Abwehr der Bunkerfestung so mühelos überrannten, als wäre sie gar nicht vorhanden. Auf den Bildschirmen flammte eine grellweiße Explosion nach der anderen auf und zeigte den Untergang von Krämers Abwehrstationen. Nur ein Dutzend der sorgsam getarnten Geschützstände feuerte noch, aber für jeden Gleiter, der in einer Explosion verglühte oder abstürzte, schienen zwei neue am Himmel aufzutauchen.

»Krämer – Sie sind hier!« Skudders Stimme war so schrill, als wolle sie jeden Moment umkippen. Mit einer zornigen Bewegung beugte er sich vor und streckte die Arme aus, wie um Krämer an den Schultern zu packen und herumzureißen, trat dann aber im letzten Moment wieder zurück und starrte aus entsetzt geweiteten Augen auf das apokalyptische Schauspiel, das sich auf den Bildschirmen bot.

»Was ... was tun *Sie* hier?« stammelte Krämer.
»Sie sind bereits in der Station!« schrie Charity. »Krämer, wir müssen zu Gyell! Geben Sie uns eine Maschine!
»Unmöglich!« rief Krämer. »Sie lügen. Wir ... wir sind hier vollkommen sicher. Sie können nicht hier herein! Sie kommen nie durch die Tore!«
Charity tauschte einen alarmierten Blick mit Skudder. Beide begriffen, daß Krämer kurz davor stand, den Verstand zu verlieren.
»Ich kann sie aufhalten«, sagte Charity. »Vielleicht kann ich sie daran hindern, sie alle umzubringen. Bitte, Krämer – wir brauchen einen Hubschrauber!«
»Nein«, antwortete Krämer. »Sie ... Sie lügen. Was tun Sie überhaupt hier? Sie ... Sie sind meine Gefangene!« Plötzlich sprang er auf, fuhr herum und deutete heftig gestikulierend auf Hartmann. »Nehmen Sie sie fest! Erschießen Sie sie, wenn sie fliehen wollen! Sie sind Verräter! Es ist ... es ist alles ihre Schuld!«
Skudder riß ihn mit einer zornigen Bewegung in die Höhe. »Sie ...«
»Hören Sie auf!«
Skudder erstarrte, und auch Charity blickte einen Moment lang ungläubig auf die Pistole, die plötzlich in Hartmanns Hand lag.
Dann fing sie Hartmanns Blick auf und begriff.
»Lassen Sie ihn los, oder ich erschieße Sie gleich hier!« sagte Hartmann. *Sofort*«
»Tu, was er sagt«, sagte Charity hastig. »Er hat recht, Skudder. Es ist alles unsere Schuld. Aber wir sind hier sicher. Krämers Leute werden sie besiegen.«
Skudder schien immer noch nicht zu begreifen. Eine Sekunde lang starrte er auch sie fassungslos an, aber dann fing er ihren fast verzweifelten Blick auf und ließ den kleinen Mann endlich los.
Krämer taumelte mit einem Keuchen zurück und fiel schwer in seinen Sessel. »Bringen Sie sie weg, Hartmann!« kreischte er. »Erschießen Sie sie! Ich verurteile Sie wegen Hochverrat und Konspiration mit dem Feind zum Tode!«
»Zu Befehl, Herr Generalmajor«, sagte Hartmann. Mit grim-

migem Gesichtsausdruck wandte er sich an Charity und machte eine wedelnde Bewegung mit der freien Hand. »Raus hier! Los!«

Charity hob langsam die Arme, und auch Net und Skudder traten auf den Korridor zurück. Hartmann folgte ihnen mit der Waffe im Anschlag. Für einen winzigen Moment kamen Charity Zweifel, als sie den verbissenen Ausdruck auf Hartmanns Gesicht sah. Er war wirklich ein überzeugender Schauspieler. Sie hoffte nur, daß er auch wirklich nur *schauspielerte* ...

Sie hatten das Gebäude kaum verlassen, da senkte Hartmann die Waffe und steckte sie wieder ein. Charity atmete erleichtert auf, und auch von Skudders Gesicht wich der angespannte Ausdruck.

»Ist das wahr?« fragte Hartmann. »Sie sind wirklich schon hier?«

Charity blickte ihn einen Moment lang verständnislos an. »Sie ... wissen es wirklich nicht?«

»Was?!«

»Aber ... Krämer muß es doch gemerkt ...« Skudder verstummte mitten im Wort. »Er hat nichts gesagt«, murmelte er. »Nicht wahr? Sie sind dabei, eure Festung von innen heraus aufzurollen, und er sagt kein Wort. Der Kerl ist ja wahnsinnig!«

»Vermutlich«, sagte Charity. »Aber darüber können wir uns später aufregen.« Sie wandte sich an Hartmann. »Was ist mit dem Helikopterlandeplatz? Haben sie ihn schon genommen?«

»Noch nicht.« Hartmann zögerte. »Aber ich weiß nicht, ob ich einen Piloten finde.«

Sie liefen los. Das Grollen der Explosionen hielt an, während sie die gewaltige Höhle durchquerten, und ein paarmal zitterte der Boden unter ihren Füßen so stark, als wolle die gesamte Höhle einstürzten.

Charity schüttelte den Kopf, als Hartmann auf den Aufzug deutete. »Gibt es keine Treppe?«

»Doch, antwortete Hartmann. »Aber das geht sehr viel ...«

»Dann zeigen Sie sie mir«, unterbrach ihn Charity. Hartmann blickte sie an, als zweifele er an ihrem Verstand, wandte sich aber gehorsam nach rechts und lief auf eine Reihe eiserner Sprossen zu, die an der Felswand nach oben führten.

Sie hatten noch nicht ein Drittel der Strecke zurückgelegt, als eine weitere Explosion die Höhle erzittern ließ. Die Motoren des

Lastenaufzugs heulten auf, sprühten eine Sekunde lang Funken – und dann stürzte die ganze Kabine in die Tiefe und verwandelte sich in einen wirren Trümmerhaufen. Hartmann starrte abwechselnd sie und die zerstörte Liftkabine an.

Der Helikopterlandeplatz im Krater schien *ein paar* schwere Treffer abbekommen zu haben, denn alles, was Charity sah, als sie hinter Hartmann aus dem Tunnel gerannt kam, waren schwarze Rauchwolken und ein Himmel, der nicht mehr aus dem körperlosen Flimmern der Holografie bestand, sondern voller Blitze und silbrig schimmernder Flugscheiben war, deren Laserkanonen immer und immer wieder aufflammten.

Charity sah einen schwarzen Schatten aus den Augenwinkeln, fuhr herum und war im gleichen Sekundenbruchteil beinahe froh, unbewaffnet zu sein. Die Gestalt in der zerfetzten Kleidung, die ihr entgegentaumelte, war kein Moroni, sondern einer von Krämers Soldaten.

»Dort!« schrie Hartmann über das Heulen der Gleiter und das unentwegte Donnern der Explosionen hinweg. Er deutete in die Wand aus schwarzem Qualm. »Vielleicht ist eine der Maschinen noch flugfähig!«

Charity blinzelte einen Moment lang angestrengt in die gleiche Richtung, aber sie konnte außer brodelndem Rauch und grellen Flammenzungen nichts erkennen. Trotzdem zögerte sie keine Sekunde, Hartmann zu folgen. Die beiden ersten Maschinen, die aus dem Qualm vor ihnen auftauchten, waren nichts weiter als brennende Trümmerhaufen, aber die dritte schien unbeschädigt zu sein. Hartmann sprang mit einem Satz in den Helikopter, zerrte Charity hinter sich herein und rannte geduckt zum Pilotensitz. Eine Sekunde später stieß er einen wütenden Fluch aus.

»Was ist los?« fragte Charity.

Hartmann deutete mit der geballten Faust auf den Pilotensitz. »Was ich befürchtet habe!« antwortete er. »Wir haben nur drei Maschinen mit Alpha-Steuerung. Und ausgerechnet eine davon müssen wir erwischen!« Er fuhr herum, starrte einen Moment lang verbissen in den brodelnden Qualm hinaus und seufzte. »Versuchen wir, eine andere . . .«

Charity schob ihn einfach zur Seite, ließ sich in den Pilotensitz fallen und griff nach dem wuchtigen Helm, der auf dem Armaturenbrett lag.

»He!« protestierte Hartmann. »Wissen Sie überhaupt, was Sie da tun!«

»Ich glaube schon«, antwortete Charity. »Und wenn nicht, dann gehören Sie zu den ersten, die es herausfinden. Setzen Sie sich!« Sie rückte den Helm gerade, schaltete mit der linken Hand die Computerkontrolle des Stealth-Copters ein und deutete mit der anderen auf den Sitz des Copiloten. »Können Sie die Waffenkontrolle übernehmen?«

»Sicher«, antwortete Hartmann verdutzt, »aber . . .«

Er kam nicht weiter. Charity registrierte aus den Augenwinkeln, wie Skudder und Net hinter ihnen in die Maschine sprangen und die Tür schlossen, und im gleichen Sekundenbruchteil startete sie die Triebwerke. Die Turbinen des Copters heulten schrill auf, die drei sichelförmigen Rotorblätter verwandelten sich in einen wirbelnden Kreis aus aufblitzendem Silber, und die Maschine sprang mit einem Satz in die Höhe.

»Passen Sie bloß auf!« brüllte Hartmann, der sich verzweifelt an seinen Sitz klammerte.

Der Stealth-Copter hob ab, als die Sensoren des Helmes ihre Gehirnwellen auffingen und in elektrische Steuerimpule umwandelten. Es war die alte Idee des Biofeedbacks, die in diesem technischen Wunderwerk zur Perfektion entwickelt worden war – aber wenn das, was dieser Helm *tat*, tatsächlich das sichtbare Ergebnis ihrer Gehirnwellen war, dachte sie, dann mußte hinter ihrer Stirn ein ganz schönes Chaos herrschen. Der Copter legte sich auf die Seite, schoß in wirren Sprüngen und Kehren nach rechts und links und geriet für einen schrecklichen Moment ins Trudeln, ehe Charity die Kontrolle zurückerlangte.

Ein Gleiter schoß auf sie zu. Charity wich instinktiv aus, verriß die Maschine prompt wieder und hätte sie um Haaresbreite in die Flanke eines zweiten Moron-Schiffes gejagt, das urplötzlich vor ihnen auftauchte.

Um Gottes willen – bewahren Sie Ruhe!« brüllte Hartmann. »Wenn Sie in Panik geraten, ist es aus!

»Ich weiß«, murmelte Charity mit zusammengebissenen Zähnen. Die Maschine bockte und hüpfte immer noch wie ein durchgehendes Wildpferd, aber allmählich bekam sie ein wenig

Gefühl für die Steuerung. Aber sie wußte auch, daß sie einen gutgezielten Angriff kaum überleben würden. Diese Maschine wurde im Prinzip von *Gefühlen* gesteuert – und genau das war der Grund, aus dem sich sein Pilot keinerlei Gefühle *erlauben* durfte.

»In welcher Richtung liegt die Stadt?« fragte sie.

»Norden«, antwortete Hartmann. »Gehen Sie höher. Wir müßten den Dom von hier aus sehen können!«

19

»Ein Fahrzeug nähert sich«, sagte Luzifer. »Sehr schnell.«

»Und?« fragte Stone, ohne den Blick vom Gesicht des reglosen Megamannes zu nehmen. Er wußte nicht, wie lange er hier schon stand – fünf oder zehn Minuten. Vor einer Weile waren die beiden Inspektoren gegangen, und einen Augenblick später hatte er das Geräusch des startenden Gleiters gehört; mit Ausnahme seines eigenen Fahrzeuges der letzten Maschine, die sich noch in der Nähe des Nestes aufgehalten hatte.

Stone löste seinen Blick von Kyles Gesicht und wiederholte seine Frage, in schärferem und hörbar ungeduldigem Tonfall. *»Und?«*

»Ich habe die Situation analysiert, Herr«, antwortete Luzifer. »Es könnte Gefahr bestehen.«

»Von einem einzigen Fahrzeug?« fragte Stone spöttisch.

»Es handelt sich um eine hochentwickelte Kampfeinheit, Herr«, antwortete Luzifer. »Solche Maschinen haben uns bereits schwere Verluste zugefügt. Unser Gleiter ist ihr an Kampfkraft um einen Faktor zwei unterlegen.«

»Dann solltest du beten, daß sie in friedlicher Absicht kommen, mein Freund«, sagte Stone spöttisch. »Falls du überhaupt weißt, was dieses Wort bedeutet.« Er schnitt Luzifer mit einer energischen Handbewegung das Wort ab, als die *Ameise* widersprechen wollte. »Ich glaube, ich weiß, wer in diesem Hubschrauber sitzt.«

»Es ist unklug, ein vermeidbares Risiko einzugehen, Herr«, sagte Luzifer.

»Ich weiß«, antwortete Stone gelassen. »Aber so sind wir Menschen manchmal. Mach das Schiff startklar. Aber du bleibst an Bord, ganz egal, was passiert – es sei denn, ich rufe dich ausdrücklich.«

»Soll ich nicht wenigstens eine Kampfeinheit zu Hilfe . . .«

»Du sollst«, unterbrach Stone Luzifer gereizt, »jetzt endlich tun, was ich dir sage. Oder brauchst du den Befehl schriftlich?«

»Nein, Herr«, antwortete Luzifer devot.

»Dann geh«, sagte Stone. »Und paß auf diesen Zwerg auf. Er ist gefährlicher, als er aussieht.«

»Ich weiß, Herr«, sagte Luzifer, während er sich herumdrehte und die Kathedrale verließ, um zu dem Gleiter zu gehen.

Stone sah ihm nachdenklich hinterher. *Du weißt?* dachte er. *O nein, mein Freund. Du hast ja keine Ahnung. Ihr habt ja alle keine Ahnung.*

Plötzlich hatte er alle Mühe, ein hysterisches Lachen zu unterdrücken.

Obwohl Charity mit Höchstgeschwindigkeit flog, brauchten sie fast fünfzehn Minuten, ehe sie den Dom erreichten. Sie hatte damit gerechnet, die Luft über der gewaltigen Kirchenruine voller Gleiter und Kampfschiffe zu finden, aber die einzige Bewegung am Boden waren Staubfahnen, die der Wind vor sich hertrieb.

Charity drosselte die Geschwindigkeit des Hubschraubers, bis das Fahrzeug reglos in der Luft hing, zwanzig, dreißig Meter über dem Vorplatz, auf dem Krämers Männer vor Tagesfrist ein Gemetzel unter den Jared und *Ameisen* angerichtet hatten. Charity schätzte die Anzahl der toten Barbaren auf weit über hundert. Niemand hatte sich die Mühe gemacht, sie wegzubringen.

Der Anblick erfüllte sie mit Bitterkeit, ja, fast Zorn. Der Angriff war so sinnlos gewesen. Und er hatte eine entsetzliche Antwort provoziert.

Hartmann schien ihre Gedanken zu lesen, denn er sagte plötzlich leise: »Es tut mir leid. Ich wußte nicht, was . . .«

»Niemand konnte wissen, was sie wirklich sind.«

»Wissen Sie es denn?« fragte Hartmann.

»Ich hoffe es«, murmelte Charity. »Wenn nicht, sind wir nämlich schon so gut wie tot.«

Wie der Flug war auch ihre Landung nicht gerade ein Meisterwerk – der Stealth-Copter setzte mit einem so harten Ruck auf, daß Charity nicht sonderlich überrascht gewesen wäre, wäre er in zwei Stück zerbrochen. Hastig riß sie sich den Helm vom Kopf, schaltete die Turbine aus und blickte noch einmal zum Dom hinüber, ehe sie sich erhob. Das Tor stand weit offen, und ihre überreizten Nerven gaukelten ihr schattenhafte Bewegungen dahinter vor. Sie betete, daß es wirklich nur ein Trugschluß war.

»Bleiben Sie hier, Hartmann«, sagte sie leise. »Wenn . . . irgend etwas schiefgeht, versuchen Sie zu fliehen.«

»Ich kann dieses Ding nicht fliegen«, antwortete Hartmann. Er griff an seinen Gürtel und zog die Pistole, aber Charity schüttelte nur den Kopf, als er ihr die Waffe hinhielt. So aberwitzig ihr der Gedanke auch im ersten Moment selbst vorkam, nach den Geschehnissen der letzten Stunde – sie hatte endgültig begriffen, daß dieser Kampf nicht mit Waffen entschieden werden konnte.

Skudder und Net folgten ihr, als sie den Helikopter verließ und langsam auf das Tor zuging. Keiner von ihnen sprach ein Wort, aber sie alle fühlten das Fremde, Mächtige, das sich wie ein unsichtbarer Mantel über diesen Ort ausgebreitet hatte. Unter dem Tor blieben sie stehen. Das Innere der Kirche war von Dunkelheit und Schatten erfüllt und bot einen so verwüsteten Anblick, wie sie erwartet hatte. Die beiden Raketen, die der Helikopter in das Gebäude hineingefeuert hatte, hatten nicht viel übriggelassen. Trotzdem bewegte sich vor ihnen etwas. Im ersten Moment hielt Charity es nur für eine Sinnestäuschung, aber dann erkannte sie, daß die Bewegung *real* war.

»Das ist . . . die Königin!« sagte Skudder ungläubig. »Sie lebt noch!«

Charity nickte mühsam. Ihr Herz begann zu rasen, und plötzlich schrie alles in ihr danach, einfach herumzufahren und zu Hartmann und dem Hubschrauber zurückzurennen. Gleichzeitig wußte sie, daß sie das gar nicht mehr konnte. Ganz einfach, weil sie nicht aus freien Stücken hier war. Irgend etwas hatte sie . . . gerufen. Es hatte nur bis jetzt gedauert, bis ihr das wirklich klar geworden war.

Plötzlich hob Net die Hand und deutete auf eine zweite, kleinere Gestalt, die neben dem gewaltigen Umriß der Königin aufgetaucht war. »Kyle!« sagte sie. »Das ist Kyle! Er . . . er lebt!«

»Dann leben vielleicht auch Gurk und das Mädchen noch!« fügte Skudder aufgeregt hinzu. Er wollte loslaufen, aber Charity hielt ihn zurück.

»Nein«, sagte sie.

Skudder sah sie verständnislos an. »Wie bitte?«

Charitys Blick suchte den des Megamannes, und obwohl sie viel zu weit von ihm entfernt war, als daß sein Gesicht mehr als einen verwaschenen Fleck in der Dämmerung darstellte, spürte sie seinen Blick. *Seinen Blick?* »Ich . . . gehe allein«, sagte sie mühsam. »Bitte wartet hier. Ganz egal, was passiert.«

»Aber das ist verrückt!« antwortete Skudder.

»Ich weiß«, murmelte Charity und ging los. Sie sah aus den Augenwinkeln, wie Skudder eine Bewegung machte, um ihr zu folgen, und dann plötzlich innehielt, als Kyle den Kopf wandte und ihn ansah.

Ihr Herz begann immer schneller zu schlagen, während sie durch die zerstörte Kirche schritt, und das Gefühl eisiger Kälte in ihr wurde immer schlimmer, bis sie glaubte, kaum noch atmen zu können. Die verwundete Königin hob den Kopf und starrte sie an, und wieder fühlte Charity die Berührung von einer gewaltigen, wissenden Macht, als sie in die riesigen Facettenaugen des Wesens blickte.

Dann streifte ihr Blick Kyles Gesicht, und sie hätte beinahe gellend aufgeschrien. Kyle war nicht mehr Kyle: Sein Gesicht zeigte zwar den Megamann, den sie kannte, aber seine Augen waren die eines Jared, und das Lächeln auf seinen Zügen war Gyells Lächeln.

»Es ist gut, daß du gekommen bist«, sagte Kyle. »Das macht es leichter, miteinander zu reden.«

Charity schluckte den harten Kloß herunter, der in ihrer Kehle saß, und zwang sich, Kyle anzusehen. Von den Hüften abwärts verschwand der Körper des Megakriegers in einem Gespinst grauer, klebriger Fäden, unter dem seine Glieder nur noch schemenhaft zu erkennen waren. Charity konnte nicht mehr sagen, ob sie noch menschlich waren oder die harten, gepanzerten Gliedmaßen eines Insekts.

»Wo ist . . . Helen?« fragte sie.

Kyle machte eine vage Geste hinter sich. »Dort. Aber es ist besser, du siehst sie nicht. Sie braucht . . . länger als ich.«

»Aber sie lebt?«

»Ja«, antwortete Kyle.

»Jetzt wird sie leben.«

Charity dachte einen Moment über diese Worte nach. Aber allein die *Vorstellung*, was sie vielleicht bedeuteten, ließ sie abermals erschauern. »Ist . . . ist Gyell nicht hier?« fragte sie mühsam.

»Nein«, antwortete Kyle. »Du kannst mit mir reden. Es ist gleich, mit wem du sprichst. Ich bin Jared.«

»Ich weiß«, flüsterte Charity. »Ihr seid . . . ihr seid alle Jared.« Sie deutete mit einer Kopfbewegung, die all ihre Kraft in Anspruch nahm, auf die Königin. »Sie auch.«

»Sie auch. Sie ist Jared. Ihre Kinder sind das *Volk* – aber wir alle sind Jared.«

»Dann . . . dann sag ihr, daß sie aufhören soll«, sagte Charity mit mühsam beherrschter Stimme.

»Aufhören? Womit?«

»Mit dem Töten«, antwortete Charity. »Sie überrennen Krämers Festung, Kyle. Sie töten all diese Männer dort.«

»Sie haben mit dem Töten angefangen«, antwortete Kyle der Jared ernst.

»Ich weiß«, sagte Charity. »Aber sie wußten es nicht besser. Sie hielten euch für Tiere.«

»Und das gibt ihnen das Recht, uns zu töten?«

»Natürlich nicht«, sagte Charity beinahe verzweifelt. »Es . . . es war falsch. Ich glaube, sie haben das eingesehen. Ihr wollt doch nicht wirklich ihren Tod, Gyell. Die Männer in diesem

Bunker sterben für nichts! Nur, weil sie von einem Wahnsinnigen kommandiert werden!«

»Aber das werden sie nun einmal«, sagte Jared. »Er wird nicht aufhören. Wir haben ihn besiegt. Sollen wir ihm das Leben und die Freiheit schenken, damit er wiederkommt und das Töten von vorn beginnt?«

»Das wird es nicht!« antwortete Charity. »Ich . . . ich gebe dir mein Wort, daß sie euch in Frieden lassen werden! Krämer wird die Station nicht länger befehligen, das verspreche ich dir. Es wird jemand sein, der . . . der einen Weg findet, auf dem ihr beide existieren könnt! Ruf die Schiffe zurück.«

Kyle schwieg fast eine Minute lang.

»Und . . . die Schläfer?«

»Sie gehören zu euch«, vermutete Charity.

»Manche«, bestätigte Kyle. »Der Schlaf hat lange genug gedauert, sie sehen zu lassen, wenn sie erwachen.«

»Sie werden zu euch kommen«, sagte Charity.

»Und die, die schlafen . . .«

»Werden nicht geweckt, bis sie von selbst die Augen öffnen – und sehen«, sagte Charity.

»Du bist nicht der Kommandant der Station, Charity Laird. Wie kann ich sicher sein, daß sie das Wort halten, das du uns gibst?«

»Das werden sie«, behauptete Charity. »Schon, weil sie gar keine andere Wahl haben. Und ich glaube, ich weiß, wer der neue Kommandant wird. Er ist ein guter Mann.«

»Der Mann, der draußen im Hubschrauber wartet«, vermutete Kyle.

»Ja. Ich weiß, er war es, der den Angriff geleitet hat. Aber er . . . er wußte nicht, was er tat. Er bedauert es.«

Wieder dauerte es fast eine Minute, bis Gyell antwortete. »Ich glaube dir, Charity. Der Angriff wird abgebrochen. Obwohl . . .« Er lächelte. ». . . es vom strategischen Standpunkt aus betrachtet ziemlich dumm ist. Wir haben gewonnen.«

»Sie hatten nie eine Chance«, sagte Charity. »Und Hartmann weiß es.«

»Ich hoffe es«, sagte Jared ernst. »Denn ein zweites Mal werde ich keine Gnade walten lassen.«

Charity blickte ihn noch einen Herzschlag lang traurig an

und wandte sich um, blieb aber dann noch einmal stehen und fragte: »Und ... Kyle? Werde ich ihn wiedersehen?«

»Vielleicht«, antwortete Kyle der Jared.

Charity lächelte bitter und wollte sich endgültig abwenden, aber jetzt war es Kyle, der sie zurückhielt. »Warte.«

»Ja?«

»Dort ist jemand, der mit dir reden möchte.«

Charity blickte ihn einen Moment lang verwirrt an, dann trat sie in respektvollem Bogen um den Körper des gigantischen Insekts herum und mit gesenktem Kopf durch die Tür.

Es verging fast eine halbe Stunde, bis Charity wieder ins Freie trat. Skudder und Net hatten ihren Befehl befolgt und waren vor dem Tor stehengeblieben, aber Hartmann war zu ihnen getreten.

»Sie haben aufgehört!« rief er Charity zu. »Gerade kam ein Funkspruch. Sie ... sie hatten die Station schon überrannt, und plötzlich hörten sie auf und zogen sich zurück.«

»Ich weiß«, sagte Charity leise. Mit bleichem Gesicht stand sie da und blickte abwechselnd Net, Skudder und Hartmann an, aber ihre Augen waren leer; ihr Blick schien auf einen Punkt unendlich weit entfernt gerichtet zu sein.

»Sie ... wissen?« echote Hartmann überrascht. »Woher?«

»Was ist mit Kyle?« fragte Skudder. »Und Helen? Kommen Sie nicht mit?«

»Nein«, antwortete Charity knapp. Sie atmete hörbar ein, warf einen Blick auf das winzige, silberne Kästchen in ihrer Hand und begann langsam auf den Hubschrauber zu zu gehen.

»Was war da drinnen los?« fragte Skudder. »Was hast du da? Wieso kommt Kyle nicht mit? Und was ist mit dem Mädchen und Gurk?«

»Helen geht es gut«, antwortete Charity. »Aber sie bleibt hier. Genauso wie Kyle. Bitte ... fragt jetzt nicht. Ich erkläre euch alles später.«

»Und Gurk?« fragte Net.

»Gurk?« Charity blieb abermals stehen und lächelte auf eine schwer zu beschreibende, fast melancholische Art. »Er lebt noch«, sagte sie. »Daniel hat ihn.«

»Stone?« vergewisserte sich Skudder.

»Ja. Ich habe mit ihm gesprochen.« Sie hob die Hand mit dem kleinen Datenspeicher. »Er hat mir das hier gegeben. Es enthält eine Nachricht von Gurk und . . . noch etwas.«

»Stone ist *hier*!?« fragte Skudder ungläubig. »Er ist hier und läßt uns *gehen*?«

Charity nickte. »Er wollte nur mit mir reden«, sagte sie.

»Was hat er gewollt?«

Es dauerte einen Moment, bis Charity antwortete. Und als sie es tat, war ihre Stimme so leise, daß Skudder sie kaum verstand.

»Er hat mir gesagt, wie wir sie besiegen können.«

Wie Charity den Kampf
gegen die Invasoren
fortführt, lesen Sie
im sechsten Band
mit dem Titel
HÖLLE AUS FEUER UND EIS
(Bastei-Lübbe 23 106)

WOLFGANG HOHLBEIN
CHARITY
Die beste Frau der Space Force
Dunkel ist die Zukunft
Die Königin der Rebellen
In den Ruinen von Paris
Die schlafende Armee
Hölle aus Feuer und Eis
BASTEI LÜBBE
Taschenbücher
Die rasanteste Frau des Universums und ihr unerbittlicher Kampf um das Schicksal der Erde.
WOLFGANG HOHLBEIN – niemand schreibt spannender!